HEYNE

Das Buch

Im 14. Jahrhundert Neuer Galaktischer Zeitrechnung (dem 49. Jahrhundert alter Zeitrechnung) ist die Erde das Zentrum eines galaktischen Sternenreichs, der Liga Freier Terraner. Einige tausend, von Menschen besiedelte Planeten gehören zu dieser Liga, und als Terranischer Resident ist Perry Rhodan der wichtigste Repräsentant der Menschheit.

Eine mysteriöse Macht lockt Perry Rhodan in die benachbarte Galaxis Andromeda, wo die so genannten KASTUN-Schlachtschiffe alle bewohnten Planeten der Sterneninsel bedrohen. Rhodan und seine wenigen Begleiter an Bord des Spürkreuzers JOURNEE sind die Einzigen, die es wagen, sich gegen die gefährlichen Angreifer zu stellen. Als Verbündete bieten sich nur die Maahks an, uralte Bekannte der Menschheit, die eine giftige Mischung aus Wasserstoff und Methan atmen, streng logisch denken und Gefühle gänzlich abgelegt haben. Doch dann lernen Perry Rhodan und seine Freunde einen ganz besonderen Maahk kennen – ein Wesen, das menschliche Gefühle zu simulieren versucht …

Der Autor

Hubert Haensel wurde 1952 geboren und ist seit einem Vierteljahrhundert als Science-Fiction- und Krimi-Schriftsteller tätig. Er schrieb vor allem Romane zu Serien wie PERRY RHODAN und ATLAN.

Der Umschlagillustrator

Oliver Scholl, 1964 in Stuttgart geboren, entwarf bereits als Jugendlicher Risszeichnungen für die PERRY RHODAN-Serie. Inzwischen arbeitet er als Production Designer in Hollywood und war unter anderem für *Independence Day* und *Godzilla* verantwortlich.

PERRY RHODAN
ANDROMEDA

HUBERT HAENSEL

Die Methanatmer

Roman

PERRY RHODAN
ANDROMEDA
BAND 2

Originalausgabe

WILHELM HEYNE VERLAG
MÜNCHEN

HEYNE ALLGEMEINE REIHE
Band 01/19002

Das Umschlagbild ist von Oliver Scholl
Die Illustrationen auf den Seiten 5–7 zeichnete André Höller

Umwelthinweis:
Dieses Buch wurde auf chlor- und
säurefreiem Papier gedruckt.

3. Auflage

Redaktion: Klaus N. Frick/Sascha Mamczak

www.heyne.de
Printed in Germany 2003
Umschlaggestaltung: Nele Schütz Design, München
Technische Betreuung: M. Spinola
Satz: Schaber Satz- und Datentechnik, Wels
Druck und Bindung: Ebner & Spiegel, Ulm

ISBN 3-453-86440-9

JOURNEE

Merzkreuzer der Vesta-Klasse

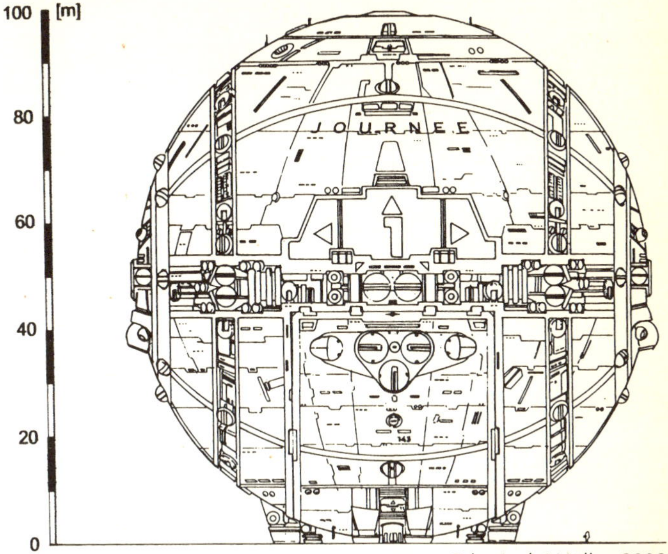

© by André Höller, 2002

Raumkreuzer der VESTA-Klasse sind Mehrzweckeinheiten, kurz MERZ-Raumer genannt, die für ein breites Einsatzspektrum konzipiert wurden. Die Grafik zeigt den einhundert Meter durchmessenden modifizierten Spürkreuzer JOURNEE. Als Spezialeinheit hergestellt, ist er in der Lage, Raumschiffe im extremen Geschwindigkeitsbereich durch den Hyperraum zu verfolgen.
Die JOURNEE verfügt über hoch entwickelte, bestens ausgestattete Ortungssektionen. Das Schwergewicht ihrer Ausstattung liegt weniger im offensiven als vielmehr im defensiven Bereich, mit fünffach gestaffeltem Paratronschirm, ebenfalls fünffachem HÜ-Schutzschirm und Virtuellbildner.
Wichtigstes Konstruktionsmerkmal ist die knapp unter dem äquatorialen Aggregatband liegende Modul-Bucht. Oberhalb befindet sich ein verschließbarer Roll-On/Roll-Off-Hangar.
Die vierzig Meter breite Bucht dient im Normalfall zur Aufnahme von

JOURNEE

Merzkreuzer der Vesta-Klasse

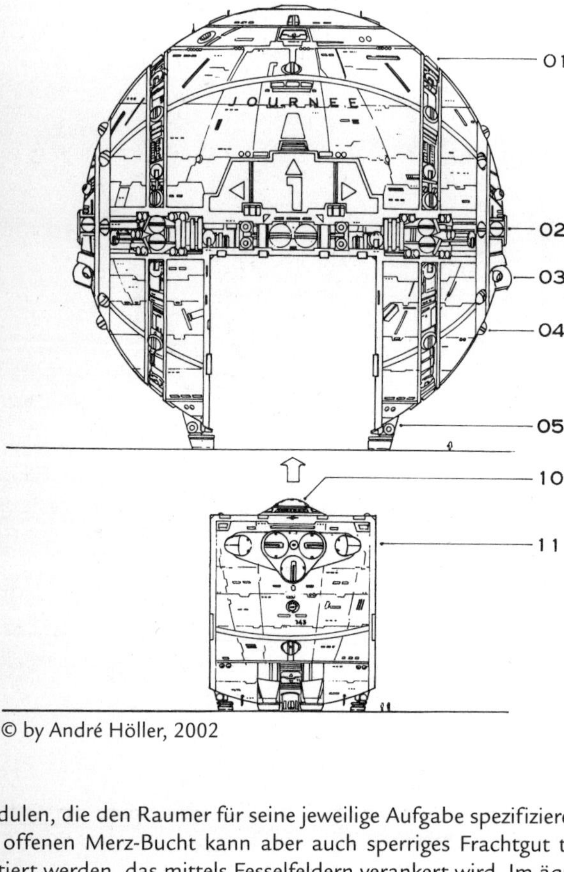

Modulen, die den Raumer für seine jeweilige Aufgabe spezifizieren. In der offenen Merz-Bucht kann aber auch sperriges Frachtgut transportiert werden, das mittels Fesselfeldern verankert wird. Im äquatorialen sowie in den beiden ortoäquatorialen Aggregatbändern befinden sich neben den Metagravantrieben die defensiven und offensiven Verteidigungsanlagen.

Der MERZ-Raumer wird mit einer Stammbesatzung von achtzig Per-

JOURNEE

Merzkreuzer der Vesta-Klasse

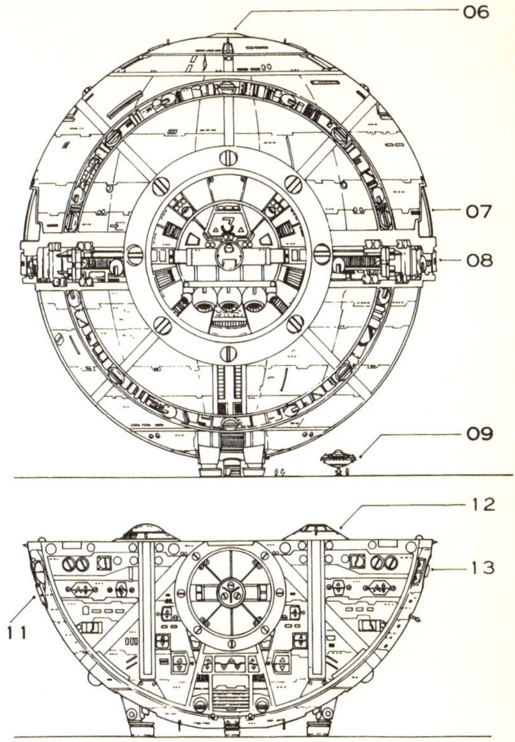

sonen geflogen. Als Beiboote sind acht Kleinst-Space-Jets und zwei Shifts vorhanden. Zusätzlich können im Roll-On/Roll-Off-Hangar zwei Dreißig-Meter-Space-Jets aufgenommen werden.

Das spezielle Merz-Modul mit dem Grigoroff-Triebwerk und zwei separaten Hochleistungs-Gravitrafspeichern erlaubt eine Überlichtgeschwindigkeit von zweihundert Millionen bei einer maximalen Etappendistanz von dreißigtausend Lichtjahren.

Legende:

1. acht leichte Transformkanonen (jeweils bis zu 1000 Gigatonnen)
2. Haupt-Metagravtriebwerke
3. NUG-Protonenstrahl-Impulstriebwerke mit vektorierbaren Schubdüsen
4. zwanzig MVH-Geschütze (wahlweise Thermo-, Desintegrator-, Intervall-, Paralyse- oder KNK-Modus)
5. Bewegliche Landestützen
6. Multi-Hyperzapfer
7. Roll-On/Roll-Off-Hangar
8. zusätzliche Zwillings-Metagravtriebwerke
9. Kleinst-Space-Jet (acht Einheiten stehen in zwei Rotationshangars)
10. Modul-Zentrale (das Merz-Modul kann im Notfall abgedockt als Rettungsschiff benutzt werden)
11. Grigoroff-Triebwerk im Spezial-Merz-Modul
12. Dockingvorrichtung
13. separater Hypertrop für die Energieversorgung des Merz-Moduls

Prolog

Der Himmel über Jyyros brannte.

Es war ein gewaltiges Schauspiel. In steter Folge entstanden neue Glutbälle, dehnten sich grell lodernd aus, und ihr durchdringendes Licht überschüttete den Planeten mit dem Hauch des Todes.

Die Schlacht kam näher. Bald würden die ersten Schiffe der Invasoren landen und ihre Truppen ausspeien.

Noch wusste niemand, wer sie waren, geschweige denn, woher sie kamen. Sie töteten mit einer Effektivität, der niemand etwas entgegenzusetzen hatte. *Kastuns – Schädlinge!* Den Namen hatten alle raumfahrenden Völker in Andromeda übernommen – ebenso schnell, wie die Fremden Raumschiffe überfielen und auf bewohnten Welten nur schwelende Ruinen zurückließen.

Grek-4238 konnte den Blick nicht abwenden. In der Rundumsicht seiner vier Augen erfasste er die näherkommende Woge aus Feuer und explodierenden Wracks, die in die Ausläufer der Atmosphäre eindrang.

Die planetaren Geschütze feuerten pausenlos. Aber auch ihre Unterstützung konnte die Wende nicht erzwingen. Eine Flucht war aussichtslos geworden. Die Schiffe, deren Besatzungen den Start im letzten Moment noch gewagt hatten, waren verglüht.

Grek-4238 wartete auf den Tod.

Eine der vielen neuen Sonnen am Firmament erlosch nicht wieder. Sie wuchs, färbte sich dunkler und zog schließlich einen Schweif aus brodelnder Glut und Schwärze hinter sich her. Dann zerbrach der Feuerball.

Grek-4238 empfand weder Bedauern noch Furcht. Er kannte keine Emotionen und wusste, dass dies erst der Anfang eines schrecklichen Krieges war, nach einer langen Zeit des Friedens.

Ein Orkan fegte heran, eine Wand aus Feuer und Rauch. Dann schlug das Wrack ein.

Der Maahk spürte seinen Tod nicht mehr.

BUCH 1

Von Maahks und Menschen

Kapitel 1

Sie nannten ihre Welt ein Paradies und waren auch noch stolz darauf. Das hatte Grek-665 1/2 der Begrüßungsrede des terranischen Botschafters entnommen. Seither versuchte er, beides zu verstehen, sowohl die eigenwillige Bezeichnung »Paradies« als auch die unlogische Gefühlsregung, aber es gelang ihm nur zum Teil.

Sie atmeten giftigen Sauerstoff in einem widerwärtigen Gemisch mit anderen Gasen. Vor langer Zeit hätte kein Maahk es für möglich gehalten, dass auf Sauerstoffwelten überhaupt Leben entstehen konnte. Die Geschichte hatte das Gegenteil bewiesen; die eher schmächtigen Menschen waren sogar eine äußerst gefährliche Spezies. Jedoch hatten sie nichts mit der Gefahr zu tun, die seit kurzem den Sternennebel heimsuchte. Unbekannte Schiffe schlugen zu, wo man sie am wenigsten erwartete, sie töteten, zerstörten und verschwanden so spurlos, wie sie erschienen waren. Es gab keine Hinweise, nicht einmal plausibel klingende Erklärungsversuche.

Der Maahk konzentrierte sich wieder auf die Umgebung. Die Sicht reichte weiter als inmitten von Ammoniak-Methan-Schwaden. Hinter ihm erstreckte sich der Gebäudekomplex der terranischen Botschaft, ein eigenwilliger Baustil, wie er nur auf Welten mit geringer Schwerkraft bestehen konnte. Eine Reihe immergrüner, pyramidenförmig beschnittener Pflanzen schloss freischwebende Wasserfontänen ein und führte zu einem ausgedehnten Park. Alle hier wachsenden Pflanzen stammten von der Heimatwelt der Menschen. Grek-665 1/2 verstand nicht, weshalb sie sich solche Mühe machten, obwohl der Planet Chemtenz selbst ausreichend pflanzliche Substanz besaß. Das war eines der Rätsel, die die Terraner als Forschungsobjekt für ihn interessant machten. Sie vergeudeten Zeit und Energie auf Dinge, die jeglicher logischen Grundlage entbehrten. Lebensqualität nannten sie das.

Botschaftsangehörige musterten ihn mit forschenden Blicken. Der Maahk kannte inzwischen ihre Mimik und vermochte sie einigermaßen zuverlässig auszuwerten. Allerdings hatte er sich auf die fremden Pflanzen konzentrieren wollen und schloss deshalb die rückwärtigen vier Augenlider.

Jemand schrie. Es war ein lauter, klagender Schrei, wie Grek-665 1/2 ihn noch nicht vernommen hatte. Etwas Ungewöhnliches schien vorgefallen zu sein. Er blinzelte mit einem Auge nach hinten. Männer und Frauen deuteten heftig gestikulierend in die Höhe, im nächsten Moment hasteten sie mit allen Anzeichen von Hektik ins Botschaftsgebäude. Grek folgte ihrer Blickrichtung. Das Zentralgestirn hatte den Zenit schon überschritten, Wolken bauschten sich zusammen. Er verstand nicht, was die Terraner erschreckt hatte, zumal ihre beiden einzigen Augen gewiss nicht schärfer waren als seine.

In sechs Stunden war sein Treffen mit dem Kulturattaché vereinbart. Aldus Chamberlain hatte zugesagt, neues holografisches Material über die Geschichte der Menschheit zur Verfügung zu stellen. Obwohl solche Berichte immer ideologisch eingefärbt waren, sah Grek-665 1/2 in ihnen dennoch gutes Informationsmaterial.

Sein Wunsch, den Terranern einmal ohne Schutzanzug gegenüberzustehen, musste aus naheliegenden Gründen unerfüllt bleiben. Dabei hätte ihm gerade das die Möglichkeit eröffnet, sich noch besser in die Menschen hineinzudenken, als es ihm der LemSim bereits ermöglichte.

Grek griff nach einer der Pflanzen. Er spreizte die vier Mittelfinger der rechten Hand und benutzte nur beide Daumen. Die Handschuhsensoren erlaubten ihm ein ungehindertes Tastempfinden.

Als ein schrilles Heulen erklang, hielt er inne.

Das Geräusch schwoll an. Es veränderte die Tonhöhe bis hin zur körperlich wahrnehmbaren Vibration.

Raumalarm!

Für Grek-665 1/2 war das kein Grund zur Eile. Erneut schweifte sein Blick über das Firmament. Er sah nichts, was sein Missfallen erregt hätte, von einem stärker werdenden Gleiterverkehr abgesehen. Rings um die Botschaft wurde es jedoch lebendig. Unzählige Fahrzeuge landeten, andere starteten von den Balkons und Dachterrassen, stiegen steil in den Himmel und entfernten sich schnell.

Auf dem nahen Raumhafen stiegen die ersten Raumschiffe empor, dickbauchige Frachter, die Chemtenz sowie die außenpolitische und militärische Vertretung der Liga Freier Terraner vor allem mit Luxusgütern versorgt hatten. Offenbar bedeutete der Alarm nicht nur eine Routineübung, sondern den Ernstfall. Gleiterpulks umschwärmten die von ihren Antigravtriebwerken in die Höhe gehobenen Raumschiffe wie Mückenschwärme einen Kadaver. Die meisten versuchten noch einzuschleusen. Dass es dabei nicht zu folgenschweren Unfällen kam, war ausschließlich den Leitsystemen zuzuschreiben.

Seit Minuten gellte der Alarm über das Land; Grek-665 1/2 glaubte, dass sogar die Sauerstoffatmosphäre in Schwingungen geraten war. Zum ersten Mal seit seiner Ankunft auf dem Botschaftsplaneten bot sich ihm die Gelegenheit, die Spezies Homo sapiens unter extremen Bedingungen zu studieren. Kaum fünf Minuten waren seit dem ersten Aufheulen des Alarms vergangen; die nahe Hauptstadt New Dillingen, von den Maahks Nudilink genannt, hatte sich in einen brodelnden Wurmtopf verwandelt. Über den Häuserschluchten hing eine Wolke aus Gleitern und privaten Space-Jets.

Mit einem Lidschlag aktivierte Grek-665 1/2 den Funkempfang seines Schutzanzuges. Auf allen Frequenzen herrschte Chaos. Die Automatik filterte mehrere starke Sender heraus. Zum einen beherrschte der Maahk die Umgangssprache der Terraner gut genug, um wenigstens einen Teil der hektischen Wortwechsel zu verstehen, zum anderen übersetzte sein Translator ins Kraahmak.

»Die Außenstationen melden unbekannte Raumschiffe. Ich sage dir, das sind sie!«

»Gibt es verlässliche Daten, Energiescans, Massewerte?«

»Wer sollte Interesse an Chemtenz haben, wenn nicht die Kastuns?«

»Verdammt! Du weißt, was das bedeutet ...?«

Die Stimme schwieg. Einen Augenblick lang glaubte Grek, den Sender verloren zu haben. *Kastuns* nannten die Tefroder die Unbekannten, denen seit Wochen Raumschiffe in ganz Andromeda zum Opfer fielen. Wie Schatten kamen sie, schlugen zu und verschwanden. Ihr bevorzugtes Ziel schienen militärische Einheiten zu sein, aber auch von zivilen Opfern war zunehmend die Rede.

Kastuns, das bedeutete übersetzt *Schädlinge.* Ein treffender Vergleich, fand Grek-665 1/2, wenngleich er selbst noch passendere Worte gefunden hätte.

»Was wollen die Fremden von uns?«, erklang es wieder aus seinem Helmlautsprecher. »Auf Chemtenz sind verflucht wenige Raumschiffe stationiert.«

»Es würde mich nicht wundern, wenn auf der Hälfte des Raumhafens bald Unkraut wuchert.«

»Das ist ein makaberer Scherz. Was ist mit den Frachtern? Und mit dem einzelnen Walzenraumer der Maahks?«

»Du vergisst die privaten Space-Jets und Raumjachten ...«

»Mehr hast du nicht zu sagen?«

»Was willst du hören?«

»Die Wahrheit. Zwei Wochen noch, zwei lausige Wochen, dann ist mein Dienst auf Chemtenz zu Ende, und es geht zurück in die Milchstraße.«

»Daraus wird wohl so schnell nichts. Du solltest froh sein, wenn ...«

»Wenn was?« Die Stimme klang gequält. »Was weißt du, Mann, spuck's endlich aus!«

»In den letzten dreißig Sekunden sind vier Stationen des äußeren Wachrings ausgefallen. Alle Datenkanäle tot.«

»Ich wusste es ... Ich wusste es ... verdammt, verdammt – und jetzt? Wie viele Frachter stehen noch auf dem Landefeld?«

»Vergiss sie. Wenn du schon abhauen willst, flieh in die Berge.«

Ein heiseres Lachen erklang. Grek-665 1/2 bedauerte in dem Moment, dass er sich nur in eine akustische Verbindung eingeschaltet hatte und ihm ein optischer Kontakt verwehrt blieb. Einer der beiden Terraner hatte Zugriff auf brisante Informationen. Irgendwo im Sonnensystem lauerten die Unbekannten. Grek zweifelte nicht daran, dass sie zuschlagen würden. Er empfand die Kastuns als Bedrohung, aber er spürte deshalb weder Panik noch Furcht. Rund 400 Milliarden Sonnen umfasste Andromeda; die Gefahr, mit Kastun-Kriegsschiffen zusammenzutreffen, hatte er rechnerisch als äußerst gering beurteilt. Alles andere war dann nur ein Zufall. Und falls er auf Chemtenz sterben sollte, konnte er wenig daran ändern.

Das Chaos im Luftraum über New Dillingen löste sich nur zögernd auf. Während immer noch Gleiter den Raumhafen anflogen, rasten andere bereits landeinwärts, weg von der Küste und in Richtung Gebirge. Grek-665 ½ stapfte zur terranischen Botschaft zurück. Er war inzwischen allein, alle Terraner, die sich im Park aufgehalten hatten, waren wohl in die Botschaft zurückbeordert worden.

Mit donnernden Impulstriebwerken rasten zwei Space-Jets über die Stadt hinweg und verschwanden in Richtung Meer hinter aufziehenden Wolken. Ihre Piloten mussten verrückt geworden sein, in der dünnen Atmosphäre mit solchen Beschleunigungswerten zu fliegen. Wie ein flammendes Fanal brannten die Triebwerksemissionen am Himmel nach. Augenblicke später fegte die Druckwelle heran, peitschte mit Urgewalt über den Park hinweg und wirbelte Laub und Dreck vor sich her.

Nach allem, was Grek über die Kastuns gehört hatte, räumte er den Besatzungen der Space-Jets wenig Überlebenschancen ein. Den schwerfälligen Frachtern noch weniger.

Der Pikosyn seines Schutzanzugs meldete eine kodierte Nachricht der Maahk-Vertretung. Er nahm die Verbindung an. Obwohl er im Voraus wusste, was der Kontaktversuch bedeutete: Die Vertretung auf Chemtenz wurde geräumt. Spontan entschied er sich dagegen, den Planeten an Bord des einzigen Walzenraumers zu verlassen. Zum einen, weil er die Chancen auf Flucht realistisch einschätzte, zum anderen, weil er keine bessere Gelegenheit finden würde, das Verhalten der Terraner zu studieren.

Das Sonnenlicht veränderte sich um eine Nuance. Grek-665 1/2 registrierte, dass soeben der Paratron-Schutzschirm aufgebaut worden war. Das bedeutete, dass die Gefahr in greifbare Nähe rückte.

Er betrat die Botschaft. Die Überwachungsanlage ließ ihn passieren, denn der ID-Chip, den er vom Kulturattaché erhalten hatte, wies ihn als bevorzugten Gast des Botschafters aus, und verlieh ihm jede gewünschte Bewegungsfreiheit. Das war nur logisch, fand Grek, solange die Terraner nichts zu verbergen hatten.

Die lichtdurchflutete Transparentkuppel der Eingangshalle hatte sich in ein Konglomerat von Licht und Schatten verwandelt. Er registrierte bauliche Veränderungen, die offenbar erst im Alarmfall in Erscheinung traten. Kampfroboter hatten Position bezogen – ein unnötiges Detail, das die Kastun-Kriegsschiffe gewiss nicht davon abhalten würde, Chemtenz zu besetzen.

Eine knappe, fordernde Armbewegung projizierte ein Zugfeld, das Grek-665 1/2 wie in einem Antigravschacht in die Höhe hob. Der Überwachungssyntron registrierte auch seine nächste Geste mit gewohnter Genauigkeit und setzte ihn auf der Zugangsgalerie ab.

Auch hier Kampfroboter mit aktivierten Abstrahlfeldern. Grek ignorierte die stählernen Kolosse, und sie ließen ihn passieren.

Ein breiter Korridor lag vor ihm. Holografien aus vielen Bereichen der Milchstraße versetzten den unvorbereiteten Besucher in eine andere Welt. Grek-665 1/2 interessierte sich schon nicht mehr dafür. Er verzichtete auf ein Transportfeld und schritt rasch aus. Die seitlich abzweigenden Türen entdeckte er erst aus nächster Nähe. Hinter ihnen lagen die autarken Bereiche der Botschaft, die sich in ihrer Ausstattung mit den Funk- und Ortungszentralen eines großen Raumschiffs messen konnten.

Die Stille auf dieser Ebene der Botschaft war so vollkommen wie immer. Energetische Dämpfungsfelder hielten unerwünschte Nebengeräusche fern. Nur die Geräuschkulissen der jeweiligen Hologrammabschnitte blieben bestehen. Der

Maahk schritt geradewegs hinein in das Tosen eines gewaltigen Wasserfalls, schäumende Fluten ergossen sich über kristalline Felsformationen, in denen das Licht mehrerer Sonnen wie auf geschliffenen Diamanten funkelte.

Sein kurzes Innehalten interpretierte die Automatik als Wunsch nach Informationen. »... das planetare Schutzgebiet von Watermark II gilt als eines der überwältigendsten Naturschauspiele der nördlichen Milchstraße. Der Planet ist zugleich eine der bedeutenden Fundstellen für Hypnokristalle und wurde in den Jahren nach seiner Entdeckung systematisch ausgebeutet. Erst eine gesetzliche Regelung ...« Grek-665 ½ ging weiter. Er fragte sich, weshalb diese unnützen Spielereien nicht abgeschaltet wurden, um in der bestehenden Alarmsituation Energie einzusparen, die besser für die Schutzschirme Verwendung fand.

Hinter ihm öffnete sich ein Schott. Zwei Terraner stürmten in den Korridor und prallten beinahe mit ihm zusammen.

»Mann, was soll das? Was hast du hier zu suchen?«, stieß der eine heftig hervor.

»Sieh zu, dass du dich in Sicherheit bringst. Die Kastuns werden angreifen!«

»Die terranische Botschaft gilt als sicherer Ort«, antwortete Grek.

»Sicher?« Der erste schüttelte ungläubig den Kopf. »Zwölf dieser brennenden Schiffe befinden sich im Anflug auf Chemtenz.«

»Und sie wollen weiß Gott nicht verhandeln!«, rief der andere. »Soeben wurde der Abschuss von zwei Frachtern gemeldet!«

»Das war zu erwarten.« Grek-665 ½ setzte seinen Weg fort.

»Wohin willst du?«, erklang es hinter ihm.

»Der Botschafter wird mir erschöpfend Auskunft geben können.«

»Der Botschafter hat jetzt andere Sorgen, als sich mit einem Maahk zu unterhalten. Die Evakuierung wurde eingeleitet. Das gesamte Personal muss den gefährdeten Bereich verlassen.«

»Wie lange noch?«, wollte Grek wissen.

»Was – wie lange?«

»Bis die Kastun-Kriegsschiffe Chemtenz erreichen«, fügte der Maahk hinzu. Offenbar waren die beiden Terraner verwirrt, denn seine Frage war klar und prägnant gewesen und hätte keiner zusätzlichen Erläuterung bedurft.

»Fünf Minuten, höchstens. Weißt du, was dann geschieht?« Die Männer hasteten weiter, verschwanden 20 Meter entfernt inmitten eines flackernden Hologramms. Sekunden später zeigte sich der Korridor so nackt und kahl, wie er erbaut worden waren. Endlich wurden alle überflüssigen Energieverbraucher abgeschaltet.

Der Maahk betrat den Empfangssalon des Botschafters. Der halbkreisförmige Raum war verlassen, die Projektion des Solsystems, die der Deckenkonstruktion das Flair des Weltraums vermittelt hatte, war erloschen. Die Panoramaverglasung erlaubte einen ungehinderten Blick auf die Hauptstadt New Dillingen, deren Vororte wie Inseln aus dem Grün der Parkanlagen aufragten. Immer noch hingen Wolken von Gleitern wie ein sich nur langsam verflüchtigender Insektenschwarm über der Stadt.

Hinter Grek-665 1/2 betrat der Kulturattaché den Raum. Sein Gesicht war hektisch gerötet. Mit einer fahrigen Bewegung wischte sich der Terraner den Schweiß von der Stirn. »Grek«, wollte er wissen, »was machst du hier?«

»Ich warte auf den Botschafter.«

»Seine Exzellenz, Mr. Invanauskas, ist verhindert. Ich empfehle dir, Grek ...« Er stutzte. »Grek-665, wenn ich mich nicht irre.«

»So ist es, Aldus Chamberlain.«

»Treibst du deine Studien nicht ein wenig zu weit, Grek-665?«, fragte der Kulturattaché. »In einer Situation wie dieser solltest du an deine Sicherheit denken. Ich habe erfahren, dass die Maahks ihre Vertretung geräumt haben.«

»Ich fühle mich in der terranischen Botschaft durchaus sicher«, sagte Grek-665 1/2. Eine eigenartige Empfindung baute sich auf, ein Prickeln, das nur mit dem LemSim zusammenhängen konnte, dem LemurEmotio-Simulator. Diese noch experimentelle Cyberware hatte er sich vor kurzem implantieren lassen. Der LemSim war mit seinen wichtigen Nervensträngen verbunden und sollte ihm ermöglichen, menschliche Gefühle zu erfassen und so weit wie möglich nachzuvollziehen. Eine gewisse Veränderung in seiner Denkstruktur hatte er schon festgestellt und sich deshalb den inoffiziellen Namen Grek-665 ½ gegeben. Noch wusste niemand außer ihm selbst davon, und gerade das erfüllte ihn mit einer Anspannung, die im früher fremd gewesen war. Ein deutlicheres Anzeichen dafür, dass der LemurEmotio-Simulator die in ihn gesetzten Erwartungen erfüllte, konnte er sich nicht wünschen. Der Zusatz ½ im Namen stand für den künstlichen, nachempfundenen menschlichen Teil. Oder für das, was daraus noch werden sollte. Grek-665 ½ empfand sich selbst als Forscher, als jemand, der endlich in Angriff nahm, was schon sehr lange hätte getan werden sollen. Nach einer Zeit erbitterter Kriege waren Maahks und Menschen zu Freunden geworden, aber wirklich verstehen konnte einer den anderen noch nicht. Dazu waren ihre Lebensgewohnheiten zu verschieden.

Der Kulturattaché ließ die Frage nach der Sicherheit unbeantwortet. »Seine Exzellenz hat entschieden, die Botschaft von Chemtenz zu evakuieren«, sagte er.

Grek-665 ½ verschränkte beide Arme vor der Brust. Unruhig stieß er die Tentakelfinger aneinander. Das war eine Geste, die er in den letzten Tagen den Terranern abgeschaut hatte. »Die Menschen fliehen vor der Gefahr?«

»Wir ziehen uns nur zurück.« Der Kulturattaché warf einen ungeduldigen Blick auf sein Armbandgerät; ihm lief allmählich die Zeit davon. »Wir nehmen an, dass die Kastuns der Botschaft wegen kommen und nicht den gesamten Planeten angreifen werden. Wir müssen wenigstens eingeschränkt handlungsfähig bleiben.«

»Sie haben logische Gründe dafür?«, wollte Grek-665 ½ wissen. Zugleich wurde ihm bewusst, dass er mit dieser Frage die Grenze der Höflichkeit überschritten hatte. »Verzeihung, Aldus Chamberlain. Ich wollte die Entscheidung des Botschafters natürlich nicht kritisieren, sondern …«

»… logisch hinterfragen.« Der Kulturattaché wirkte ungeduldig. »Begleite mich, wenn du mit mir reden willst, Grek.

Unsere Schiffe starten in Kürze. Das Botschaftspersonal geht über Transmitter an Bord.«

Ohne eine Antwort abzuwarten, machte er auf dem Absatz kehrt. Erst auf dem Korridor überzeugte er sich davon, dass ihm der Maahk tatsächlich folgte.

»Ich wusste, dass du vernünftig sein würdest, Grek-665«, sagte Chamberlain.

»Was ist vernünftig?«

Der Kulturattaché zeigte ein gequältes Lächeln. »Ich weiß nicht, weshalb wir das ausgerechnet jetzt erörtern müssen, aber das bedeutet ungefähr so viel wie … sich den Notwendigkeiten beugen.«

»Vernünftig sein ist also, logisch zu handeln«, stellte Grek-665 1/2 fest.

Chamberlain antwortete nicht. Vorübergehend kommunizierte er über sein Armbandgerät. Der Maahk konnte nicht verstehen, mit wem oder worüber er sich unterhielt. Zugleich beschleunigte der Kulturattaché seine Schritte weiter.

»Die Kastun-Schlachtschiffe reagieren nicht auf Funkanrufe«, sagte er zögernd. »Die diplomatische Immunität der terranischen Gesandtschaft interessiert sie offenbar einen feuchten Dreck. Und zur Milchstraße haben wir längst keine Hyperfunkverbindung mehr. Wir wissen nicht, was geschehen ist, aber schon vor Tagen traten die ersten augenfälligen Störungen auf. Dabei glauben wir nicht, dass nur die Relaisverbindungen ausgefallen sind, es muss sich um etwas Gravierenderes handeln.«

»Die Kastuns leisten ganze Arbeit«, erkannte Grek-665 1/2. Dafür erntete er einen überraschten Augenaufschlag Chamberlains.

»Ich habe noch keinen Maahk kennen gelernt, der unsere Redewendungen so gut beherrscht«, sagte der Kulturattaché.

Der Raum, den sie gleich darauf betraten, war durch Energiesperren gesichert. Grek-665 1/2 registrierte, dass die Mentalschwingungen seines Begleiters überprüft wurden.

Vor ihnen erhob sich ein Personentransmitter einer Bauart, die ihm bislang fremd war. Dieses Gerät schien ortungstechnisch besonders abgesichert zu sein. Das Entstofflichungsfeld leuchtete in tiefem Grün. Mehrere Dutzend Männer und Frauen warteten bereits darauf, das Feld zu durchschreiten und an Bord eines der startenden Raumschiffe zu gelangen.

»Die METTERNICH und die CARTER haben soeben die Atmosphäre verlassen«, sagte Chamberlain unaufgefordert. »Wir begeben uns an Bord der TALLEYRAND, auf der ich das Kommando übernehme. Noch Fragen dazu, Grek-665? Ich hoffe, dass wir in wenigen Tagen nach Chemtenz zurückkehren können.«

Nur noch fünf Personen standen vor ihnen, als Chamberlain zur Seite trat und den Maahk mit einer knappen Handbewegung aufforderte, den Transmitter zu benutzen. »Noch bin ich der Hausherr, Grek, und ich verlasse die Botschaft als letzter.«

»Ich bleibe!«, widersprach Grek-665 1/2 völlig unerwartet. »Ich gehe nicht an Bord des terranischen Raumschiffs.«

»Aber …«

»Mein Entschluss steht fest.«

Nur mehr zwei Personen warteten vor ihnen. Chamberlain verzog die Mundwinkel zu einem säuerlichen Lächeln. »Was willst du, Grek? Ich glaube, der Angriff der Kastuns kommt dir wie gerufen. Aber die Botschaft ist nicht mehr sicher, nicht einmal für einen Maahk. Davon abgesehen, wirst du keinen Zugriff auf wichtige Daten erhalten. Jeder schützt seine Geheimnisse so gut er kann, und wir müssen damit rechnen, dass die Kastun-Besatzungen Informationen sammeln wollen. Deshalb fliegen sie Chemtenz an. Der Planet hat keine eigene Industrie, keine nennenswerten Bodenschätze und schon gar keine Kriegsflotte. Hier gibt es nichts anderes zu holen als Daten über die Milchstraße.«

»Mich interessieren die Unbekannten, denen unsere Raumschiffe bislang so wenig entgegenzusetzen hatten«, sagte Grek-665 1/2 emotionslos. »Ich will sie sehen.«

Der Kulturattaché bedachte ihn mit einem überraschten Augenaufschlag. »Ist das Neugier?«, fragte er verblüfft.

Der Maahk zögerte mit der Antwort. Auch das überraschte Chamberlain. Doch es gab dringendere Probleme als das ungewöhnliche Verhalten eines Methanatmers.

»Es ist zwingend notwendig, den Gegner zu kennen«, bemerkte Grek-665 1/2. »Schlachten wurden deshalb schon gewonnen oder verloren.«

Ich glaube nicht, dass uns eine solche Auseinandersetzung bevorsteht, wollte Chamberlain sagen, überlegte es sich im letzten Moment aber anders. »Wir wollen die Milchstraße erreichen«, erläuterte er stattdessen. »Wenigstens mit einem der drei Schiffe. Die Liga Freier Terraner muss erfahren, was in Andromeda geschieht. Vielleicht bahnt sich eine Gefahr an, der wir rechtzeitig und mit aller Härte begegnen müssen.« Unmittelbar vor dem Transmitterfeld streckte er dem Maahk die rechte Hand entgegen. »Ich wünschte, wir hätten noch Funkkontakt über die Relaisbrücke. Dann kämen wir erst gar nicht in den Verdacht, Chemtenz schmählich im Stich zu lassen. Aber wenn wir jetzt nicht handeln, werden wir vielleicht nie wieder dazu in der Lage sein.«

Grek-665 1/2 ergriff die ihm dargebotene Hand und umschloss sie mit seinen sechs Fingern. »Ich gestehe ein, Aldus Chamberlain, dass ich mich fast täuschen ließ. Du weißt mehr, als du zuzugeben bereit ist, aber du handelst wie ein Maahk. Du setzt dein Leben und das deiner Untergebenen für das Wohl der Gemeinschaft ein. Möge der große Kraah auf deiner Seite stehen und euch beschützen.«

Ein durchdringender Summton erklang, zugleich umfloss ein rotes Leuchten Chamberlains Armbandgerät. »Es wird Zeit für mich«, bemerkte er knapp. »Du kannst die Botschaft ungehindert verlassen, Grek, dein ID-Chip wird dir im Paratronschirm eine Strukturlücke frei schalten. Ich hoffe, wir sehen uns wieder.«

Mit einer schnellen Drehung und einem einzigen Schritt durchbrach Aldus Chamberlain das Entstofflichungsfeld, das Augenblicke nach seinem Durchgang flackernd erlosch. Sekundenlang betrachtete Grek-665 1/2 noch den Transmitter, dann wandte er sich ab. Noch war es für ihn zu früh, die terranische Botschaft zu verlassen.

Die Informationen über den Feind blieben spärlich. Nur eines kristallisierte sich heraus: Wo immer Kastuns auf

Raumschiffe anderer Völker trafen, sprachen ihre Waffen. Und die waren von einer Vernichtungskraft, dass bislang weder Maahks noch Tefroder eine Chance auf realistische Gegenwehr gehabt hatten.

Grek-665 1/2 glaubte deshalb nicht daran, dass er den Kulturattaché Chamberlain je wiedersehen würde.

Kapitel 2

Es war ihm leichtgefallen, die Bildschirmgalerie zu reaktivieren. Nach wie vor waren mehr als ein Dutzend Außensatelliten der terranischen Botschaft in Betrieb.

Die anfliegenden Kastun-Kriegsschiffe hatten mittlerweile die Umlaufbahn des fünften Planeten überschritten und näherten sich Chemtenz, der in Konjunktion stehenden dritten Welt. Eingeblendete Schriftzeichen zeigten spärliche Ortungsdaten, die nur wenig über die Angreifer verrieten. Die Angaben von Massewerten und Energieemissionen waren vielschichtig interpretierbar und sagten kaum etwas über die Kampfkraft des Gegners aus. Mit jeweils 1100 Meter Länge übertrafen die Invasoren ohnehin die Abmessungen aller im Kraltmock-System stationierten Raumschiffe.

Die zwölf Kastuns flogen unverkennbar in Angriffsformation, und die Terraner mussten den Verstand verloren haben. Eine andere Erklärung dafür, wieso die Botschaftsraumer den Kastuns entgegenflogen, statt eine schnelle Flucht zu versuchen, hatte Grek-665 1/2 nicht. Zielstrebig glitten seine Finger über die Schaltflächen, die sich unter den Berührungen veränderten. Für die Mehrzahl der Ortungsdaten hatte er jedoch keine Zugriffsberechtigung. Unter anderen Umständen hätte er versucht, den Zugangskode zu knacken, doch jetzt genügten Beschleunigungswerte und Geschwindigkeit. Eine überschlägige Berechnung verriet ihm, weshalb die Terraner die Konfrontation suchten. Eine Flucht, selbst in die entgegengesetzten Richtung, konnte nicht gelingen. Die Kastun-Schlachtschiffe näherten sich mit einer Geschwindigkeit, die ihnen den jederzeitigen Eintritt in den Hyperraum erlaubte und damit den Angriff auf fliehende Raumschiffe, noch ehe diese schnell genug für ein Metagrav-Manöver waren.

Als Wissenschaftler hatte er eine militärische Grundausbildung absolviert. Dennoch nötigte ihm die Handlungsweise der Terraner Anerkennung ab. Er wusste, dass Menschen mehr am Leben hingen als Maahks; das hing mit ihrer geringeren Vermehrungsrate zusammen, aber auch mit grundlegenden psychischen Unterschieden. Möglicherweise flogen die Botschaftsangehörigen sehenden Auges in den Tod.

Wer oder was auch immer sich an Bord der Kastun-Kriegsschiffe befand, Grek-665 1/2 fragte sich in dem Moment, ob die Unbekannten ebenfalls die Absicht der Terraner durchschauten. Sie flogen einen Angriff, um Zeit zu gewinnen und die Kastuns nicht zu einem Überlichtmanöver zu verleiten. Nur so konnten sie selbst die erforderliche Eintauchgeschwindigkeit erreichen und in den Hyperraum gehen. Die Konsequenz des Manövers war jedoch, dass sie zwangsläufig eines oder zwei ihrer Schiffe verlieren mussten.

Immer noch funkte der Botschafter die Kastuns an. Greks Schaltungen ließen vorübergehend eine menschliche Stimme erklingen, nach wie vor die Aufforderung zur Identifikation und der Hinweis auf die diplomatische Immunität des Kraltmock-Systems. Beides blieb vergebliche Mühe.

Überraschend erfolgte der erste Feuerschlag. Aber nicht die Fremden hatten den Kampf eröffnet, sondern die Terraner.

Unbeschadet durchbrachen die Kastun-Kriegsschiffe die schweren Transformexplosionen. Aus den Archiven wusste Grek-665 1/2, dass es gegen die Transformkanonen der Terraner lange Zeit keinen ausreichenden Schutz gegeben hatte. Die Schirmstruktur der Kastuns ließ nicht einmal Schwankungen erkennen.

Stetig beschleunigten die Kugelraumer der Botschaft. Bei einer Distanz von acht Millionen Kilometern fächerten sie auseinander. Das war der Moment, auf den Grek-665 1/2 gewartet hatte. Wenn ihre Taktik Erfolg haben sollte, mussten die Terraner die gegnerischen Kräfte aufsplittern.

Noch immer verpufften die Transformsalven wirkungslos. Aber zum ersten Mal schossen die Kastuns zurück. Jeweils sechs Schiffe nahmen einen Kugelraumer ins Ziel.

Als der grelle Glutball einer gewaltigen Explosion aufflammte, schloss Grek in einer unbewussten Reaktion die Augen. Der Blitz schien alles auszulöschen.

Sekundenlang reagierte er verwirrt auf die eigene überschießende Reaktion. Die Terraner konnten den Tod nicht gespürt haben, so schnell war er über sie gekommen. Sie waren den Weg allen Lebens gegangen, der für jedes Individuum von Geburt an vorgezeichnet war. Deshalb Bedauern zu empfinden, war im Sinne der Gesamtheit unnötig.

Bedauern?

Der Maahk ertappte sich dabei, dass ihm dieses bislang fremde Gefühl Unbehagen bereitete. Kein Wunder, dass unter solchen Voraussetzungen Menschen wie Tefroder oft schwer einzuschätzen waren. Grek-665 1/2 begann zu verstehen, dass noch ein weiter Weg vor ihm lag und er eines Tages vielleicht bedauern würde, das Experiment mit dem LemurEmotio-Simulator überhaupt begonnen zu haben. Die Erkenntnis, eigene psychische Regungen zu entwickeln, die maahkscher Mentalität völlig fremd waren, erschreckte und faszinierte ihn gleichermaßen.

Aber er hatte es so gewollt.

Oder doch nicht?

Eine solche Unsicherheit hatte er früher nicht gekannt. Woher sollte er noch wissen, was nützlich und richtig war?

Er war nur ein paar Sekunden lang abgelenkt gewesen. Währenddessen hatten die Kastuns den zweiten Botschaftskreuzer in eine expandierende Glutwolke verwandelt. Nun gab es nur noch einen Hasen, den sie jagten.

Grek-665 1/2 entblößte das Gebiss mit den kräftigen Reißzähnen. Es war eine Geste der Unsicherheit und Verwirrung zugleich. Eben hatte er wie ein Mensch gedacht. Die letzte Hypnoschulung vor seinem Aufbruch nach Chemtenz hatte typisch terranische Redewendungen enthalten, die ohne das notwendige Hintergrundwissen unverständlich bleiben mussten. Grek-665 1/2 hatte diese Begriffe verinnerlicht. Dass er selbst in diesen Parabeln denken würde, hätte er so schnell jedoch nicht für möglich gehalten. Indes lag die Erklärung nahe. Das Wort Hase bezeichnete ein vermehrungsfreudiges Lebewesen vom Planeten Terra, das Schulungsprogramm hatte in der Hinsicht eine Übereinstimmung mit den Maahks erkennen lassen. *Einen Hasen jagen …* Grek-665 1/2 fragte sich, was ihn an den Terranern wirklich faszinierte. Die Lemurer-Abkömmlinge waren ein respektloses Volk. Aber vielleicht begründete gerade das ihren evolutionären Erfolg.

Das letzte Raumschiff stand kurz davor, in den Überlichtflug zu gehen. Die Ortungsanzeige wurde grafisch dargestellt, ein wachsender roter Balken, dessen Färbung bereits eine grüne Nuance erhielt. Nur noch Sekunden …

Die Kastun-Kriegsschiffe feuerten gleichzeitig. Rings um den letzten terranischen Kugelraumer schien der Weltraum aufzureißen, potenzierten sich tödliche Energien zu einem vernichtenden Chaos.

Aus allen vier weit aufgerissenen Augen starrte Grek-665 1/2 auf die Wiedergabe. Das Schiff war verschwunden, es musste in den Hyperraum gegangen sein, als die Salve der Kastuns in seinen Schutzschirmen getobt hatte. Der Maahk wusste nicht, welchem der drei Schiffe die Flucht gelungen war, aber er hoffte, dass Aldus Chamberlain überlebt hatte.

Der Kurs der Angreifer zielte unverändert auf Chemtenz. Nicht einmal mehr zwei terranische Standard-Minuten Distanz. Der Maahk gab sich keinen Illusionen hin, was geschehen würde.

Mit einer knappen Handbewegung desaktivierte er die Bildschirmwand. Es wurde Zeit für ihn, die Botschaft zu verlassen.

»Der Letzte macht das Licht aus«, sagten die Terraner dazu. Grek-665 1/2 reagierte zufrieden; er hatte schon viel gelernt, aber er würde noch sehr viel mehr lernen müssen.

Falls es eine Zukunft für ihn gab. Das jedoch hing ausschließlich von den unbekannten Angreifern ab.

Eine unheimliche Stille lastete über dem Gelände der terranischen Botschaft. Es war die Stille des bevorstehenden Todes.

Die Konsequenz erschien Grek-665 1/2 unausweichlich. Bislang hatten die fremden Kriegsschiffe jeden Kampf siegreich beendet, hatten ausgeglühte Wracks, verbranntes Land und Tausende von Toten hinterlassen, eine Spur aus Blut und Zerstörung. Nahezu jedes Volk verzeichnete Verluste. Weshalb sollten sie ausgerechnet Chemtenz verschonen, die einzige diplomatische Niederlassung der Terraner in Andromeda?

Die Menschen hatten ihre Botschaft verlassen, doch die nahe Hauptstadt allein zählte rund fünf Millionen Einwohner. Für eine Evakuierung hatte es weder die nötige Kapazität gegeben, noch eine ausreichend lange Vorwarnzeit. Die Bevölkerung floh hinaus aufs Land, auf See oder zog sich in die unterirdischen Anlagen zurück.

Diese Welt war seit dem Augenblick, in dem die Kastun-Kriegsschiffe im äußeren Sonnensystem aus dem Hyperraum gefallen waren, zum Sterben verurteilt.

Grek-665 ½ suchte den Himmel ab, ohne bereits eine Spur der Angreifer entdecken zu können. Lediglich ein leichtes, kaum wahrnehmbares Flirren spannte sich über das Firmament: die Kuppel des Paratron-Schutzschirms. Lange würde das Schirmfeld den Waffen der Invasoren jedoch nicht widerstehen.

Sie kamen. Vier Schiffe hingen plötzlich hoch im Zenit. Grek-665 ½ konnte sich ausrechnen, wo die anderen Einheiten verblieben waren. Chemtenz hatte drei Kontinente, nicht alle so dicht besiedelt wie der nördlichste, doch Tefroder, Terraner, Arkoniden und sogar Twonoser hatten sich in der Wildnis niedergelassen.

Die Kastuns kamen aus der Sonne. Mittlerweile betrug ihre Höhe nur noch 100 Kilometer. Angespannt wartete Grek-665 ½ auf den grellen Lichtblitz, der alles Leben auslöschen würde.

Er fragte sich, ob der Tod Schmerzen bereitete. Aber das waren nicht seine eigenen Gedanken, der LemurEmotio-Simulator gab sie ihm ein. Menschen fühlten so, sie stellten sich solche Fragen, die ihre Entschlusskraft lähmten und nicht zur Lösung von Problemen beitrugen.

Noch 90 Kilometer …

Chemtenz hielt den Atem an. Kaum ein Gleiter war noch in der Luft.

Sie wissen, was auf sie zukommt, aber sie wollen es nicht wahrhaben, dachte der Maahk. *Sie ziehen sich zurück wie verwundete Tiere, fliehen in den trügerischen Schutz ihrer unterirdischen Anlagen oder in die Berge.*

Er näherte sich dem inneren Rand der Paratron-Kuppel. Das hochgespannte hyperenergetische Feld bot keinen wirklichen Schutz gegen die Intervallkanonen der Fremden. Deren Wirkung war ebenfalls fünfdimensionaler Natur und unterlief die Ableitungsfunktion des Schirmfeldes.

Ein Blitz zuckte auf. Nur Millisekunden hatte er Bestand, und sein Ausgangspunkt war ohne Hilfsmittel nicht zu lokalisieren. Doch die Folgen des Einschlags blieben unübersehbar. Jenseits der Metropole, in der weit geschwungenen Bucht, kochte die See. Ein turmdicker Impulsstrahl hatte Millionen Kubikmeter Wasser verdampft und wirbelte eine apokalyptische Rauchsäule in die Atmosphäre. Die in das Vakuum zurückflutenden Wassermassen schossen in einer gewaltigen Eruption Hunderte von Metern empor, ehe sie nach allen Seiten abregneten. Und über allem hing flackernder Feuerschein.

Der zweite Schuss aus mittlerweile nur noch 70 Kilometern Höhe zog eine glühende Spur der Vernichtung durch die Stadt und entfachte einen gewaltigen Feuersturm. Das war der Moment, in dem Grek-665 1/2 den Paratronschirm durch eine Strukturlücke verließ. Sengende Hitze schlug ihm entgegen, aber er spürte sie nicht. Der Schutzanzug, den er gegen die giftige Sauerstoffatmosphäre trug, war weltraumtauglich. Auch der Sturm, der in Richtung Stadtzentrum fegte und Bäume wie dünne Hölzer knickte, konnte ihm nichts anhaben. Die Tornisteraggregate reagierten präzise auf alle äußeren Einflüsse.

Grek-665 1/2 regelte sein Flugaggregat hoch. Mit wachsender Geschwindigkeit entfernte er sich vom Botschaftsareal und gewann zugleich an Höhe, während hinter ihm vollends die Hölle losbrach. Die Kastuns feuerten im Sekundentakt, ihre Thermostrahlen pflügten das Land um, die Desintegratoren ließen selbst von widerstandsfähigem Baumaterial kaum mehr zurück als verwehende Staubschleier.

Chemtenz starb. Zweifellos sah es in diesen Augenblicken auf den anderen Kontinenten ähnlich aus.

Fünf Kilometer hoch flog Grek-665 1/2 bereits über dem Land.

Acht Kilometer … New Dillingen verbarg sich unter einem

Mantel aus Glut, Asche und Rauch, aber unter der brodelnden Schwärze tobten heftige Explosionen.

In der Höhe wütete ein verheerender Orkan. Wie ein welkes Blatt im Herbststurm wurde Grek-665 1/2 herumgewirbelt. Er verlor die Orientierung und ließ sich treiben, während die Welt um ihn herum versank. Erst in den dünneren Luftschichten kam die wirbelnde Aufwärtsbewegung zum Stillstand.

Als er eine Höhe von über zwanzig Kilometer erreicht hatte, sah er die terranische Botschaft wie einen Fels in der Brandung stehen. Zuckende Aufrissfronten umflossen den Schutzschirm, als die Angreifer ihre überschweren Intervallkanonen einsetzten. Die gebündelten Hyperfelder erzeugten eine ungeheure mechanische Wirkung. Die ersten Treffer überzogen die Paratron-Kuppel mit einem Netz von schwarzen Schlünden, doch schon die zweite Salve durchschlug die Barriere und setzte ihre Energie frei.

Die terranische Botschaft, ebenso wie die angrenzenden Wohnbezirke, existierte nicht mehr. Ein Meer von Staub überflutete alles.

Zu lange hatte sich Grek ablenken lassen. Erst ein Warnsignal seines Anzugs erinnerte ihn daran, dass es mehr gab als den sterbenden Planeten. Er durfte die Mörder nicht vergessen.

Eines der Kriegsschiffe, zweifellos jenes, das die Botschaft ausgelöscht hatte, näherte sich mit hoher Geschwindigkeit. Mit einem knappen Befehl desaktivierte der Maahk alle Energieverbraucher. Das betraf sein Lebenserhaltungssystem ebenso wie den Antigrav und das kleine Triebwerk. Über einen Deflektor verfügte er nicht, der war unter Freunden überflüssig.

Viel zu hoch war Grek-665 1/2 schon aufgestiegen. Das Gefühl des plötzlichen Fallens wurde ihm nicht richtig bewusst. Scheinbar schwerelos schwebte er über dem verglühenden Land.

Das Kriegsschiff drehte nicht ab.

Die Angreifer kamen geradewegs auf ihn zu, eine schlanke und ohne das sonnenhelle Feuer im Zentrum wenig imposante Silhouette. Der Querschnitt erinnerte an ein hochgestelltes

Oval, strömungsgünstig geformt wie der Körper eines Wasserlebewesens, doch aus mattgrauem Stahl bestehend. Der Bug des Schiffes erschien als weit vorgestülptes, aufgerissenes Maul. In ihm loderte das verzehrende Feuer, die Projektormündung der Intervallkanone.

Jeden Augenblick rechnete Grek damit, von Traktorstrahlen erfasst und an Bord gezogen zu werden. Er trug keine Waffe bei sich. Trotzdem würde er sich lieber selbst töten, bevor er den Fremden in die Hände fiel. Nur ein toter Maahk konnte keine Geheimnisse verraten.

Entschlossen tastete er nach dem Verschlussmechanismus des Raumhelms. Bei den ersten Anzeichen eines Zugfeldes würde er nicht zögern, den Helm zu öffnen und tödlichen Sauerstoff einzuatmen.

Riesig wuchs der Kastun vor ihm auf. Das Schiff würde ihn möglicherweise rammen. Dennoch versuchte der Maahk, möglichst viele Einzelheiten aufzunehmen. Endlich drehte der Angreifer um wenige Grad und präsentierte ihm die Flanke. An der oberen Heckflosse waren beidseitig zylinderförmige Ausleger angeflanscht. Sie bargen die anderen Waffensysteme.

Sekundenlang blickte Grek-665 1/2 geradewegs hinein in einen dieser Ausleger, in dem sich tödliche Energien ballten. Als das Projektionsfeld die Sättigung erkennen ließ, zuckte eine meterdicke Glutbahn in die Tiefe. Dass er schrie, bemerkte der Maahk erst Augenblicke später. Ungläubig stellte er fest, dass er noch am Leben war. Der Thermoschuss hatte ihn um geringe Distanz verfehlt, aber fast zum Greifen nahe wölbte sich vorübergehend der Rumpf des Kriegsschiffes über ihm. Mit dem Bezugspunkt wurde sein Sturz deutlicher. Grek-665 1/2 fiel dennoch unbehelligt der Oberfläche des Planeten entgegen, die Angreifer hatten ihn nicht geortet.

Der Abstand zu dem Raumer wuchs. Trotzdem wagte der Maahk nicht, die Energieversorgung wieder in Betrieb zu nehmen.

Das Kastun-Kriegsschiff glitt über die Ruinen von New Dillingen hinweg und nahm das Gebirge unter Beschuss. Augenblicke später beschleunigte es und war nach wenigen Sekunden aus Greks Sichtfeld verschwunden.

Endlich konnte er seinen Sturz mit dem Antigrav abfangen. Und er aktivierte den Funk-Suchlauf. Doch falls es Überlebende gab, schwiegen sie lieber. Das Land wurde von einer dichten Wolkendecke verborgen. Die Ortungen verrieten Grek, wie es unter der brodelnden Schwärze aussah: Die Hauptstadt war in einem See aus Staub und Schlamm versunken, in den Bergen hatten zahlreiche Felsstürze die Täler verschüttet.

Maahkrit, die ständige Vertretung der Maahks, nordöstlich der Hauptstadt in einem weitläufigen Talkessel gelegen, existierte nicht mehr. Vergeblich suchte Grek nach der acht Kilometer durchmessenden, im Zenit 3000 Meter hohen Schutzkuppel, die eine Wasserstoff-Methan-Ammoniak-Atmosphäre festgehalten hatte. Offenbar war die Vertretung von dem Intervallgeschütz ausgelöscht worden, und die Überreste hatte ein Bergrutsch verschüttet.

Grek-665 1/2 betrachtete die Situation nüchtern. Es gab auf Chemtenz keine funktionsfähige Infrastruktur mehr, der Raumhafen lag ebenso in Schutt und Asche wie die Hauptstadt und vermutlich alle anderen Siedlungen. Einige Raumer waren von den Angreifern noch am Boden zerstört worden, und was aus den Schiffen geworden war, denen der Start rechtzeitig gelungen war, blieb dahingestellt. Auf jeden Fall bedeutete es vergebliche Mühe, in den brennenden Ruinen nach einem noch funktionsfähigen Hyperfunkgerät zu suchen. Verwundeten konnte er ohnehin nicht helfen, dazu fehlten ihm die nötigen Kenntnisse.

Der Maahk entschloss sich, nicht auf dem zerstörten Planeten zu landen. Das belastete seine Energievorräte, die keineswegs unbegrenzt waren; ganz zu schweigen davon, dass ihm der Aufenthalt in der lebensfeindlichen Sauerstoffatmosphäre ohnehin keine Vorteile einbrachte. Ob er im Vakuum des Weltraums erstickte oder in der Giftgasatmosphäre von Chemtenz, machte keinen Unterschied.

Grek überprüfte den Wasserstoffvorrat, der ihm vorerst das Überleben sicherte. Die Anzeige stand bei Einhalb. Das bedeutete, dass ihm gut drei Standardtage der Terraner blieben. Danach war sein Tod besiegelt.

Die Logik sagte dem Maahk, dass er nicht auf Rettung hoffen durfte. Welche Flotte stand bereit, um ausgerechnet auf Chemtenz Hilfe zu leisten? Möglicherweise waren auch andere Welten angegriffen worden. Und falls sich doch einzelne Schiffe ins Kraltmock-System wagten, würden bis dahin Tage vergehen.

Grek-665 ½ fühlte sich elend. Das war etwas, was er bislang nicht kannte, als hätte ein Virus sein physisches Befinden attackiert.

Er bedauerte den Tod vieler unschuldiger Opfer.

Und er begann, die Angreifer zu hassen.

Beides entsprang nicht der Logik. Es machte die Toten nicht wieder lebendig, wenn er Trauer empfand und sich vorzustellen versuchte, wie sie ums Leben gekommen waren. Vor allem wurde sein Blick auf das Wesentliche getrübt, wenn er seine Kraft mit Hass auf die Invasoren vergeudete.

Es war nur logisch, wenn er sich schnellstmöglich in einen Orbit um Chemtenz begab. So weit entfernt, dass ihn die Anziehungskraft nicht mehr dazu zwang, Energie mit Positionskorrekturen zu vergeuden. Andererseits aber immer noch nah genug, um nicht abzutreiben.

Der LemSim wollte ihm einreden, dass er um sein Leben kämpfen musste. Selbst auf die Gefahr hin, dass er damit seinen Luftvorrat schneller verbrauchte. Dieses verwirrende Wühlen in seinem Inneren wurde stärker. Grek-665 ½ ahnte, dass er über kurz oder lang dem unheilvollen Einfluss nachgeben würde. Nie zuvor hatte er einen ähnlichen Zwiespalt erlebt. Er nahm die Gefühle eines Lemurer-Abkömmlings wahr, konnte sie aber nur schwer einordnen. Sie würden ihn in den Tod treiben, oder in den Wahnsinn. Jedenfalls hatte er keine Möglichkeit, den implantierten LemurEmotio-Simulator zu entfernen. Andererseits hätte er das auch nicht mehr getan. Diesen Selbstversuch musste er bis zum Ende durchstehen.

Grek-665 ½ hatte mit seinem Experiment nachvollziehen wollen, wie Menschen dachten und was sie wirklich wahrnahmen. Es hatte ihm fern gelegen, wie ein Mensch zu sterben. *Wenn du den Tod nahen siehst, nimm ihn an oder kämpfe,* das war die Ethik eines Maahks. Doch die menschlichen Empfindungen wollten ihm einreden, nicht nur eine Chance wahrzunehmen, sondern schlicht und einfach ums Überleben zu kämpfen, ohne vernünftige Aussicht, dass dieser Kampf von Erfolg gekrönt sein konnte.

Grek-665 1/2 ignorierte sein Unbehagen. Mit einem knappen Befehl aktivierte er den Rückentornister und ließ sich von der Schubkraft des Triebwerks weiter hinauf tragen. Tief unter ihm schrumpften die Zerstörungen zur Bedeutungslosigkeit. Chemtenz war eine Wasserwelt mit lediglich drei größeren Landmassen. Der Kontinent Chem mit dem Raumhafen, der Hauptstadt New Dillingen und der terranischen Botschaft lag als Einziger auf der Nordhalbkugel des Planeten.

Dann wartete der Maahk – auf ein Raumschiff, dessen Besatzung ihn retten würde, oder auf den Tod.

Irgendwann streiften seine Gedanken das Gelege, in dem er aufgewachsen war, und sie befassten sich auch jetzt noch ständig mit den Menschen. *Vielleicht,* dachte Grek-665 1/2, *wäre in der Geschichte unserer Völker vieles anders verlaufen, würden sie nicht giftigen Sauerstoff, sondern wie wir Wasserstoff atmen.*

Er verspürte Bedauern, dass bald alles zu Ende sein würde. Aber dieses Gefühl war eine typisch menschliche Regung. Grek-665 1/2 mochte es nicht. Trotzdem musste er es ertragen, weil er den LemSim nicht abschalten konnte.

Schwärze. Allgegenwärtig, undurchdringlich, zäh und klebrig. In ihr fühlte er sich wohl. Er schwebte in diesem Medium.

Er war zeitlos …

Aber er bewegte sich. Und er vernahm Geräusche.

Anfangs ängstigten sie ihn, doch sie wurden schnell vertraut. Da war ein fernes, dumpfes Dröhnen, aber auch eins in ihm, wenn auch leiser und rhythmischer. Mit diesen Lauten kamen die Schatten; die Schwärze wich einem trüben Schleier, in dem sich zuckende Schemen bewegten.

Irgendwann wurden seine Bewegungen kräftiger, und er berührte dieses diffuse Etwas. Er spürte nachgebenden Widerstand. Sobald er sich dagegenstemmte, geriet das zähe Medium in gurgelnde Unruhe. Dann veränderten sich die Sche-

men, als wollten sie ihr wahres Aussehen verbergen. Er begann zu verstehen, dass sie sich jenseits der Schale bewegten, in einem Kosmos, den er noch nicht verstand. Zugleich wusste er, dass jene Welt auf ihn wartete. Sie war seine Bestimmung, und ganz gleich, was ihn dort erwartete, er konnte ihr nicht entgehen.

Seine Bewegungen wurden hastiger, er streckte sich und drückte gegen den trüben Widerstand, der langsam nachgab. Längst empfand er sein Universum als Behinderung; es engte ihn ein und hinderte ihn daran, weiter zu wachsen.

Die Geräusche von draußen wurden stärker und deutlicher, immer neue Lautfolgen erkannte er – und versuchte, sie nachzubilden. Wenngleich sein Gurgeln wenig mit dem gemeinsam hatte, was er nachzuahmen versuchte.

Seine Unruhe wuchs, wurde unerträglich. Endlich wich der Widerstand, und er spürte die Kälte des Unbekannten. Er krümmte sich, streckte die Gliedmaßen, stieß sich ab; ein weiteres Stück der eng gewordenen Höhle brach aus, und dann spülte ihn der letzte Rest der Flüssigkeit aus dem Gefängnis. Kälte raubte ihm den Atem, er schrie, bis er sich hustend und stockend übergab und ein Schatten die nutzlos gewordene Höhle entfernte.

Da waren noch weitere bleiche Gebilde. In allen bewegten sich dunkle Schemen, als wollten sie ebenfalls den Widerstand durchbrechen.

Etwas Riesiges, Dunkles, Furchteinflößendes senkte sich über ihn herab, und mit dumpfem Grollen öffnete sich ein Spalt darin und gab zwei lange Reihen spitzer Zähne frei. Zugleich fühlte er sich hochgehoben.

Er schrie … schrie, bis sich alle zähe Nässe aus seinen Atemwegen löste und die eisige Kälte tief in ihn eindrang …

Grek-665 ½ reagierte verwirrt. Obwohl er hastig den Wasserstoff durch die Lungenschläuche pumpte, hatte er das beklemmende Gefühl, ersticken zu müssen. Der Vorrat an Atemluft ging schneller als erwartet zu Ende.

Wasserstoffmangel führte zu Halluzinationen. Hatte er eben seine Geburt nacherlebt, an die sich kein Maahk wirklich erinnern konnte? Er musste vorübergehend ohne Besinnung gewesen sein, vielleicht ausgelöst durch das langsame Absterben von Gehirnzellen. Aber warum war er aus der Bewusstlosigkeit aufgewacht, und woher kam die Kälte?

Die Helmscheibe hatte unter der direkten Sonneneinstrahlung eine milchige Konsistenz angenommen, um eine Blendung zu verhindern. Grek-665 1/2 blinzelte in die trübe Helligkeit. Hoch über ihm drehte der Planet Chemtenz als schmale Sichel seine Bahn. Das Streulicht in der Atmosphäre und unvermindert tobende Brände ließen die Nachtseite nicht völlig in Schwärze versinken.

Langsam fraß sich ein grelles Flackern in Greks Bewusstsein vor.

Druckverlust!

Er registrierte das fauchende Geräusch, mit dem der Wasserstoff ausströmte. Sein Anzug hatte ein Leck.

Panik hinderte ihn sekundenlang daran, dagegen vorzugehen. Erst als er erkannte, dass der LemSim den beeinträchtigenden Hormonstoß ausgelöst hatte, überwand er seine Verwirrung.

Das Leck befand sich an seinem rechten Handrücken. Mit einem kurzen Korrekturschub drehte er sich mit dem Rücken zur Sonne, woraufhin sich der Blendschutz des Helms zurückbildete. Das Loch war für den Reparaturmechanismus zu groß. Ein Mikrometeorit musste ihn gestreift haben, ein wenige Millimeter durchmessendes Staubkorn, das anschließend innerhalb eines Sekundenbruchteils in der Atmosphäre des Planeten verglüht war. Es hatte den Anzug nur angekratzt, aber der Schaden war beträchtlich. Einen glatten Durchschlag hätte der Reparaturmechanismus besser verkraftet.

Wahrscheinlich strömte der kostbare Wasserstoff schon minutenlang aus. Fast einen Finger breit klafften die Ränder des Lecks auseinander. Grek-665 1/2 spürte, dass ihm erneut die Sinne zu schwinden begannen. Er war müde und wollte nur noch schlafen. Es kostete ihn einige Anstrengung, mit der Linken die Ränder des Lecks zusammenzudrücken. Dann konnte er sehen, wie das Gewebe Blasen werfend aufwallte und eine neue Verbindung schuf. Mikroskopische Siliziumfasern erzeugten ein stabiles Gerüst, jener Grundstoff, der auch Haut und Skelett eines Maahks entscheidend prägte.

Er durfte weiterleben. Für kurze Zeit wenigstens. Ein Blick auf die Anzeige des Luftvorrats zeigte ihm, dass ihm nicht mehr als drei Standardstunden blieben. Vielleicht wäre es besser gewesen, er hätte das Leck nicht abgedichtet.

Grek-665 1/2 fürchtete den Tod nicht. *Ich habe ihn bislang nicht gefürchtet,* fügte er in Gedanken hinzu. Da war ein dumpfes, fast unmerkliches Pochen am Übergang vom Kopf zum Körper. Er spürte es nur, wenn er sich darauf konzentrierte. Das war genau die Stelle, an der ihm der LemSim implantiert worden war.

Der Simulator begann, sein Leben durcheinander zu bringen. Vieles von dem, was bislang unumstößlich gewesen war, schien plötzlich infrage gestellt. Grek scheute den Tod. Weil er nicht wusste, was danach kaum. Die Logik sagte ihm, dass der Tod endgültig sein musste, dass das Leben nur in einem perfekten Zusammenspiel vielfältigster Botenstoffe bestand, die von einer funktionierenden Energieversorgung abhingen.

Menschliches Empfinden sah diese Zusammenhänge anders, war wie ein schleichendes Gift, das Zweifel weckte.

Grek-665 1/2 hatte sich auf das bislang einmalige Experiment mit dem Simulator eingelassen, weil es ihm wichtig erschienen war, eines Tages die Denkstrukturen der Giftgas atmenden Lemurer-Abkömmlinge nachvollziehen zu können. Er hatte nicht in Erwägung gezogen, dass die Stärke ihrer Empfindungen nachteilig sein würde. Sonst hätte er auf einer Möglichkeit bestanden, den LemSim jederzeit abschalten zu können.

Die Furcht, die er ansatzweise empfand, war ihm fremd. Sie verwirrte ihn. Aber gerade das konnte nicht der biologische Grund ihrer Existenz sein. Menschen empfanden in Todessituationen Furcht, weit intensiver, als er in diesem Augenblick, doch sie reagierten dann nur selten verwirrt. Grek-665 1/2 knirschte mit den Zähnen. *Dein Einfluss ist begrenzt, LemSim,* dachte er rein sachlich. *In längstens drei terranischen Standardstunden wirst du mein Denken nicht mehr beeinträchtigen.*

Das Experiment war kein Fehlschlag. Aber es war auch noch

nicht geglückt. Ihm hatte einfach viel zu wenig Zeit zur Verfügung gestanden, um wirklich verwertbare Ergebnisse erzielen zu können. Nach wenigen Wochen verstand Grek-665 1/2 die Terraner nicht besser als zuvor, erschienen sie ihm immer noch fremd, wenngleich er schlaglichtartig zu spüren glaubte, was sie bewegte. Wahrscheinlich hätte er für ein wirklich repräsentatives Urteil jahrelang unter ihnen leben müssen – Jahre, die ihm nicht mehr vergönnt waren.

Nur noch wenige Stunden …

Grek-665 1/2 überprüfte den abgehenden Notruf. Der Syntron wiederholte das Peilsignal in einer Endlosschleife. Aber die Signale waren nur lichtschnell, sie würden das Kraltmock-System erst verlassen, wenn er das letzte Wasserstoffatom längst eingeatmet hatte.

Grek-665 1/2 spürte die Einsamkeit. Zum ersten Mal in seinem Leben.

Kapitel 3

Bordzeit Spürkreuzer JOURNEE*, 20. März 1312 NGZ*

Eine angespannte Atmosphäre beherrschte die Zentrale. Viel zu lange lagen die beiden Schiffe schon nebeneinander und im leeren Raum wie auf dem Präsentierteller. Obwohl niemand es aussprach, befürchtete wohl jeder, dass noch im letzten Moment der Rettungsaktion Kastun-Kriegsschiffe aus dem Hyperraum hervorbrechen und das Feuer eröffnen würden. Die JOURNEE hatte dann vielleicht noch eine Chance, den Angreifern zu entrinnen, nicht aber der schwer in Mitleidenschaft gezogene Raumfrachter ILKIN, auf dem die letzten Überlebenden des Planeten Cyrdan unter desolaten Zuständen auf ihre endgültige Rettung hofften.

Die Gesichter der Zentralecrew sprachen Bände. Verbissen zählten die Männer und Frauen des Spürkreuzers die letzten Minuten.

»Hochenergie-Anker geschlossen, Traktorstrahlen aktiviert und justiert. Die ILKIN sitzt so fest, als wäre sie mit uns verschweißt.«

»Beschleunigung mit zehn Prozent beginnt – jetzt!«

Einige wenige Anzeigen veränderten sich. Auf den Holoschirmen waren Details des Frachters zu sehen, unter anderem die schweren Schäden, die der Beschuss der Kastuns hinterlassen hatte. Die ILKIN war nur um Haaresbreite der Vernichtung entgangen. Wären die Angreifer einige Millionen Kilometer näher gewesen, hätte es keine Überlebenden gegeben.

Wie durch ein Wunder hatte der Überlichtantrieb des Frachters den Angriff überstanden. Nicht hingegen die Normaltriebwerke. Die Aussagen der Techniker widersprachen sich – die einen fürchteten Energierückschläge aus den Impulstriebwerken, die anderen behaupteten, dass eine mäßige Beschleunigung möglich sei. Einig waren sie sich nur darin, dass die ILKIN die für den Übertritt in den Hyperraum erforderliche halbe Lichtgeschwindigkeit aus eigener Kraft nicht erreichen konnte.

Aus einem leichten Flimmern heraus verdichtete sich das lebensgroße Hologramm der Tefroderin Laretha Mongath. Die resolute Kommandantin des Frachters blickte sich suchend um, bis sie Perry Rhodan entdeckte.

»Dein Team hat gute Arbeit geleistet, Perry«, sagte sie überlaut. »Die geflickten Absorber zeigen nicht die geringste Unregelmäßigkeit. Gehen wir über zu Phase Zwei! Je eher unsere Passagiere wieder festen Boden unter den Füßen haben, desto besser für uns alle.«

Phase Zwei bedeutete etwas mehr als die Verdoppelung der Anfangsbeschleunigung, mit 280 Kilometern im Sekundenquadrat für die JOURNEE immer noch ein lächerlich geringer Wert. 1339 Kilometer pro Sekundenquadrat betrug die maximale Beschleunigung, aus dem Stand heraus erreichte der Spürkreuzer den Überlichteintritt also schon nach knapp 113 Sekunden.

Rhodan nickte knapp. »Phase Zwei«, bestätigte er.

Wieder veränderten sich einige Zahlenkolonnen. Die Anfangsfahrt beider Schiffe hatte 5000 Kilometer pro Sekunde betragen. Exakt 38 Sekunden lang war mit 133 Kilometern pro Sekundenquadrat beschleunigt worden. Für die nächste Phase waren drei Minuten vorgesehen, und für die Endbeschleunigung 500 Kilometer. Die Techniker hatten abgelehnt, diesen Wert zu überschreiten. Die erforderlichen Vorbereitungen auf der ILKIN hätten zu viel kostbare Zeit in Anspruch genommen.

Nach ebenfalls drei Minuten in der Endstufe würde die Geschwindigkeit mit 150 454 Kilometern pro Sekunde knapp über dem Mindestwert liegen. Bis zum Eintauchpunkt in den Hyperraum hatten beide Schiffe dann eine Entfernung von 25 686 193 Kilometern zurückgelegt.

Die Anzeigen veränderten sich im Sekundentakt:

19 014 km/sec … 19 294 km/sec … 19 574 km/sec …

»Energieortung!«, meldete Cita Aringa.

Mehrere Hologramme zeigten grellen Feuerschein. Aus einem winzigen Punkt heraus entstand gedankenschnell ein expandierender Glutball, dessen Ausläufer nach der JOURNEE griffen.

Alarm gellte durch das Schiff.

Rhodan sah noch, dass der Rumpf des Frachters aufgerissen wurde, dann schossen ihm Tränen in die Augen, obwohl die Automatik das Bild abblendete.

»Kastuns?«, brüllte jemand. »Verdammt, wieso ...?«

»Keine Ortung!«, widersprach Cita Aringa.

Zim November, der den Spürkreuzer unter der SERT-Haube mit seiner Gedankenkraft steuerte, hatte blitzschnell reagiert und alle Verbindungen zu dem Frachter gekappt. In spitzem Winkel entfernte sich die JOURNEE von der ILKIN.

»Keine Feindeinwirkung!«, meldete die Plophoserin von den Ortungen. Gleichzeitig entstand das Hologramm der Frachterkommandantin von neuem.

»Explosion einer Speicherbank!«, rief Laretha Mongath. »Das hat uns gerade noch gefehlt.«

»Schwere Schäden?«

Die Tefroderin starrte Rhodan an. Sie wollte antworten, wurde aber unterbrochen und wandte sich halb aus dem Erfassungsbereich der Optik ab. Sekunden später stabilisierte sich ihr dreidimensionales Abbild wieder.

»Vakuumeinbruch«, sagte sie schroff. »Zum Glück kein Atombrand. Alle betroffenen Sektoren sind abgeschottet.«

»Tote oder Verletzte?«

Die untersetzt-kräftige Tefroderin zuckte mit den Achseln. »In den entsprechenden Sektoren befanden sich keine Flüchtlinge«, antwortete sie. »Zum Glück. Ob Crew-Mitglieder zu Schaden gekommen sind ...« Abermals wurde sie abgelenkt. Perry Rhodan sah sie aufatmen, dann wandte sie sich wieder ihm zu. »Keine Vermissten. Es ist wie ein Wunder. Aber jetzt? Ich weiß nicht, ob wir unter diesen Umständen einen neuen Versuch wagen dürfen. Was ist mit der JOURNEE?«

»Keine Schäden«, sagte Coa Sebastian, die terranische Kommandantin des Spürkreuzers. Sie wirkte kühl und zurückhaltend wie immer und ließ sich nicht die leiseste menschliche

Regung anmerken. Ihre Fachkompetenz war nie umstritten gewesen, doch hinter vorgehaltener Hand schrieben nicht gerade wenige Besatzungsmitglieder Coa das Gefühlsleben eines Roboters zu. »Unser größtes Problem wird der erneute Zeitverlust. Wir müssen nach der Explosionsursache suchen.«

»Materialermüdung«, antwortete die Frachterkommandantin. »Der Intervallbeschuss hat offenbar mehr als nur die vordergründig sichtbaren Schäden verursacht.«

»Wir starten einen zweiten Versuch«, bestimmte Perry Rhodan und kam damit Coa Sebastian zuvor. »Notfalls legen wir auf der ILKIN alle Energieversorger lahm. Zwei, drei Stunden ohne Lebenserhaltungssystem werden keine unüberwindbaren Probleme hervorrufen.«

»Jedenfalls keine größeren, als wir sie schon haben«, antwortete die Tefroderin.

Zwei Stunden später stand fest, dass keiner der Hochenergie-Anker oder Traktorstrahlen die Explosion ausgelöst hatte. Mehrere Decks der ILKIN waren aufgerissen worden. Das Schiff hatte Ladung verloren, aber wie durch ein Wunder waren die Flüchtlinge einer neuen Katastrophe entronnen. Die inneren Sicherheitsschotten hatten mehr als 300 verletzte Flüchtlinge vor dem Tod bewahrt.

Vorübergehend zog Perry Rhodan in Erwägung, die Überlebenden von Cyrdan auf die JOURNEE zu übernehmen, doch der Zeitaufwand dafür war schwer zu kalkulieren, von den Platzproblemen ganz zu schweigen. Zudem sträubten sich die Mediziner gegen den Transport Dutzender Schwerstverletzter.

Ununterbrochen tasteten die Ortungen des Spürkreuzers durch den Raum. Sie verzeichneten nichts Ungewöhnliches.

Die Ruhe vor dem Sturm, konstatierte Rhodan. Er spürte eine wachsende Ungeduld. Viel zu lange hing die JOURNEE schon zwischen den Sternen fest. Kiriaades letzter Hilferuf war dringender als zuvor gewesen.

Es gab keinen Weg zurück in die Milchstraße, nicht einmal eine Funkverbindung. Was immer geschah, die JOURNEE war von der Heimat abgeschnitten. Aber was konnte ein einziges Schiff gegen eine Übermacht von Angreifern ausrichten? Rhodan ballte die Fäuste. Er war fest entschlossen, dem Rätsel der Invasionstruppen auf den Grund zugehen. Doch dazu brauchte er Hilfe. Die Tefroder hatten schon nach den ersten Überfällen genug mit sich selbst zu tun. Sie hatten in Andromeda rund 25 000 Welten besiedelt, und ihre Raumflotten unterstanden dem gemeinsamen Oberkommando auf Tefrod. Viel mehr hatte Rhodan nicht in Erfahrung bringen können, auch aktuelle Zahlen waren ihm nicht bekannt. Er schätzte die militärische Streitmacht der Lemurer-Nachkommen jedoch auf rund 210 000 Schiffe unterschiedlichster Größenordnung, und im zivilen Bereich verfügten sie wohl über annähernd die doppelte Zahl.

Neben den Tefrodern waren die Wasserstoff atmenden Maahks die zweite führende Großmacht. Andromeda war ihre Heimat geworden, aus der sie vor rund 50 000 Jahren vertrieben worden waren. Heute hatten die Maahks sich wieder auf 15 000 Welten mit Wasserstoff-Methan-Ammoniak-Atmosphäre niedergelassen. Die Positionen vieler dieser Planeten waren den anderen Völkern unbekannt. Hinzu kamen einige Tausend Stützpunkte und reine Industriestandorte, die zum Teil auf Monden und ausgehöhlten Asteroiden angelegt waren.

Es mochte ein Trauma ihrer Vergangenheit sein, dass die Maahks die Völkergemeinschaft in Andromeda eher mieden. Große Kriege gehörten der Geschichte an, doch es gab nur wenige kulturelle und soziale Berührungspunkte, nicht zuletzt bedingt durch den unterschiedlichen Metabolismus.

Die Maahks verfügten ebenfalls über eine beachtliche Zahl schlagkräftiger Raumschiffe. Im militärischen Bereich konnten rund 250 000 Kampfraumer jederzeit einem einzigen Oberkommando unterstellt werden.

Im Gegensatz zu den anderen Völkern galten Maahks nicht als Individualisten; ihr Leben wurde vielmehr von nüchternlogischem Pragmatismus bestimmt. Die emotionslose Logik drückte sich schon im hierarchischen Namenssystem aus, basierend auf einer mit Nummern bezeichneten Rangordnung.

Träge tropfte die Zeit dahin.

Rhodan hätte viel dafür gegeben, die erzwungene Aufenthaltsdauer zu verkürzen. Aber ein Weiterflug der JOURNEE hätte bedeutet, den Tod vieler Verletzter billigend in Kauf zu nehmen, selbst wenn er ein Spezialistenteam auf dem Frachter zurückließ. Die Tefroder an Bord der ILKIN brauchten Hilfe, und er konnte sie nicht im Stich lassen. Auch nicht, wenn er damit die eigene Position schwächte.

20 Minuten inzwischen … Düster hing die ILKIN neben dem weit kleineren terranischen Spürkreuzer, ein Koloss, in dessen Flanken der Gegner tiefe Wunden geschlagen hatte. Klein wie Ameisen erschienen die Techniker der JOURNEE, die mit einfachen Mitteln versuchten, die nach der Explosion beschädigten Innenstrukturen zu stabilisieren.

Mit versteinerter Miene nahm Perry Rhodan die Meldung zur Kenntnis, dass zwei weitere schwerstverletzte Tefroder gestorben waren. Den Bemühungen der Ärzte, verstärkt durch Medoroboter von Bord der JOURNEE, waren deutliche Grenzen gesetzt.

Die Hologramme zeigten die üppige Sternenpracht Andromedas. Rhodan fragte sich, welches Ziel die Angreifer verfolgten, die es geschafft hatten, eine ganze Galaxis mit einem undurchdringlichen Zeitfeld abzuriegeln.

Wer waren die Unbekannten?

Was beabsichtigten sie?

Tief atmete er ein und schloss sekundenlang die Augen. Verbitterung nagte in ihm, ein grimmiger Zorn. Eine einzige Frage wühlte ihn auf: *Warum?*

Warum war Leben so aggressiv und kannte nur das Recht des Stärkeren? Von wenigen Ausnahmen abgesehen … Dahinter verbarg sich nicht nur der Kampf um Lebensraum, denn das Universum war groß und bot Platz für alle. Selbst Maahks und Menschen hätten sich nie bekriegen müssen, weil die Umwelt des einen für den anderen tödlich war. Dennoch war es geschehen. Niemand hatte die Toten und Verwundeten gezählt, das unsagbare Leid und die Qualen beider Völker. Heute respektierte man sich und hatte aus den Fehlern gelernt.

Die Arbeiten am Frachter wurden endlich abgeschlossen, die Männer und Frauen der JOURNEE kehrten an Bord zurück. Sie hatten neue Befestigungspunkte für die Hochenergie-Klammern markiert.

Mit seinen 600 Metern Durchmesser und dem mächtigen äquatorialen Ringwulst war der Raumfrachter ein Riese, verglichen mit der nur 100 Meter messenden JOURNEE. Traktorstrahlen manövrierten den Spürkreuzer in seine neue Position und verankerten ihn im oberen Rumpfsegment der ILKIN, die unverändert in jeder Sekunde 20134 Kilometer zurücklegte, exakt der Wert, bei dem zuvor die Trennung erfolgt war.

Die neue Beschleunigungsphase begann.

Auf der ILKIN waren nahezu alle Energieverbraucher lahmgelegt worden, um Interferenzen vorzubeugen. Lediglich eine Interkom-Verbindung wurde aufrecht erhalten. Die Frachterkommandantin blickte nicht mehr aus einem lebensgroßen Hologramme in die Runde, sondern von einem kleinen Monitor.

»Ich hoffe, dass es diesmal klappt«, sagte Laretha Mongath schwer. »Raye Corona war eben bei mir; der Zustand einiger Patienten hat sich rapide verschlechtert. Wenn sie nicht in den nächsten Stunden in eine bestens ausgerüstete Klinik eingeliefert werden, kann Raye für ihr Überleben nicht garantieren.«

»Wir tun, was wir können«, antwortete Coa Sebastian gereizt. »Achte du lieber darauf, dass auf der ILKIN alles so bleibt, wie es ist.«

»Wir erreichen Ka-Tygo rechtzeitig«, versprach Perry Rhodan.

Die Tefroderin nickte zufrieden. »Danke«, sagte sie.

Mühelos beschleunigten die Triebwerke der JOURNEE die um ein Mehrfaches angewachsene Masse. In wenigen Minuten würden beide Schiffe gemeinsam in den Hyperraum gehen und kurze Zeit später nahe Ka-Tygo den Überlichtflug beenden. Die Welt war der nächste geeignete Stützpunkt der Tefroder, ohnehin das Ziel der Flüchtlinge von Cyrdan.

Die Funkortung meldete ein jähes Anschwellen des Hyperfunkverkehrs. Hunderte von Sendern waren gleichzeitig aktiv geworden, und was immer sie verbreiteten, es schwoll wie eine Lawine an. Hintergrundrauschen und die Störungen einer nahen Supernova, die erst vor wenigen Tagen in ihr kritisches Stadium eingetreten war, verstümmelten die meisten Sendungen. Was allerdings mit entsprechend hoher Sendeleistung empfangen wurde, berichtete von einem neuen Massaker der Invasoren. Ein Konvoi der Twonoser, unterwegs in Richtung der vorgelagerten Kleingalaxis Andro-Beta, war von Kastun-Kriegsschiffen aufgebracht und aufgerieben worden. Ein wenige Lichtjahre entfernt operierender Kampfverband der Maahks hatte nur noch expandierende Trümmerwolken vorgefunden.

»Haben wir eine Einpeilung?«, wollte Rhodan wissen.

»Grobschätzung fünfzehnhundert Lichtjahre.«

Das war kosmisch gesehen nur ein Katzensprung. Die Kastuns konnten jede Sekunde auf der Suche nach neuen Opfern aus dem Hyperraum fallen. Rhodans Blick fraß sich an der Hochrechnung fest. Noch drei Minuten und 20 Sekunden bis zum Überlichtflug. Eine tiefe Falte grub sich um seine Mundwinkel ein.

Die Kastuns hatten Cyrdan bereits verwüstet. Warum sollten sie noch einmal hierher zurückkehren? Und dennoch ...

»Beschleunigung erhöhen! Wir sind nicht mehr lange sicher.«

Alarmbereitschaft herrschte ohnehin. Masse- und Energieortung lauschten Lichtjahre weit in den Raum hinaus. Doch nie hatten sich die Angreifer vorher angekündigt.

Ka-Tygo war in diesen Tagen zum Sammelplatz von Flüchtlingen aus dem ganzen Spiralarm geworden. Rhodan kannte den Planeten nicht und verließ sich in der Hinsicht auf die Frachterkommandantin. Solange die Flüchtlinge Aufnahme und die Verletzten medizinische Betreuung fanden, erschien ein Ziel so gut wie das andere. Vielleicht hätte Rhodan sogar Tefrod selbst angeflogen, rund 75000 Lichtjahre weit im galaktischen Zentrumsbereich, aber Ka-Tygo lag nicht allzu weit von der terranischen Botschaftswelt Chemtenz entfernt.

Mit brennendem Blick beobachtete der Terraner die Skalen der Triebwerksleistung. Die Beschleunigung erreichte 500 Kilometer im Sekundenquadrat und stieg weiter. Fest hing die ILKIN im Griff der Energieklammern und Traktorstrahlen.

Irgendetwas veränderte sich. Die Anspannung war deutlich zu spüren. Auch Perry Rhodan blieb nicht davon verschont. Es war, als sehnten alle das Unheil förmlich herbei, damit sich ihre Befürchtungen bewahrheiteten. Erst wenn der Gegner greifbar geworden war, konnten sie ihn bekämpfen.

Das war verrückt. Die Männer und Frauen, die es ausschließlich ihrer Umsicht und Erfahrung verdankten, an Bord der JOURNEE Dienst zu tun, starrten auf die Hologramme wie ein Kaninchen in die Augen der Schlange. Rhodan nahm sich davon nicht aus. Er ballte die Fäuste und öffnete sie wieder, unaufhörlich. Und er ertappte sich beim Gedanken an Kiriaade. Wer war die überirdisch schöne Frau, die ihn zu Hilfe gerufen hatte? Fast schon sehnte er sich danach, ihr endlich zu begegnen, sie zu berühren und an sich zu ziehen … Angesichts des Leids in Andromeda waren solche Gedanken fehl am Platz. Wütend auf sich selbst, schüttelte der Terranische Resident den Kopf.

Noch eine Minute und 18 Sekunden bis zum Übertritt in den Hyperraum.

»Ortung!«, schrie in dem Moment Cita Aringa auf. »Drei, vier – nein, fünf Kastun-Kriegsschiffe sind materialisiert. Sie nähern sich schnell.«

»Distanz?«

»Dreiundzwanzigeinhalb Millionen Kilometer.«

»Kurs?«

»Kastuns gehen auf Kollisionskurs, schwenken um dreißig Grad nach Steuerbord.«

Vor Rhodan baute sich eine Grafik auf. Er sah die Hochrechnung des Hauptsyntrons mit allen potenziellen Ausweichmanövern. Die Darstellung veränderte sich unaufhörlich.

Die fünf gegnerischen Schiffe waren mit einer Geschwindigkeit von 60 000 Kilometern in der Sekunde vergleichsweise langsam aus dem Hyperraum gefallen. Sie beschleunigten mit Höchstwerten. Allerdings waren sie nicht schnell genug, um vor der JOURNEE in den Überlichtflug zu gehen und sie abzufangen. Der JOURNEE selbst fehlten exakt 78 Sekunden bis zum Überlichtmanöver; in dieser Zeit würde sie eine Distanz von neuneinhalb Millionen Kilometer zurücklegen.

Sofern der Spürkreuzer die Flugrichtung beibehielt, würde die Distanz zu den Angreifern bis auf rund acht Komma drei

Millionen Kilometer schrumpfen. Die Reichweite der gegnerischen Intervallkanonen war mit 20 Millionen Kilometern sehr hoch, indes ließ die Treffergenauigkeit schon ab der halben Distanz überproportional nach. Doch knapp über acht Millionen Kilometer bedeuteten für die JOURNEE mit dem Raumfrachter im Schlepp eine ernsthafte Bedrohung.

Zim November hatte die Situation erkannt und den Kugelraumer in Sekundenbruchteilen auf neuen Kurs gebracht. Die Abweichung betrug inzwischen 60 Grad nach Steuerbord. Damit ergaben sich als Enddistanz zum erwarteten Zeitpunkt des Überlichtmanövers rund 17 Komma sieben Millionen Kilometer, eine Zahl, mit der sich leben ließ.

Erleichtert lehnte sich Rhodan zurück. Falls kein zweiter Pulk von Kastun-Kriegsschiffen materialisierte, blieb eine reale Chance, die ILKIN in Sicherheit zu bringen. Der Terraner hoffte, dass es den Kastuns nicht möglich war, die JOURNEE durch den Hyperraum zu verfolgen. Trotzdem zog er es vor, eine gehörige Portion Vorsicht an den Tag zu legen.

»Neuberechnung aller Überlicht-Parameter!«, bestimmte er. »Wir fliegen Ka-Tygo nicht direkt an, sondern mit Zwischenstopp.«

»Eine erneute Beschleunigungsphase hebt unser Sicherheitsgefühl bestimmt nicht«, wandte Coa Sebastian ein.

Rhodan fixierte die Kommandantin. Die halblangen, pechschwarzen Haare verliehen Coa im Zusammenspiel mit der scharfrückigen Nase, den schmalen, jetzt zusammengepressten Lippen und dem spitzen Kinn etwas Raubvogelartiges. In diesem Moment wirkte die hagere Frau, als wolle sie die Kastuns entscheidend schlagen, aber auf keinen Fall den Rückzug antreten.

»Wir müssen sicher sein, dass wir keine Verfolger hinter uns herziehen.« Perry Rhodans Tonfall ließ keinen weiteren Widerspruch aufkommen.

Die Kastuns kamen nur unmerklich näher. Zumindest an Schnelligkeit waren die Kriegsschiffe dem terranischen Spürkreuzer unterlegen, obwohl sich die ILKIN als Hemmschuh erwies.

Die Distanz fiel unter 20 Millionen Kilometer. Nahezu

rechtwinklig kreuzte jetzt die Flugrichtung der Kastun-Kriegsschiffe den Kurs der JOURNEE.

Rhodan wusste, dass die Invasoren das Feuer eröffnen würden. Auch wenn sie keine großen Schäden anrichten konnten, war der psychologische Faktor deutlich. Die Besatzungen der Kastuns, schien es, lebten vom Kampf – sie würden ihr vermeintliches Opfer nicht ohne Drohgebärde entkommen lassen.

Noch 15 Sekunden bis zum Erreichen der Mindestgeschwindigkeit ... Die Optiken holten die »brennenden Schiffe« schier zum Greifen nah heran. Deutlich waren in der Wiedergabe die hochkant gestellten Rümpfe der Kastuns zu erkennen, die jeden Terraner an Thunfische aus mattgrauem Stahl erinnerten. Der Bug des Schiffs erschien wie ein weit vorgestülptes, gierig aufgerissenes Fischmaul. Sonnenhelle Gluten loderten darin.

Die Schutzschirme der JOURNEE waren aufgebaut, zwar nicht die jeweils fünffache Staffel aus Paratron- und HÜ-Schutzschirmen, sondern ein wesentlich größer dimensioniertes doppeltes Paratronfeld, das den Raumfrachter einschloss. Coa Sebastian hatte Schaltungen vorgenommen, die das Schirmfeld einseitig verstärkten. Die den Kastuns zugewandte Seite benötigte eine höhere Spannung der ableitenden Energiefelder.

Die Fremden eröffneten das Feuer. Dunkle Aufrisse tobten plötzlich im Bereich des äußeren Paratrons, und obwohl die Intervallschüsse stark streuten, schnellten die Belastungsanzeigen bis in den Warnbereich.

Der Spuk war schnell vorüber. Die Feuerfrequenz der Intervallkanonen erlaubte zwei Schüsse in der Minute. Den Angreifern blieb nur die Zeit für diese eine Salve. Um ihre anderen Waffensysteme wirkungsvoll einsetzen zu können, war die Distanz nach wie vor zu groß.

Augenblicke später ging die JOURNEE gemeinsam mit dem Raumfrachter in den Überlichtflug.

Acht Minuten und 45 Sekunden Anspannung und banges Erwarten. Niemand konnte vorhersehen, was die beiden Schiffe am Rücksturzpunkt erwartete. Die schlimmste aller Möglichkeiten war eine größere gegnerische Flotte.

Nur mit einem Drittel der Höchstgeschwindigkeit, aber immerhin noch 30 Millionen Mal so schnell wie das Licht, bewegte sich die JOURNEE durch den Hyperraum. Anders ausgedrückt: In jeder Sekunde legte der Spürkreuzer fast ein Lichtjahr zurück. Von solchen Geschwindigkeiten hatten die Menschen zur Zeit der ersten Mondlandung nicht einmal träumen können. Im Jahr 1312 Neuer Galaktischer Zeitrechnung waren sie längst eine Selbstverständlichkeit. Andernfalls wären sie gar nicht hier, hätten sie andere Galaxien niemals in vertretbaren Zeiträumen erreichen können.

Routine hatte wieder Einzug gehalten, soweit man nach den Ereignissen der letzten Wochen überhaupt davon sprechen konnte. Alle Systeme arbeiteten einwandfrei, die Schüsse der Invasoren hatten keine Schäden hinterlassen.

Der zur Sonderausstattung des Kreuzers gehörende Hyperraumspürer, der eine Anpeilung und Verfolgung von Schiffen selbst im Überlichtflug ermöglichte, blieb taub. Falls die Angreifer nicht über das technische Know-how verfügten, die Ortungsimpulse des Hyperraumspürers zu assimilieren, hatten sie die Spur der Terraner verloren.

Als die JOURNEE mit der ILKIN im Schlepp nach knapp 500 Lichtjahren in den Einsteinraum zurückfiel, bestand noch immer volle Gefechtsbereitschaft. Die acht Transformkanonen waren bestückt und feuerbereit, die Zielerfassung der multivariablen Hochenergiegeschütze wartete ebenso auf den Gegner.

Die Anspannung der Crew wich nach wenigen Sekunden. Im Umkreis von mehreren Lichtjahren registrierten die Ortungen keine Schiffsbewegungen. Die Region zeigte sich vergleichsweise sternenarm, die Ausläufer einer Dunkelwolke verwehrten den Blick auf die Hauptebene Andromedas.

Die JOURNEE beschleunigte sofort wieder. Wenig mehr als drei Minuten würden bis zum nächsten Überlichtmanöver vergehen.

Eine einsame Sonne mit lediglich zwei entfernten kleinen Begleitern stand neun Lichtmonate entfernt. Von dort kamen plötzlich Peilsignale.

»Wir werden gescannt!«, meldete Cita Aringa.

»Identifizierung?«

»Die Symbolgruppen lassen auf Maahks schließen.«

Mit dem Daumen der rechten Hand massierte Perry Rhodan die kleine Narbe an seinem Nasenflügel. Aufmerksam registrierte er, wie sehr die Umstände alles veränderten. Inzwischen vermutete man die Kastun-Kriegsschiffe überall, jede Ortung wurde zuerst dem unbekannten Gegner zugeschrieben. Dabei konnten selbst Zehntausende Angreifer nicht überall zugleich sein.

»Werden wir angefunkt?« Ein rascher Seitenblick zeigte dem Terraner, dass nur noch 15 Sekunden bis zum nächsten Eintritt in den Hyperraum fehlten.

»Die Peilsignale sind verstummt.«

»Raumschiffe!«, erklang es gleichzeitig. »Mindestens acht große Raumer haben in der Peripherie des Zwei-Planeten-Systems den Hyperraum verlassen. Die Massewerte deuten auf große Walzen hin.«

»Wir bekommen Geleitschutz, wie es sich gehört«, bemerkte Benjameen da Jacinta, der stellvertretende Expeditionsleiter. Obwohl gebürtiger Arkonide, hatte er auf Terra seine Wahlheimat gefunden und verstand sich selbst weder dem einen noch den anderen Volk zugehörig, sondern als Kosmopolit. Seine Parafähigkeit des Zeroträumens hatte ihn wiederholt in den Brennpunkt der Ereignisse gestellt.

Ein Lächeln umspielte Perry Rhodans Mundwinkel. In seinen Augen blitzte ein Anflug milder Ironie. Trotzdem schwieg er. Vermutlich hatten sie durch Zufall einen der vielen unbekannten Maahk-Stützpunkte entdeckt. Ohne die ILKIN im Schlepptau hätte er die Gelegenheit ergriffen, mit den Methanatmern Kontakt aufzunehmen. Nur des Frachters wegen tat er es nicht.

Noch zehn Sekunden ... Neue Ortungsanzeigen erschienen auf den Schirmen. In Sekundenabständen materialisierten weitere große Schiffe ... dann flog die JOURNEE wieder im übergeordneten Kontinuum.

»Ich hatte den Eindruck, dass sich ein Maahk-Verband sammelt«, stellte die Kommandantin fest.

Rhodan nickte knapp. »Es hätte mich gewundert, würden sie nicht gegen die Invasoren vorgehen. Die Methanatmer haben im Lauf ihrer Geschichte mehr Leid erfahren als andere Völker. Entsprechend sensibel reagieren sie.«

»Wir brauchen schlagkräftige Unterstützung«, wandte Coa Sebastian ein. »Vor allem verfügen die Maahks über ein weitmaschiges Informationsnetz, das helfen kann, Informationen über Stärke und Absicht der Kastuns zu sammeln.«

»Das ist auch ein Grund, Chemtenz anzufliegen, sobald wir den Frachter und die Flüchtlinge in Sicherheit wissen«, erwiderte Perry Rhodan. »Dort haben wir unsere Botschaft und die Niederlassung der Methanatmer nebeneinander.«

Kapitel 4

Ka-Tygo lag rund 2000 Lichtjahre über der Hauptebene von Andromeda, im Außenbereich des zur Milchstraße weisenden Spiralarms, und nicht einmal weit von jener Position entfernt, an der die JOURNEE die Zeitsperre durchbrochen hatte. Es war der dritte von sieben Planeten eines Doppelstern-Systems, das aus einem roten Riesen und einem solähnlichen gelben Normalstern bestand.

Der Rücksturzpunkt des Spürkreuzers und seiner »Fracht« lag zwischen den Umlaufbahnen der beiden äußeren Welten. Aus Sicherheitsgründen hatte Perry Rhodan davon abgesehen, die Ankunft der ILKIN über Funk zu avisieren.

Mit halber Lichtgeschwindigkeit drang die JOURNEE in das System ein. Aus verschiedenen Richtungen wurde sie geortet, doch blieb eine Aufforderung zur Identifizierung aus.

Rhodan schüttelte den Kopf. »Das geht mir zu einfach. Keine Systemverteidigung, keine Aufforderung zu stoppen … Ich will wissen, was hier gespielt wird. Cita, schnellstens die Scanprofile aller Planeten!« Mittels Blickschaltung aktivierte er die Interkom-Verbindung zur ILKIN, die während beider Überlichtetappen unterbrochen gewesen war. Ein bislang unbekanntes Gesicht blickte ihm vom Bildschirm entgegen.

»Die Kommandantin befindet sich seit gut zehn Minuten im Hauptladeraum auf Deck acht«, eröffnete der junge Mann. »Sie sagte, hier könne sie ohnehin nichts unternehmen, und dort sei ihre Anwesenheit wichtiger.« Er grinste breit und schürzte die Lippen. »Du bist Rhodan, nicht wahr? Irgendwie habe ich mir einen Unsterblichen …« Er schwieg plötzlich und kratzte sich verlegen hinter dem Ohr.

»Was?«, wollte Rhodan wissen. »… anders vorgestellt?«

Der Mann nickte zögernd. »Älter«, meinte er lapidar.

»Du weißt, wie alt ich bin?«

Ein Achselzucken war die einzige Antwort.

»Geboren wurde ich am 8. Juni 1936 auf Terra.« Der Blick des Mannes blieb unschlüssig. »Nach alter Zeitrechnung«, fügte Rhodan hinzu, womit sein Gegenüber immer noch wenig anfangen konnte.

Das war der Tribut, den jeder Aktivatorträger der Zeit zollen musste. Wie hatte er nur annehmen können, dass jeder die Geschichte kannte? 2962 Jahre waren kein Pappenstiel. Und bereits die Gründung des ehemaligen Solaren Imperiums war für die heutige Generation gleichbedeutend mit antiker Geschichte. Für Andromeda galt das noch in viel stärkerem Ausmaß. Die Tefroder interessierten sich eher für die noch weiter zurückliegenden Epochen, für das lemurische Sternenreich, von dem sie in gerader Linie abstammten, aber weniger für Terra. Hypnoschulungs-Programme und andere Medien wurden zwar im Rahmen eines steten Kulturaustauschs geliefert, doch die Verwendung dieses Materials blieb dem Virth von Tefrod überlassen.

Der junge Mann nickte leicht verlegen. »Wenigstens kann ich meinen Nachkommen eines Tages erzählen, dass ich dem Mann gegenüber stand, der mehr als jeder andere galaktische Geschichte schrieb.«

»Wie alt bist du?«

»Ist das nicht relativ?«, kam die überraschte Gegenfrage.

»Vielleicht. Außerdem kenne ich noch nicht einmal deinen Namen.«

»Neunzehn«, erklang es stockend.

Rhodan legte die Stirn in Falten. Bevor er nachfragen konnte, stieß sein Gegenüber hastig hervor: »Ich heiße Hadur Meyhet. Neunzehn ist mein Alter, neunzehn Tefrod-Jahre. Allerdings weiß ich nicht, welche Zeitspanne das für Terra …«

»Ein Tag auf Tefrod dauert 25,2 Standardstunden«, erklärte Rhodan spontan und erntete dafür einen überraschten Augenaufschlag. »Ein Jahr hat 394,29 Tage.«

»Das weißt du ohne Datenbank?«, fragte der junge Mann ungläubig. »Ich meine, nach so langer Zeit muss ein menschliches Gehirn doch überquellen.«

Rhodan sah die abweisende Miene von Coa Sebastian und lachte prompt. »Seit wann gehörst du zur Besatzung des Frachters, Hadur?«

»Gar nicht«, lautete die Antwort. »Die Kommandantin hat mich auf diesen Platz gesetzt, weil ich ihr … weil ich … Ich war eben ziemlich aufgeregt wegen der Geburt, und da hat sie gemeint, ich sollte lieber hier auf den Interkom aufpassen.«

»Eine Geburt«, wiederholte Rhodan überrascht. »Wenn das zur Abwechslung keine bessere Nachricht ist als Leid und Tod. Du machst das schon, Hadur. Richte Laretha Mongath aus … Ach, das sage ich ihr später selbst.« Damit unterbrach er die Verbindung.

»Wir sind nicht die Einzigen«, warf Coa Sebastian in diesem Augenblick neben ihm ein. »Die Ortung hat fünf andere Raumer erfasst, die antriebslos den inneren Planeten entgegenfallen.«

»Was für Schiffe?«, fragte Perry Rhodan.

Die Kommandantin schüttelte kaum merklich den Kopf. »Ich fürchte, die sind noch schlechter dran als die ILKIN. Keine Schirmfelder, die Energieemissionen beschränken sich auf die Lebenserhaltungssysteme, kein Funkverkehr.«

»Was glaubst du?«

Die Frage war eher rhetorisch gemeint, doch in Coa Sebastians ewig dunkel geränderten Augen blitzte es für einen kurzen Moment auf. »Ich denke, Ka-Tygo hat sich längst zu einem Anlaufpunkt für Überlebende entwickelt.«

»Das heißt, irgendwann werden auch die Kastuns hier erscheinen …«

»Das will ich nicht hoffen.« Die Kommandantin stieß den Satz wie einen Fluch hervor.

»Sie werden niemanden um Erlaubnis ersuchen.« Rhodan stemmte die Ellenbogen auf die Sessellehne, legte die Hände übereinander und stützte das Kinn auf. »Wann erreichen wir Ka-Tygo?«

»Bei gleichbleibender Geschwindigkeit in ungefähr fünfzig Minuten.«

Der Terraner erhob sich und nickte Coa Sebastian knapp zu. »Falls jemand nach mir fragt, ich bin …«

»… in deiner Kabine zu erreichen?«

Rhodan lächelte nachsichtig. »Ich bin auf der ILKIN zu finden.«

Die Luft war stickig. Es roch nach menschlichen Ausdünstungen ebenso wie nach Ozon und metallischen Legierungen. Im Hangar hatte Perry Rhodan beißenden Rauch wahrgenommen. Die Umwälzanlagen und Filter arbeiteten nicht. Auch die Beleuchtung war auf ein Minimum reduziert. Im unmittelbaren Bereich der Außenhülle herrschte nahezu völlige Finsternis, erst vom Ringkorridor an spendeten Leuchtplatten in der Decke Helligkeit.

Flüchtlinge kauerten apathisch am Boden. Wie um sich gegenseitig Schutz zu geben, hatten sie sich zu kleineren Gruppen zusammengefunden. Viele starrten blicklos ins Leere und schienen den Terraner nicht einmal wahrzunehmen.

Etliche weinten, ließen ihren Tränen freien Lauf. Andere hatten sich in Embryonalhaltung zusammengerollt, den Kopf zwischen den Armen vergraben, und nur ihr Schluchzen war zu vernehmen. Kindergeschrei hallte durch die Korridore und klang von den nackten Wänden in vielfach verzerrtem Echo zurück. Sie hatten Hunger, und das durchlebte Entsetzen stand deutlich in den kleinen Gesichtern zu lesen.

»Wie lange noch?« Ein Mann, den Kopf blutverkrustet, taumelte Rhodan entgegen. Den linken Arm hielt er an den Leib gepresst; die verdrehte Stellung seiner Hand und die abgespreizten Finger verrieten einen mehrfachen Bruch.

»Vielleicht noch eine Stunde«, antwortete Perry Rhodan. »Wir befinden uns im Anflug auf Ka-Tygo.«

Matt leuchtete es in den Augen des Mannes auf. »Und dann …?«, fragte er stockend. In der Nähe begann ein Kind zu kreischen, eine Frauenstimme wollte es an Lautstärke noch übertönen. Das Schreien erstarb in einem qualvollen Husten. »Wasser, schnell!«, erklang es gleichzeitig. »Sirgam stirbt, sie ist doch noch nicht einmal zwei Jahre alt.«

Rhodan fuhr herum, er wollte irgendwie helfen, doch sein Gegenüber packte ebenso schnell zu und hielt ihn am Arm fest.

»Du kannst nichts tun, Terraner. Wir müssen uns selbst beistehen, und wenigstens das können wir noch ganz gut.« Der Schmerz verzerrte sein Gesicht, während er zögernd die Hand zurückzog. »Ich frage mich nur, was wird danach aus uns? Ka-Tygo kann nicht unsere Endstation sein – zu viele fliehen auf diese Welt, ohne zu fragen, wer uns dort beschützen kann.« Er schaute den breiten Korridor entlang und atmete tief ein. »Wie viele Kampfschiffe hast du mitgebracht, Perry Rhodan?«

Der Terraner schüttelte den Kopf. »Andromeda ist abgeriegelt, auf Hilfe von außen dürfen wir nicht hoffen.«

Sein Gegenüber starrte ihn entgeistert an. Mit bebenden Lippen stand er da, bis er endlich schwach nickte. »Ich habe es befürchtet«, brachte er tonlos hervor. »Ein Jahrtausend der Kriege wurde prophezeit.« Er zögerte kurz. »Nein, keine Sorge, Perry, ich werde die anderen nicht ihrer Hoffnungen berauben. Viele glauben noch, dass Ka-Tygo die Endstation ist, dass sie schon bald wieder in ihre Heimat zurückkehren können. Sie wollen einen Neubeginn wagen.«

»Und du?«, fragte der Terraner leise.

»Ich fürchte, dass unser Leidensweg erst begonnen hat. Ich habe Frau und Kinder verloren, mich kann nichts mehr erschüttern.«

Rhodan hätte so viel darauf antworten können, doch er las in den Augen des anderen, dass es besser war, einfach zu schweigen. Sie verstanden sich auch ohne Worte.

Unzählige Blicke folgten ihm, als er seinen Weg fortsetzte. Die meisten Flüchtlinge hatten ihn erkannt, sie tuschelten, fixierten ihn, einige lächelten sogar. Das Kind, das eben noch so jämmerlich geschrien hatte, hing in den Armen seiner Mutter und kaute auf einem nassen Tuch. Hin und wieder schüttelte ein heftiges Schluchzen den kleinen Körper, doch die warme Geborgenheit ließ das Mädchen schläfrig werden.

Rhodan räusperte sich und strich der Kleinen übers Haar. »Es kommt wieder eine bessere Zeit, das verspreche ich dir«, murmelte er fast lautlos.

Er ging weiter. Überall kauerten Menschen und warteten darauf, dass der Albtraum endlich zu Ende ging und der Frachter auf einer Welt landete, auf der sie wieder die Sonne sehen und den Wind auf der Haut spüren konnten. Aber vergessen würden sie wohl nie.

Zwei medizinische Kräfte von der JOURNEE versorgten einen Bewusstlosen. Auch sie waren am Ende ihrer Kräfte angelangt. Schweiß glänzte auf ihren Gesichtern, die Wangenknochen traten kantig unter der Haut hervor. Verbissen kämpften sie um das Leben eines Mannes, dessen Kreislauf zusammengebrochen war. Es stank erbärmlich in diesem Bereich. Der Mann hatte sich übergeben und nicht nur Galle, sondern auch Blut gespuckt. Eine halb aufgerissene Folienverpackung auf dem Boden verriet dem terranischen Residenten genug. Wie immer er an die Medikamente gelangt sein mochte, der Tefroder hatte offenbar eine Unmenge starker Beruhigungsmittel oder noch Schlimmeres geschluckt.

Perry Rhodans Gedanken schweiften zurück in die Zeit, als er auf dem Mond den notgelandeten Forschungskreuzer der Arkoniden entdeckt und mithilfe der hochstehenden Technik die Menschheit geeint hatte. Damals war ihm der Weg zu den Sternen wie eine Verheißung erschienen, und noch heute trat er dafür ein. Aber dieser Weg war mit Dornen gespickt. Es gab kein Zurück, keine Kapitulation vor den tödlichen Herausforderungen. Eines Tages, davon war der Terraner überzeugt, würde die Menschheit ihr Ziel erreichen. Dieses Ziel hieß für ihn friedliche Koexistenz aller Völker. Aber vielleicht war dann auch die Evolution zu Ende.

Trümmer versperrten ihm dem Weg. Heftige Explosionen hatten einen weiten Deckabschnitt in eine Albtraumlandschaft verwandelt. Stahlplatten waren wie von der Faust eines Riesen eingebeult worden, während die Zwischendecke mit allen Versorgungsleitungen herabgebrochen war. Eine starke Hitzeeinwirkung, noch immer deutlich zu spüren, hatte das Konglomerat verbacken und unpassierbar gemacht. Bis jetzt wusste wohl niemand, ob unter den Trümmern Tote begraben lagen. Dass der Frachter nicht noch größere Schäden davongetragen hatte, grenzte schier an ein Wunder.

Rhodan benutzte einen Antigravschacht, um das übernächste Deck zu erreichen. Verblasste Leuchtschriften zeigten ihm den Weg zum Hauptladeraum. Die ILKIN hatte schon vor dem

Angriff der brennenden Schiffe nicht mehr zu den modernsten Frachtern gehört.

Der Raum maß weit mehr als 100 Meter in der Tiefe und war fast ebenso breit. Mit 20 Metern Deckenhöhe konnte er sperrige Güter aufnehmen. Gut und gern die halbe Fracht war verstaut gewesen, als die Kastuns den Planeten Cyrdan überfallen hatten. Zwischen den riesigen Containern, die zum Teil mit dicken Stahltrossen gesichert waren, lagen an die 1000 Flüchtlinge. Sie gehörten zu den wenigen, die nicht nur ihr nacktes Leben, sondern sogar Teile ihres Besitzes gerettet hatten. Auch hier roch die Luft stickig und abgestanden. Eine geborstene Abwasserleitung hatte eine weite Fläche mit Fäkalien überschwemmt.

Laretha Mongath stand in der Nähe des Personenschotts inmitten einer Traube von Tefrodern. Rhodan konnte sie nicht sehen, hörte aber ihre raue Stimme. Die Kommandantin schlug soeben vor, das Neugeborene Cyrdan zu nennen. Als Zeichen der Hoffnung und nie versiegender Erinnerung.

Erst, als sich der Terraner vernehmbar räusperte, wurde die Menge auf ihn aufmerksam. Überrascht riss Laretha die Augen auf, zugleich fuhr sie sich mit einer Hand über das millimeterkurz geschorene Haar.

»Sieh an!«, sage sie laut. »Wir haben hohen Besuch.« Ein Grinsen überzog ihr Gesicht. »Das bedeutet, wir sind in Sicherheit?«

»Wir brauchen etwas erfahrenere Leute in der Zentrale«, antwortete Rhodan ausweichend. »Oder wollen wir nicht auf Ka-Tygo landen?«

Die Kommandantin lachte glucksend, ihr schwerer Busen wogte heftig. »Ich musste den werdenden Vater kaltstellen«, sagte sie. »Mit seiner Nervosität hätte er alle angesteckt.«

Mittlerweile waren die Umstehenden zur Seite gewichen. Eingewickelt in einen Berg von Folien lag eine junge Tefroderin am Boden. Die Strapazen waren ihr anzusehen, aber ebenso das Glück, das sie empfand. Liebkosend drückte sie ihr erst wenige Minuten altes Baby an sich.

Erst jetzt bemerkte Rhodan Raye Corona, die soeben die Nachgeburt mit einer Vielzahl blutverschmierter Tücher in einer stabilen Transportbox verschwinden ließ. Die junge Ärztin warf dem Terraner einen bedeutungsvollen Blick zu. »Manchmal gibt es Freude im größten Leid«, sagte sie. »Ich hätte nie geglaubt, dass ich jemals unter solchen Umständen neuem Leben auf die Welt verhelfen würde.«

»Hoffentlich wird die kleine Cyrdan unter besseren Umständen aufwachsen.« Die Frachterkommandantin streckte sich. »Worauf warten wir noch, Terraner? Ich will endlich auf Ka-Tygo landen und die Verantwortung für diese Tausende von Leuten abgeben. Eigentlich war ich mit meinem Leben, wie es bislang war, ganz zufrieden.«

Sie verließen den Hangar. Bevor sie die Zentrale erreichten, blieb Laretha Mongath stehen. »Dein Schweigen macht mich nervös, Perry.«

Rhodan suchte ihren Blick. »Du weißt besser als ich, was du tun musst. Ich denke, du hast längst erkannt, dass sich auch dein Leben grundlegend verändern wird.«

Die Frau zog die Brauen hoch. »Deiner Ausstrahlung kann man sich nur schwer entziehen, Perry. Ich verstehe allmählich, was die Terraner immer wieder vorwärts treibt. Ich erinnere mich an ein Bild, das mich in der Jugend über Jahre hinweg fasziniert hat. Es zeigte nur zwei Hände, die eines Tefroders und die schuppige Greifklaue eines Maahks. Erst später erfuhr ich, dass die menschliche Hand einem Terraner gehörte. Sie hielten sich gegenseitig fest, und von den Armen hingen die jeweiligen Sternenbanner herab. Du weißt, was ich meine?«

»Der Friedensschluss von Tatrun«, antwortete Rhodan. »Im Juni des Jahres 2405. Den Maahks wurde ihr Lebensraum in Andromeda vertraglich zugesichert, den Terranern in der Milchstraße. Fast möchte ich sagen, es war die gute alte Zeit, in der Auseinandersetzungen noch nicht die heutigen Dimensionen hatten.«

Der Planet Ka-Tygo drehte sich wie ein großer, schmutzigbrauner Ball unter den beiden Raumschiffen. Ausgedehnte Steppen- und Wüstenregionen prägten das Bild der riesigen Landflächen. Es gab nur einen einzigen Ozean, aber etliche große Binnenseen und dementsprechend wenig Wolkenfläche. Hohe Durchschnittstemperaturen und geringe Niederschläge bestimmten das Klima.

Aus dem Weltraum waren schon deutlich mehrere Städte zu erkennen, die wie mit Krakenarmen ins Umland griffen.

Zwei atmosphärelose Monde umkreisten den Planeten. Die mittlere Umlaufbahn des äußeren, der mit einem Durchmesser von dem des Merkur eigentlich schon ein eigener Planet war, lag bei 500 000 Kilometern; der kleinere, unregelmäßig geformte innere Mond umkreiste seine Mutterwelt auf einer stark elliptischen Bahn mit einer schwankenden Distanz, die im Schnitt 100 000 Kilometer betrug. Entsprechend stark waren die auf Ka-Tygo einwirkenden Gezeitenkräfte, die gewaltige Wanderdünen hervorbrachten. Die hohen Sandberge waren aus dem Orbit als rotbraune, sichelförmige Formationen zu erkennen. In regelmäßigen Abständen schienen sie die Städte der Tefroder heimzusuchen.

Perry Rhodan war an Bord der JOURNEE zurückgekehrt, nachdem er Hadur Meyhet zur Geburt der Tochter gratuliert hatte. Dass Meyhet ein geschichtsträchtiger Name war, schien der frisch gebackene Vater nicht zu wissen. Rhodan hatte auf eine entsprechende Bemerkung verzichtet.

Im planetennahen Raum wartete eine Vielzahl von Raumschiffen. Stetig patrouillierten etwa 40 schwer bewaffnete Raumer mit mehr als halber Lichtgeschwindigkeit. Sie konnten sofort in den Hyperraum gehen und innerhalb von Sekunden jeden Sektor des Sonnensystems erreichen. Die Crew der JOURNEE war sich einig darin, dass ihre geringe Zahl Kastun-Kriegsschiffe nicht abschrecken würde. Die militärische Präsenz diente wohl eher dazu, die eintreffenden Flüchtlinge zu beruhigen.

»Ka-Tygo ist nicht mehr, aber auch nicht weniger von den Invasionen bedroht, als es Cyrdan war«, hatte Perry Rhodan festgestellt.

Den hochempfindlichen Sensoren des Spürkreuzers entging nicht, dass die äußeren Planeten mit größten Anstrengungen zu Festungen ausgebaut wurden. Auch das waren wohl eher Maßnahmen, die eher zur eigenen Beruhigung als zur Abschreckung beitragen sollten. Niemand konnte die Invasoren daran hindern, senkrecht zur Ekliptik auf ihr Ziel vorzustoßen.

Der Ausfall der Speicherbank während der ersten Kopplung beeinträchtigte die Manövrierfähigkeit der ILKIN. Ein Versuch des 600-Meter-Frachters, aus eigener Kraft zu landen, barg entsprechende Risiken. Gleiches galt jedoch auch für den Weiterflug im Verbund.

Der Funkverkehr mit der planetaren Überwachung erfolgte auf normal lichtschneller Frequenz; nach wie vor verließ kein Hyperfunkspruch Ka-Tygo. »Einigeln«, sagte die Kommandantin des Spürkreuzers dazu. Ob das Versteckspiel angesichts des steten Zustroms von in Kampfhandlungen mehr oder weniger stark beschädigter Raumschiffe Erfolg haben würde, blieb dahingestellt.

Die ILKIN und die JOURNEE erhielten Landeerlaubnis für einen der weniger frequentierten Raumhäfen abseits der großen Metropolen. Ihre Trennung vollzog sich unkompliziert. Ein kaum merkliches Abbremsen des Spürkreuzers bewirkte, dass sie rasch auseinander trieben. Andere, zum Teil schwer havarierte Raumer blieben im Orbit zurück.

Langsam sank die ILKIN tiefer. Die Bremstriebwerke im Ringwulst zündeten nur unvollständig. Einen Moment lang schien der Frachter ins Trudeln zu geraten.

Funkkontakt mit dem Zielhafen. Die ILKIN wurde schneller, und ein fahles Leuchten zeichnete sich unter dem Rumpf ab. Noch war die Lufthülle zu dünn, als dass der Frachter einen Schweif ionisierter Gase hinter sich her gezogen hätte.

Das Leuchten wurde stärker, breitete sich zuckend aus. Perry Rhodan hatte eine Überblendung aus optischem Abbild und Ortungsdaten auf seine Konsole geholt.

Noch 900 Kilometer Höhe …

»Sie sinkt zu schnell!«, warnte die Kommandantin. »Was ist los da drüben? Korrekturmanöver!«

Störungen überlagerten die Interkom-Verbindung zum Frachter. Wie eingefroren erschien das Abbild der dortigen Zentrale, das Bild verzerrte sich und verblasste.

Ein Prasseln drang aus den Lautsprechern.

400 Kilometer … die Abweichung wurde deutlich sichtbar.

»Starke Energieschwankungen!«, meldete die Ortung. »Auf der ILKIN gibt es offenbar Probleme mit den Speichern.«

»Traktorstrahlen!«, befahl Coa Sebastian.

Gerichtete Energiefelder griffen nach dem Frachter, um ihn abzubremsen. Angesichts seiner Masse kein einfaches Unterfangen. Die eigenen Triebwerke verzögerten die Sinkgeschwindigkeit der JOURNEE.

290 Kilometer Höhe … Der Frachter sank mit nahezu zwölf Kilometern in der Sekunde. Bange Sekunden lang hatte es den Anschein, als würde er sich aus dem energetischen Griff lösen …

… doch dann zündeten unvermittelt weitere Ringwulsttriebwerke. Gleißende Partikelströme durchschnitten die Stratosphäre und versetzten den Frachter in eine tückische Drehbewegung.

»Stoppen!«, brüllte Coa Sebastian. »Das verkraften die Traktorprojektoren nicht!«

Rasend schnell ging es in die Tiefe. Wie eine lodernde Feuerkugel würde der Frachter auf dem Landefeld aufschlagen.

90 Kilometer …

81 …

73 …

Warnanzeigen verwandelten sich in Diagramme und Überblendungen. Im nächsten Moment erloschen sie ebenso abrupt.

»Objekt stabilisiert!«, meldete der Syntron. »Relative Höhe fünfzehn Kilometer. Sinkflug auf Minimum.«

Die Bildsprechverbindung stand wieder stabil.

»Das war knapp«, meldete sich die Frachterkommandantin. »Unter Belastung brechen uns die Systeme weg. Keine Redundanz. Inzwischen haben wir die ILKIN aber wieder im Griff.«

»Ich hoffe es«, sagte Coa Sebastian bitter. »Ist die Ursache bekannt?«

»Schäden der Peripherierechner, verursacht durch eine Überladung.« Laretha Mongath nickte knapp. »Wir landen wie vorgesehen. Zwischen den anderen halben Wracks sind wir in guter Gesellschaft.«

Kapitel 5

Perry Rhodan fiel auf, dass so viele mehr oder weniger stark beschädigte Raumschiffe Ka-Tygo erreicht hatten. Unter anderen Umständen hätten bei ihm die Alarmglocken geschrillt, hätte er vermutet, dass die Gegner versuchten, Truppen einzuschleusen. Doch zum einen griffen die Unbekannten völlig offen an, zum anderen ging die hohe Zahl havarierter Schiffe auf die gegnerischen Intervallkanonen zurück. Die Zerstörungskraft, auf kurze Distanzen und im Gefecht verheerend, verlor mit wachsender Entfernung an Durchschlagskraft und wurde zunehmend zielungenau. Hinzu kam die begrenzte Feuerfrequenz der schweren Geschütze. Treffer auf Distanzen von über 30 Lichtsekunden hinweg bedeuteten also keineswegs den Untergang des angegriffenen Raumschiffs, sondern erlaubten in der Vielzahl der Fälle noch eine Flucht durch den Hyperraum. Bestes Beispiel dafür war die ILKIN, der nur eine Beschleunigung aus eigenen Mitteln nicht mehr möglich gewesen war. Die Entscheidung, noch während der Schlacht um Cyrdan alle Aggregate abzuschalten und sich quasi tot zu stellen, war die einzig richtige gewesen.

Der Raumhafen machte einen tristen Eindruck. Kilometerlange Hallenkomplexe ebenso wie unüberschaubare Halden aus Schrott und Erzen, aber auch Berge von verfaulenden Pflanzen verrieten, dass in diesem Bereich noch vor kurzem ein großes Frachtaufkommen abgefertigt worden war. Die eintreffenden Flüchtlingsraumer hatten alle Arbeiten zum Erliegen gebracht.

Das der ILKIN zugewiesene Landefeld lag an der nördlichen Peripherie des Raumhafens, weitab aller Abfertigungsgebäude. Endlich wurden auch auf dem Raumhafen starke Fesselfeldprojektoren aktiv. Sie stabilisierten den Frachter in der letzten und entscheidenden Phase des Anflugs.

Nur noch fünf Kilometer Höhe. In der Direktbeobachtung war zu sehen, dass die ILKIN die Landebeine ausfuhr.

Bodenkontakt. Der Frachter baute alles andere als eine weiche Landung. Zwei der turmdicken Beine brachen seitlich weg, doch dann unterstützte der Antigrav die Stabilisierung des Schiffes.

Perry Rhodan nickte knapp. »Das war keine Meisterleistung, aber sie sind heil unten. Mehr durften wir nicht erwarten.«

300 Meter vom Frachter entfernt setzte die JOURNEE auf ihren energetischen Landefeldern auf.

Rhodan fuhr sich mit den Händen in den Nacken und zog die Finger massierend nach vorn. Dann erhob er sich, nickte dem rechts von ihm sitzenden Chef der Technik zu und ging hinüber zu Coa Sebastian. Das Hauptholo war auf den größten Durchmesser von vier Meter erweitert worden und zeigte die unmittelbare Umgebung. Der Terraner ließ kurz den Eindruck der beschädigten Schiffe auf sich wirken. Er kniff die Augen zusammen, und über der Nasenwurzel entstanden mehrere steile Falten. Er wirkte nachdenklich und gequält zugleich.

»Das hier ist nur die Spitze des Eisbergs«, sagte er. »Wir wissen weder, wer die Fremden sind, noch von wo sie kommen. Aber sie können sehr schnell auch für die Milchstraße zur Gefahr werden.«

Zim November, dessen hufeisenförmige Arbeitsstation hinter der Kommandokonsole lag, ließ die SERT-Haube in die Höhe gleiten. »Ich werde momentan wohl nicht mehr benötigt«, sagte der junge Emotionaut verhalten. »Lieber helfe ich auf der ILKIN, die Verletzten von Bord zu schaffen.«

Rhodan lächelte wissend. »Erlaubnis erteilt. Richte Raye Corona aus …«

»Ja?« Zim versteifte sich. Nur das Leuchten in seinen Augen verriet seine schwer zu bezähmende Sehnsucht.

»Ich habe zugesagt, die Verletzten in die örtlichen Hospitäler zu transportieren. Danach bleiben euch genau dreißig Minuten für eine Verabschiedung. Reicht das?«

Der Emotionaut riss die Augen auf. Zugleich verfärbte er sich; eine verlegene Röte überzog seine Wangen. »Das … Ich meine …« Ausgerechnet er, der als Einziger in der Lage war, die JOURNEE mit der Kraft seiner Gedanken zu steuern, reagierte plötzlich wie ein pubertierender Junge.

»Die Ärztin wird ohnehin wenig Zeit haben«, fügte Rhodan hinzu.

»Danke«, stieß Zim endlich hervor. Er hatte es eilig, die Zentrale zu verlassen, und war Augenblicke später im Antigravschacht verschwunden.

»Musste das wirklich sein?«, fragte die Kommandantin verhalten. »Wir brauchen einen Emotionauten, auf den wir uns in jeder Situation verlassen können, keinen verliebten …« Offenbar fand sie den richtigen Ausdruck nicht.

»… Gockel«, half Rhodan aus.

Coa Sebastian zog die Stirn kraus, fragte aber nicht nach der Bedeutung dieses Wortes. »… keinen verliebten Piloten, der nur eines im Sinn hat.«

»Kann es sein, dass du Zim unterschätzt?«, wollte Rhodan wissen. »Der Junge hat mein volles Vertrauen.«

»Seine Fähigkeiten zweifle ich nicht an«, erwiderte die Kommandantin. »Wahrscheinlich wird er einer von den ganz großen Emotionauten, über den man noch in Jahrhunderten spricht. Es wäre nur bedauerlich, würde eine Liebesaffäre seine Karriere behindern.«

Rhodan kannte Coa Sebastian nicht anders als fachlich höchst kompetent, in menschlicher Hinsicht aber kühl und zurückhaltend. Das Kommando über die JOURNEE verdankte sie ausschließlich ihrer Befähigung und vielleicht gerade dieser Kühle, die sie in jeder Situation Ruhe bewahren ließ. Von der Besatzung wurde sie als Vorgesetzte respektiert, ins Privatleben aber nicht mit einbezogen.

Rhodan wechselte deshalb abrupt das Thema. »So lange die Zeitbarriere besteht, werden wir keine Unterstützung aus der Milchstraße erhalten. Wir wissen nicht, was uns erwartet, aber die Überfälle der Kastuns müssen schnellstmöglich aufhören. Also bin ich für alles dankbar, was die Besatzung motiviert.«

Das nur von einem wenige hundert Meter hohen Wall umgebene Areal des Raumhafens durchmaß knapp 15 Kilometer, die nächste Stadt befand sich rund 30 Kilometer südlich davon entfernt.

Über Normalfunk waren die örtlichen Behörden informiert worden, wie es an Bord des Frachters aussah und dass Hunderte von Verletzten auf Behandlung warteten. Etliche der Schwerstverletzten waren in ein künstliches Koma versetzt worden und mussten dringend operiert werden. Kurz nach der Landung waren sechs Medogleiter erschienen, doch hätte es einer viel höheren Anzahl von Rettungsfahrzeugen bedurft, um wirkliche Entlastung zu schaffen.

Aller Hangars und Schleusen des Raumfrachters standen mittlerweile offen; das Schiff wurde mit planetarer Atmosphäre geflutet. Noch während des Abtransports der ersten Schwerstverletzten landeten unter der Bodenschleuse des 600 Meter durchmessenden Kugelraumers Lasten-Antigravplattformen. Der Ausbau zerstörter Antriebsaggregate wurde ebenfalls unter Hochdruck betrieben. Doch selbst eine industrialisierte Welt wie Ka-Tygo war nicht darauf vorbereitet, für Hunderte großer Raumer geeignete Landeplätze zur Verfügung zu stellen. Deshalb wurden Reparaturen schnellstmöglich ausgeführt und die betreffenden Raumer in einen stabilen Orbit geschickt, um dem nicht enden wollenden Zustrom neuer Opfer der zerstörungswütigen Kastun-Kriegsschiffe aufnehmen zu können.

Die JOURNEE hatte mehrere Space-Jets als Beiboote an Bord. Perry Rhodan setzte die diskusförmigen Schiffe ein, um die Flüchtlinge aus dem Frachter in ihre neuen Quartiere zu bringen. Gemeinsam mit mehr als der Hälfte seiner Crew beteiligte er sich an der Evakuierung.

Die meisten Tefroder an Bord des Frachters waren am Ende ihrer Kräfte angelangt. Ihnen standen die Strapazen – vor allem die durchlittenen Schrecken und das Entsetzen über den Untergang ihrer Heimatwelt – in die Gesichter geschrieben. Rhodan kannte solch menschliches Leid zur Genüge. Familien waren auseinander gerissen worden und würden nie wieder zueinander finden. Kinder schrien nach ihren Eltern, Mütter und Väter irrten wie in Trance, aber mit der verzweifelten Hoffnung, wenigstens einen Angehörigen zu finden, durch das endlose Labyrinth des Frachters.

Manche wehrten sich dagegen, das Schiff zu verlassen. Für sie war die stickige Enge des Frachters zur letzten Zuflucht geworden, eine Hoffnung, an die sie sich mit letzter Kraft klammerten. Alles jenseits der schützenden Stahlwände setzten sie mit der Kälte des Todes gleich.

Perry Rhodan begleitete die Transportflüge. Die nahe Metropole zählte eineinhalb Millionen Bewohner und verfügte über bestens ausgestattete Kliniken. Jedoch hatten sie nie einen derartigen Ansturm Hilfsbedürftiger bewältigen müssen, wie in diesen Tagen. Während die Medoroboter rund um die Uhr Patienten betreuten und in den Operationssälen Assistenz leisteten, arbeiteten die Mediziner selbst bis zur Erschöpfung. Die Anlagen für Fernoperationen konnten nicht genutzt werden, weil nicht genügend Mediker zur Verfügung standen. Es herrschte Notstand.

Rhodan sah eines der Hospitäler und wusste, dass es nirgends auf Ka-Tygo anders aussah. Überfüllte Zimmer, auf den Korridoren Antigravliegen mit den leichteren Fällen. Wo immer die Aussicht bestand, Gliedmaßen zum Nachwachsen anzuregen, wurde auf langwierige Operationen verzichtet und amputiert. Psycho-Narkose versetzte schwere Fälle in eine Scheinwelt, in der Gegenreaktionen des Körpers so weit wie möglich unterbunden wurden.

Es mochte Zufall sein, dass Rhodan in einem der Klinik-Korridore der jungen tefrodischen Medizinerin begegnete. Er selbst hätte sie nicht einmal bemerkt, denn sie trat hinter ihm aus einem der Operationssäle, doch Raye Corona schloss schnell zu ihm auf. »Perry!«

Als er sich zu ihr umdrehte, fragte sie erwartungsvoll: »Ist Zim auch hier?«

»Ich glaube, er sucht dich noch auf der ILKIN. Momentan herrscht ein heilloses Durcheinander.«

Raye Corona nickte schwach. Der auf ihren linken Handrücken aufgeklebte Bildchip meldete sich mit einem grellen Blinken. Raye wechselte einige Worte mit einem unsichtbar bleibenden Gesprächspartner und hob dann erschöpft die

Schultern. »Tut mir Leid, Perry, ich werde zur nächsten Operation gerufen. Falls Zim mich sehen will …« Den Rest ließ sie offen und hastete weiter.

Rhodans stummes Nicken sah sie schon nicht mehr.

Wenig war von ihrer besonnenen, ruhigen Art geblieben. Ihr gehetzter Blick verriet dem Terraner, unter welchen Druck sie sich setzte. Die derzeitige Situation war aber auch alles andere als normal. Die Völker Andromedas würden sehr viel enger zusammenrücken müssen, als dies bislang der Fall gewesen war, wollten sie der unheimlichen Invasion widerstehen. Immer und zu allen Zeiten hatten Individuen ihr eigenes Wohl hinter das ihres Volkes gestellt.

Rhodan hoffte, dass die Invasoren Ka-Tygo verschonten. Ihr Ziel schien nicht mehr und nicht weniger als die vollständige Unterwerfung Andromedas zu sein.

Seine Gedanken schweiften zurück in die Jahre 2400 bis 2406 alter Zeitrechnung. Der Sprung der solaren Menschheit in die benachbarte Galaxis hatte etwas unglaublich Faszinierendes gehabt und war vom Kontakt mit immer neuen Lebensformen begleitet worden. Rhodan dachte an die gewaltigen Sonnentransmitter, die Andromeda und die Milchstraße miteinander verbunden hatten, an die anfangs erbitterten Auseinandersetzungen mit den Maahks und an herausragende Persönlichkeiten wie den Cheyenne-Indianer Don Redhorse. All das war längst Geschichte und nur der Beginn des wagemutigen Griffs nach den Sternen. Die Erbfeindschaft mit den Methanatmern war längst beigelegt und einer von gegenseitiger Achtung geprägten neuen Qualität gewichen.

Wehmütige Erinnerungen an seine zweite Frau Mory Rhodan-Abro und an die Geburt ihrer Zwillinge Suzan und Michael wurden wach. Er, Rhodan, war bei der Niederkunft mehr als zwei Millionen Lichtjahre entfernt gewesen, weil die Auseinandersetzungen um die Befreiung Andromedas ihren Höhepunkt erreicht hatten. Längst war es zu spät, Mory um Verständnis zu bitten. Vor allem die potenzielle Unsterblichkeit, die ihm der in die Schulter implantierte Aktivatorchip verlieh, hatte manche innere Bindung zur Romanze degradiert. Es fiel ihm immer noch schwer, mitansehen zu müssen, wie Freunde alterten, während er selbst jugendlich blieb. Aber das war ein Preis, den nicht nur er zahlen musste. Gerade deshalb hatte Perry Rhodan Verständnis für die sich anbahnende Liebe zwischen Zim November und der tefrodischen Medikerin.

Als er wieder an Bord der Space-Jet ging, um zur ILKIN zurückzufliegen, versuchte er über Armbandkom, den Emotionauten zu erreichen. Zim November hatte sich einem Technikertrupp angeschlossen, der das Überlicht-Triebwerk des Frachters für den Austausch vorbereitete. Sein »Danke, dann weiß ich endlich Bescheid!« klang unerwartet knapp.

Fünfeinhalb Stunden lang pendelten Medogleiter und Space-Jets zwischen dem Frachter und mehreren Kliniken. Den Einsatz einer effektiveren Transmitterstrecke hatte die planetare Verwaltung mit dem Hinweis auf verräterische hyperenergetische Emissionen untersagt. Angesichts der galaxisweit sprunghaft gestiegenen Zahl von Überfällen und dem Auftauchen größerer Verbände der »brennenden Schiffe« bedeutete dieses Versteckspiel zwar keine vollkommene Sicherheit, beruhigte aber ein wenig die bloßliegenden Nerven.

An Bord der ILKIN hatten Reinigungsroboter begonnen, die Hinterlassenschaften der Flüchtlinge zu beseitigen. Viel zu wenig sanitäre Einrichtungen hatten zur Verfügung gestanden. Zugleich trafen neue Materiallieferungen ein. Die Reparaturarbeiten würden gut eineinhalb Wochen in Anspruch nehmen.

400 Meter hoch lag das Hangarschott, von dem aus der Terraner seinen Blick über den Raumhafen bis hin zur fernen, im Dunst versinkenden Silhouette der Stadt schweifen ließ. Er stand am äußeren Rand der durch einen mannshohen Prallschirm gesicherten Einflugöffnung. Die JOURNEE lag weit unter ihm; aus der Höhe wirkte sie wie ein zerbrechliches Spielzeug und die leere Modulbucht wie eine in den Rumpf eingekerbte, weit klaffende Wunde.

In spätestens zwei Stunden würde der Spürkreuzers wieder starten. Chemtenz, die ständige Vertretung der Liga Freier Terraner in Andromeda, war das nächste Ziel auf der Liste seiner Prioritäten. Die erste Space-Jet schleuste soeben wieder in die JOURNEE ein.

Zögernd wandte sich der Terraner um. Er würde auch noch den letzten Krankentransport begleiten, einfach, um nicht untätig abwarten zu müssen. Ohne die Möglichkeit, Hyperfunkkontakte aufzubauen, fühlte er sich auf Ka-Tygo isoliert.

Die letzten Antigravtragen mit Verwundeten wurden im Frachtraum seiner Space-Jet verankert. Rhodan wollte gerade ebenfalls an Bord gehen, als hinter ihm hastige Schritte erklangen. Zim November lief quer durch den Hangar. Augenblicke später standen sie sich in der Bodenschleuse gegenüber. Der Emotionaut war sichtlich außer Atem.

»Ich habe eben erst gehört …«

»Schon gut«, sagte Perry Rhodan, »wir fliegen zum letzten Mal die Klinik an, in der Raye Dienst tut. Wenn du dich persönlich verabschieden willst …«

Zim November nickte lächelnd.

In diesem Moment heulte die Sirene auf. Die Schwingungen wurden körperlich spürbar. Das bedeutete Raumalarm!

Perry Rhodan und Zim November betraten Augenblicke später die kleine Zentrale der Space-Jet.

»Starts und Landungen sind untersagt!«, empfing sie der Pilot. »Da kommt was Dickes auf uns zu.«

Auf den Bildschirmen war zu sehen, dass die ILKIN ihren Schutzschirm aktiviert hatte. Auch die JOURNEE und ein Großteil der Flüchtlingsraumer hüllten sich in Paratrons.

Ein fernes, grelles Leuchten erschien am Himmel, weit im Süden und im ersten Moment nur mit den Optiken zu erfassen. Doch es schwoll gedankenschnell an und überstrahlte sogar das Licht der beiden Sonnen.

Mit aberwitziger Geschwindigkeit näherte sich der Feuerball der Stadt und dem Raumhafen. Es war zu spät, irgendetwas gegen die Bedrohung zu unternehmen.

»Mein Gott«, flüsterte der Emotionaut tonlos. Die Hände ineinander verkrampft, starrte er auf den Hauptbildschirm, auf dem das eben noch ferne Leuchten zu einem sich aufblähenden Glutball wuchs. Ein gewaltiger Feuerschweif durchschnitt die Atmosphäre. »Wenn das Ding die Stadt trifft …«

Das Glosen zerplatzte und teilte sich in ein halbes Dutzend unterschiedlich großer Fragmente.

Im Funkempfang überschlugen sich die Meldungen. Ein Frachter stürzte nach verheerenden Explosionen der Umformerbänke ab.

Abwehrgeschütze feuerten. Eines der Fragmente zerstob in einem Funkenregen.

Brodelnde Schwärze folgte dem Feuerschein, dichter, schwerer Rauch, der sich wie ein Leichentuch ausbreitete. Die Glut füllte die Bildschirme aus. Selbst Perry Rhodan versteifte sich in Erwartung des vernichtenden Einschlags.

Die brennenden Wrackteile rasten über die Stadt hinweg … höchstens noch zwei Kilometer über den Raumhafen … und schlugen in geringer Distanz im offenen Gelände auf. Ein Hitzeorkan folgte, der alles mit sich riss, was nicht niet- und nagelfest war. Auf den Bildschirmen sah Rhodan Tefroder wie Puppen über die Piste wirbeln.

Einen einzigen Atemzug lang herrschte beklemmende Stille. Dann übertrugen die Außenmikrofone das infernalische Heulen und Krachen der Einschläge. Zehn Kilometer nordwestlich stiegen Explosionswolken auf. Blutig rot, vermischt mit aufgewirbeltem Erdreich und Gestein, fraß sich das Fanal in den Himmel.

Schaurig heulten die Sirenen.

»Wer immer an Bord war, Gott sei ihrer Seele gnädig«, sagte Rhodan.

Eine Jäger-Staffel raste über den Raumhafen hinweg und verschwand zwischen den Wolkenpilzen, doch helfen konnte niemand mehr.

Erst Minuten später verließ die Space-Jet den Hangar der ILKIN. Die Atmosphäre war aufgewühlt, die Schwärze über den Absturzorten der Wrackteile breitete sich weiter aus. Die Wetterkontrolle konnte die entstehenden Gewitter nicht eindämmen; heftige Entladungen tobten zwischen den dichter werdenden Wolkenbänken.

»So ein Unfall kann sich jederzeit wiederholen«, sagte Zim

November niedergeschlagen. »Ich bitte dich« – tief atmete er ein und schaute Perry Rhodan forschend an –, »Raye Corona an Bord zu nehmen.«

»Das wird wohl nicht möglich sein«, antwortete der Resident.

»Vielleicht brauchen wir zusätzliches medizinisches Personal.« Zim redete hastiger. »Außerdem ist sie als Tefroderin besser mit den herrschenden Gegebenheiten vertraut als jeder von uns.«

»Darum geht es nicht«, wehrte Rhodan ab. »Du solltest sie selbst fragen, Zim.«

Die Space-Jet schwebte über der Klinik ein. Es schien, als hätte die Millionenmetropole nach dem Absturz den Atem angehalten. Die Katastrophe lähmte das öffentliche Leben und hatte endgültig klar gemacht, wie nah Hoffnung und Verzweiflung beieinander lagen. Die letzten Generationen kannten keinen Krieg mehr, doch soeben hatte er sie eingeholt.

Im Gegensatz zu dem Bild auf den Straßen und Plätzen herrschte in der Klinik quirlige Hektik. Zim identifizierte sich an einem Info-Terminal und ließ sich erklären, wo er Raye Corona finden konnte. Hastig bahnte er sich einen Weg durch die überfüllte Eingangshalle. Inmitten des scheinbaren Chaos gab es dennoch ein System, das den unverändert starken Patientenzustrom kanalisierte.

Perry Rhodan folgte dem Emotionauten mit einiger Distanz. Er glaubte zu wissen, was Zim empfand, kannte diese innere Zerrissenheit zwischen Pflichtgefühl und eigenen Wünschen. Gegebenenfalls würde er eingreifen und die Sache klären.

Als er in der geschlossenen Liftkabine in die Höhe getragen wurde, entstand Kiriaades Abbild vor seinem inneren Auge. Einen Sekundenbruchteil lang vermochte er nicht zu erkennen, ob ihm die überirdisch schöne Frau wirklich erneut erschienen war. Seit sie ihn zum ersten Mal zu Hilfe gerufen hatte, konnte er sie nicht mehr aus seinen Gedanken verdrängen.

Wer war Kiriaade wirklich? Eine Tefroderin?

Die Kabinenwand löste sich auf. Rhodan trat hinaus in eine

mehrere hundert Quadratmeter umfassende installierte Erholungslandschaft. Dieser eine Schritt trug ihn in eine völlig andere Welt. Die sauerstoffreiche Atmosphäre war angereichert mit belebenden Aromen. Vogelstimmen übten eine beruhigende Wirkung aus, und moosartiger Bodenbewuchs dämpfte seine Schritte.

Transparente Säulen ragten inmitten der üppigen Pflanzenpracht auf. Es waren einige Dutzend, und milchige Schleier wogten in ihnen. Erst aus der Nähe erkannte Rhodan, dass Menschen in den Säulen schwebten ... aufrecht und ohne Bodenkontakt, während die Nebel sie umschmeichelten und von äußeren Einflüssen abschirmten.

Eine der Säulen schimmerte wie ihre Umgebung in mattem Grün. Ein Teil der Rundung hatte sich zurückgeschoben und nach Abschluss der Regenerationsphase Raye Corona den Weg freigegeben.

Sie stand dicht vor Zim. Ihre Körper berührten sich fast. Die linke Hand legte sie auf seine Schulter, mit dem Rücken der rechten strich sie sanft über seine Wange. Rhodan konnte nicht verstehen, was sie sagte. Er hielt sich bewusst auf Distanz. Zim sollte gar nicht erst das Gefühl bekommen, überwacht zu werden.

Raye schüttelte den Kopf. Zim redete auf sie ein und wollte sie an sich ziehen, doch mit einem heftigen Ruck löste sie sich aus seinem Griff. Einen Moment lang dachte Rhodan, die Ärztin wolle davonlaufen. Aber dann wandte sie sich nach nur zwei Schritten wieder um.

Sie streckte Zim die Hand entgegen, doch er reagierte trotzig. Erneut machte die Tefroderin eine Geste der Verneinung. Dann griff sie nach ihm und umarmte ihn. Die Lippen der beiden fanden sich zu einem hektischen Kuss, wie bei zwei sich Liebenden, die auf einmal wussten, dass sie einander für lange Zeit nicht mehr sehen würden.

Als Perry Rhodan sich gerade zurückziehen wollte, entdeckte ihn der Emotionaut.

»Perry!«, rief der Junge. »Warte!« Er fasste Raye an der Hand, und sie liefen Rhodan hinterher. »Ich verstehe deine Besorgnis. Nicht Einzelschicksale zählen, sondern die Freiheit und das Glück an sich. Wir haben uns eben verabschiedet. Raye hat ihre Pflichten zu erfüllen, und ich die meinen. Aber ganz egal, was geschieht, wir werden einander wiedersehen, das wissen wir beide.«

Sein Arm lag um Rayes Taille, und als er sie erneut an sich zog und seine Lippen sanft ihre Wange berührten, schimmerte es feucht in den Augen der Tefroderin.

»Die Sterne leuchten auch am Tag, nur musst du sie mit dem Herzen sehen, nicht mit den Augen«, sagte die junge Ärztin betont. »Das ist wohl eine der schönsten Textzeilen Lasky Batys. Schon jetzt ist es ein geflügeltes Wort meiner Heimat. Selbst wenn Andromeda im Chaos versinkt, unsere Wege werden sich ein weiteres Mal kreuzen. Weil wir es so wollen.«

Kapitel 6

Bordzeit Spürkreuzer JOURNEE, 21. März 1312 NGZ

Die Entfernung war nahezu unbedeutend. 2915 Lichtjahre bis zu Chemtenz, ein Katzensprung für ein modernes Überlicht-Triebwerk.

Im Rumpf der JOURNEE klaffte eine Lücke. In der nun leeren Modulbucht war während des Fluges von der Milchstraße nach Andromeda das neue Grigoroff-Zusatztriebwerk verankert gewesen. Es hatte dem Kugelraumer eine erstaunliche Geschwindigkeit verliehen: 200 Millionen Mal schneller als das Licht. Doch beim Flug durch die rätselhafte Zeitbarriere war das Zusatztriebwerk irreparabel beschädigt worden.

Der Metagrav erlaubte dem Kreuzer immer noch einen Überlichtfaktor von bis zu 90 Millionen. Das bedeutete für den Flug von Ka-Tygo nach Chemtenz eine Zeit von 17,02 Minuten, Beschleunigungs- und Bremsmanöver nicht einberechnet. Auch das war ein Wert, den längst nicht jedes Raumschiff erreichte.

»Rücksturz in zwei Minuten«, verkündete die Kommandantin. »Alarmzustand bis zur Landung auf Chemtenz.«

Archivdaten des Kraltmock-Systems wurden eingeblendet. Zehn Planeten umliefen die gelbe Sonne im der Milchstraße zugewandten Außenbereich des Andromedanebels. Chemtenz, die dritte Welt, hatte einen Äquatorialdurchmesser von knapp über 12 000 Kilometern, wies mittlere Temperaturen von beachtlichen 31 Grad Celsius auf und verfügte demzufolge über ein von subtropischer Vegetation geprägtes Klima. Diese Welt war ein Paradies mit hoher Luftfeuchtigkeit, überwältigend schönen und naturbelassenen Stränden … und ein Symbol des Friedens für ganz Andromeda.

Die Hyperraum-Etappe der JOURNEE endete zwischen den Umlaufbahnen der beiden äußeren Planeten. Rhodan rechnete mit Scanimpulsen, die den Spürkreuzer trafen, mit Hyperfunksprüchen, die ihn zur Identifizierung aufforderten. Doch beides blieb aus. Der Einflug in ein unbesiedeltes Sonnensystem wäre kaum anders gewesen.

»Sich tot zu stellen, um nicht aufzufallen, scheint derzeit die am häufigsten praktizierte Methode in Andromeda«, bemerkte Vorua Zaruk hinter dem Waffenleitstand.

Der Hyperphysiker Bi Natham Sariocc wandte sich der umweltangepassten Epsalerin zu. Scheinbar gedankenverloren hatte er die Arme vor der Brust verschränkt, und sein Gesicht blieb so ausdruckslos wie zuvor. »Es ist Buddhas Anliegen, den Menschen die Augen zu öffnen und ihnen die Wahrheit zu zeigen.«

»Was meinst du, Bi Natham?«, fragte die Epsalerin plump.

»Er spricht davon, dass wir zu spät gekommen sein könnten«, antwortete Perry Rhodan.

Die Anspannung wurde fast körperlich spürbar. Chemtenz war die letzte Hoffnung auf einen Kontakt zur Milchstraße, zwar nur vage und gegen alle Vernunft, aber immerhin eine Aussicht. Falls Chemtenz nicht mehr existierte, lief die Invasion gezielter ab, als alle bislang angenommen hatten.

Mit Höchstwerten drang die JOURNEE tiefer ins Kraltmock-System ein. Natürlich spürte Zim November unter der SERT-Haube die Bedrohung. Falls Kastuns im Ortungsschutz lauerten, musste der Spürkreuzer innerhalb kürzester Frist in den Überlichtflug gehen können.

»Keine Energieortung«, meldete Cita Aringa. »Weder im interplanetaren Raum noch auf einem der Planeten.«

Die JOURNEE erreichte halbe Lichtgeschwindigkeit und beschleunigte weiter.

Träge tropften die Sekunden dahin. Jede einzelne nährte die Gewissheit, dass die Botschaftswelt den Invasoren zum Opfer gefallen war. Die Fremden überzogen Andromeda mit einem Netz aus Leid und Tod.

Nach zehn Minuten war Perry Rhodan sich seiner Sache sicher und aktivierte den Hyperkom.

»Terranischer Spürkreuzer JOURNEE ruft Chemtenz. Botschafter Ivanauskas, hier spricht Perry Rhodan. Warum reagiert niemand auf unseren Einflug?«

Keine Antwort.

»Perry Rhodan ruft Chemtenz! Meldet euch!«

»Nichts«, stellte Aringa fest. »Nicht einmal ein lausiges Echo kommt zurück.«

Eine kurze Überlichtetappe brachte den Spürkreuzer näher ans Ziel. Es gab kaum noch Zweifel daran, dass die Invasoren das Kraltmock-System heimgesucht hatten. Die absolute Stille auf den Hyperfrequenzen war unheimlich.

»Perry«, meldete sich Tess Qumisha überraschend, »es gibt Anzeichen für eine Raumschlacht während der letzten Tage. Ich habe die Normalortungen mit speziellen Parametern abgefragt und finde deutliche Schwankungen in der Partikelverteilung. Zudem existiert ein hyperenergetischer Nachhall.«

Rhodan runzelte die Stirn, was die Hyperphysikerin zu einer weiteren Erklärung veranlasste. Tess wirkte müde und abgespannt, ein Eindruck, der indes vielleicht auch nur ihrem verwischten Augen-Make-up zuzuschreiben war.

»Die Intervallkanonen erzeugen gebündelte Hyperfelder, die mit ihrer mechanischen Wirkung jedes bekannte Material zertrümmern. Im Ziel fokussiert sich die Bündelung und erzeugt einen fünfdimensionalen, kinetischen Effekt.«

»Als würde jemand einen Stein in einen Teich werfen«, warf Rhodan ein.

Tess Qumisha zog die Brauen hoch. »Laienhaft ausgedrückt«, bestätigte sie. »Die dichtere Materieverteilung im solaren Bereich gegenüber dem interstellaren Raum ermöglicht es, den Effekt über längere Zeit hinweg anzumessen.«

»Dass Kastuns die Botschaftswelt attackiert haben, erkennen wir auch ohne hochwissenschaftliche Nachweise«, seufzte die Kommandantin. »Ich fürchte, wir werden nicht mehr viel vorfinden …«

»Wracks!«, platzte die Plophoserin an der Ortung heraus. »Sie tauchen soeben aus dem Ortungsschatten des vierten Planeten auf. Stark elliptische Umlaufbahn, Entfernung knapp zweihunderttausend Kilometer. In spätestens vier Tagen werden die Trümmer in die Atmosphäre eintreten und verglühen.«

»Spezifikation!«, verlangte Rhodan.

»Die größten Brocken liegen im Bereich von zehn Kubikmetern. Das kann so ziemlich alles gewesen sein.«

Innerhalb weniger Minuten wurden die Ortungsergebnisse detailliert. Dichte und Struktur der Wrackteile entsprachen den im terranischen Raumschiffsbau verwendeten Materialien. Der Trümmerschwarm zeigte zwei markante Zentren, die Überreste größerer Raumschiffe. Die Hochrechnung ergab, dass beide Raumer einen Durchmesser von mindestens 150 Metern gehabt hatten.

»Auf Chemtenz waren zumeist drei Zweihundert-Meter-Kreuzer stationiert«, bemerkte die Kommandantin.

»Von denen also möglicherweise einer entkommen konnte«, folgerte Perry Rhodan. »Ich vermute, die Besatzung hat Kurs auf die Milchstraße genommen.«

Coa Sebastian nickte bedächtig. »Inzwischen wurden sie wohl um ihre Hoffnungen betrogen.«

»Gibt es Anzeichen für Überlebende?«

»Keine.«

Der Terranische Resident schlug die Fäuste zusammen. »Trotzdem ... Wir fliegen erst weiter, wenn sichergestellt ist, dass niemand Hilfe benötigt.«

»Kurs Chemtenz?«

Rhodan seufzte leise. Ihm war anzusehen, wie sehr es in ihm wühlte.

Im Hologramm zeigte sich der Planet als wolkenverhangene, trostlos graue Kugel. Der Staub in der Atmosphäre schluckte das Sonnenlicht und zeichnete eine düstere, rote Aura.

Die JOURNEE hatte sich bis auf 50 000 Kilometer genähert. Für die Orter des Spürkreuzers existierte die Dunstschicht nicht. In schonungsloser Offenheit holten sie die Katastrophe auf die Schirme.

Auf Barzoon, dem größten der Kontinente, tobten gewaltige Waldbrände. Die Schwärze der aufsteigenden Rauchwolken vermischte sich mit dem blutroten Widerschein zur Apokalypse. Um diese Feuersbrunst zu ersticken, hätte es einer Sintflut bedurft.

»Über Barzoon steht die Sonne noch im Zenit.« Cita Aringa führte manuelle Schaltungen an den Ortern aus. »Trotzdem muss es da unten so finster sein, dass niemand mehr die Hand vor Augen sehen kann.«

»Höhenwinde verteilen den Staub und die Asche rund um den Planeten«, pflichtete Rhodan ihr bei. »Auf Chemtenz wird über Jahre hinweg kein normales Leben mehr möglich sein.«

Chem kam in Sicht, die kleinste kontinentale Landmasse. Auch hier schwarze Wolkenbänke, als hätte der Planet sein Antlitz in Trauer verhüllt.

Unablässig funkte die JOURNEE auf den Normalfrequenzen.

Sie bekam keine Antwort.

»New Dillingen existiert nicht mehr«, stellte Cita Aringa fest. »Im Bereich der Hauptstadt sind tektonische Schäden zu erkennen. Magma steigt in unterirdischen Kammern auf. Ob ein Ausbruch bevorsteht, lässt sich noch nicht abschätzen. Die Kastuns haben keinen Stein auf dem anderen gelassen.«

»Was wollen sie? Nur vernichten? Wir müssen die Invasoren doch irgendwie aufhalten können!« Rhodan fragte sich, ob Benjameen da Jacinta mit seiner Fähigkeit des Zeroträumens in der Lage sein mochte, mehr über die Eindringlinge herauszufinden. Bislang zögerte er, einen entsprechenden Befehl zu erteilen. Es war nur ein Gefühl, vielleicht nicht einmal das, aber es erschien ihm, als spüre er eine mentale Bedrohung. Einbildung oder Realität? Er vermochte es nicht zu sagen.

Die Gedanken an Kiriaade lenkten ihn ab. Es überraschte ihn, dass er sie wiedersehen wollte. Und nicht nur das ... Gleichzeitig sagte er sich, dass sie bislang nur eine Projektion war, vielleicht ein Hologramm, das mit großem Energieaufwand erzeugt und stabilisiert wurde.

Konnte man sich in ein Hologramm verlieben? Die Frage kam zu spät. Aber gerade das erfüllte ihn mit weiterem Unbehagen. In der Antike waren die Überbringer schlechter Nachrichten geköpft worden, doch heute ...

Rhodan schreckte auf. Einen Augenblick lang hatte er geglaubt, Kiriaade zu kennen. Da war ein Gefühl der Vertrautheit gewesen, wie man es höchst selten empfand – doch dieser flüchtige Moment ließ sich nicht festhalten. Er lauschte den verwehenden Schwingungen wie etwas unglaublich Schönem …

Der Gegensatz zu dem Töten in Andromeda konnte nicht größer sein.

»Warum reden wir uns gegen alle Vernunft ein, dass wir eine Chance haben?«, fragte ausgerechnet die Kommandantin. »Ich ahne den Moment, in dem uns die Kastuns jagen und zur Strecke bringen werden.«

Rhodan winkte ärgerlich ab. »Mit dieser Einstellung, Coa, würden wir Menschen heute noch in Höhlen hausen und Pfeilspitzen aus Feuerstein schlagen.«

Ein grimmiger Zug grub sich um Coas Mundwinkel ein. »Wo ist da der Unterschied?«, fragte sie hart.

»Wir sollten uns unserer Handlungen bewusst sein«, sagte Rhodan. »Wir müssen uns nicht mehr um Grundbedürfnisse sorgen, sondern um ein humanes Zusammenleben aller Völker.« *Und dafür,* fügte er in Gedanken hinzu, und es gefiel ihm zwar nicht, doch es gab keine erkennbare Alternative dazu, *töten wir heute nicht mehr mit Steinspitzen, sondern mit Transformgeschützen und Intervallkanonen.*

Schneidend kam der Ruf von der Funkstation: »Wir empfangen schwache Signale, kaum wahrnehmbar.«

»Ausgangspunkt?«

»Planetennah. Wenige Tausend Kilometer über Chemtenz. Der Sender ist schwach, kaum einige Watt Ausgangsleistung.«

Was immer sie entdeckt hatten, es tauchte soeben relativ zur JOURNEE hinter dem Planetenhorizont auf. Die Orter zeichneten ebenfalls: geringe Massewerte, kaum energetische Emissionen. Doch für die optische Erfassung war das Objekt noch zu weit entfernt.

»Ein Schiffbrüchiger?«

Rhodan nickte knapp. »Dr. Serleach zur Hauptschleuse!«

Im Hauptholo erschien eine vage Abbildung des georteten Objekts, das durch eine Markierung des Syntrons deutlich gemacht wurde. Maßeinheiten wechselten in rascher Folge, Aufrisse wurden eingefroren und anschließend in schneller Folge abgespult.

Nur noch wenige 10 000 Kilometer Distanz … Kein Zweifel mehr, dass sie einen Schiffbrüchigen vor sich hatten. Langsam driftete er in den Raum hinaus, drehte sich dabei kaum merklich um zwei Achsen.

»Kein Funkkontakt«, meldete Cita Aringa. »Er ist entweder bewusstlos oder tot … und außergewöhnlich korpulent für einen Tefroder.«

Noch hatten sie nicht darauf geachtet. Die Datenkontrolle stellte einen Abgleich her. Mit größter Wahrscheinlichkeit näherte sich der Spürkreuzer einem Maahk.

»Der Notruf wird nicht in Kraahmak ausgesandt«, wehrte die Plophoserin hinter der Funkkontrolle ab.

»Das ist nicht ausschlaggebend.«

»Die Symbolgruppen entstammen der frühterranischen Epoche.« In einer Geste, die ihre Verblüffung unterstrich, breitete Cita Aringa die Arme aus. »Wer immer sich da von Chemtenz retten konnte, er sendet *M – A – Y – D – A – Y.*«

Perry Rhodan reagierte überrascht. »Dieser Notruf war im 20. Jahrhundert gebräuchlich. Wenn ihn heute noch jemand anwendet, dann wohl nur ein Botschaftsangehöriger.«

»Maahks gehören nicht zur ständigen Vertretung der LFT«, widersprach die Kommandantin.

Die optische Wiedergabe zoomte und zeigte eine von scharf begrenzten Schatten und grellem Licht geprägte Gestalt. Der kuppelförmige Helm, so breit wie die Schultern, war unverkennbar.

In einem präzisen Manöver glich die JOURNEE Geschwindigkeit und Kurs dem treibenden Körper an. Ein Zugstrahl holte den Maahk an Bord. Er war bewusstlos.

»Ich komme nicht an ihn heran. Ich weiß nicht, was da ist, aber …« Benjameen da Jacinta stockte, ehe er nachdenklich fortfuhr: »Er lebt noch und ist ohne Besinnung, aber ich kann nicht sagen, was mich zurückgestoßen hat.«

Fast ein wenig besorgt musterte Perry Rhodan den Zeroträumer. Benjameen suchte nach einer Erklärung für sein Versagen, schien sich nicht damit abfinden zu wollen, dass es ihm nicht gelungen war, sich mit seinem eigenen Traum in das Unterbewusstsein des Maahks einzuschalten.

»Lass es gut sein.« Rhodan legte die Hand auf den Arm des Arkoniden. Natürlich entging ihm nicht, dass Benjameen erneut im Begriff war, sich in einen erzwungenen »Sekundenschlaf« zu versetzen und sich im Para-Traum der Erlebniswelt des Maahks auszuliefern.

Benjameen da Jacinta atmete tief ein. Als Rhodan die Hand wieder zurückzog, kam ein Seufzen über Bens Lippen.

Der Druckausgleich war abgeschlossen, das innere Schleusenschott öffnete sich. Der Maahk schwebte, von einem Antigravfeld getragen, knapp einen Meter über dem Boden.

Wuchtig erschien der halbkreisförmige Schädel unter dem transparenten Helm. Noch immer weckte der Anblick eines Methanatmers den Eindruck eines urwüchsigen Wesens. Maahks stammten von Welten mit hoher Schwerkraft. Sie waren nicht nur an einen entsprechend hohen atmosphärischen Druck gewohnt, sondern zugleich an Umgebungstemperaturen zwischen 70 und 100 Grad Celsius.

Mit einer Größe von 2,15 Meter und einer Schulterbreite von etwa 1,40 Meter entsprach der Maahk ungefähr dem Durchschnitt seines Volkes. Obwohl der Blick seiner vier grün schillernden Augen auf dem schmalen Schädelgrat in scheinbar weite Ferne gerichtet war, hatte er etwas Durchdringendes. Rhodan glaubte, dass der Maahk ihn sah und die neue Umgebung in sich aufnahm, wenngleich er keine Reaktion zeigte.

Maahks atmeten Wasserstoff und das in der Atmosphäre ihrer Welten in geringem Prozentsatz vorkommende Methan. Dass sich die irreführende Bezeichnung »Methanatmer« oder »Methans« über Jahrtausende hinweg erhalten hatte, entbehrte jeder Grundlage. Es mochte schlicht daran liegen, dass Irrtümer oft überaus hartnäckig sein konnten. Andererseits wurden die Menschen von Maahks als »Sauerstoffatmer« bezeichnet, nie war auch nur ansatzweise von »Edelgasatmern« gesprochen worden.

Ein Medoroboter kümmerte sich um den Geretteten, doch seine Möglichkeiten beschränkten sich auf eine äußerliche

Diagnose. Eine eventuelle Behandlung konnte erst erfolgen, sobald für den Maahk erträgliche Bedingungen hergestellt waren.

Rhodan hatte angeordnet, eine der freien Kabinen auf dem Hauptdeck zu präparieren. Die Techniker arbeiteten in diesem Moment unter Hochdruck an der Umstellung des Belüftungssystems und der Heizung. Die mit schleusenähnlichen Zugängen ausgerüsteten Kabinen lagen entlang des äußeren Ringgangs zwischen Messe und Konferenzräumen.

»Ich versuche es noch einmal in aller Ruhe«, sagte Benjameen da Jacinta. Breitbeinig stand er da, die Arme vor der Brust verschränkt und den Kopf gesenkt, doch ein schrilles und zugleich knarrendes Geräusch schreckte ihn auf. Verwirrt blinzelnd schaute Benjameen sich um.

Das seltsame Geräusch erklang aus dem nur wenige Meter entfernten Antigravschacht. Sekunden später stolperte Norman aus dem Einstieg hervor. Mit hoch emporgerecktem Körper schob er den Rüssel vor sich her. Die kleinen Ohren wedelten heftig.

Rhodan schüttelte den Kopf. Prompt traf ihn ein vorwurfsvoller Blick des nur 50 Zentimeter großen Zwergelefanten. Zumindest deutete er Normans Kopfbewegung so. Aber da trottete Benjameens und Tess Qumishas' Haustier schon an ihm vorbei.

»Was ist, Kleiner?« Vergeblich ließ der Arkonide sich in die Hocke nieder und streckte die Hand aus. Norman hielt vor ihm inne und schwenkte dann zu dem Maahk um. Offensichtlich legte er wenig Wert darauf, gekrault zu werden.

Mit dem neuerlichen kläglichen Versuch eines Trompetenstoßes tastete Norman mit dem Rüssel nach dem Methanatmer. Es war ein absonderliches Bild ... der Klonelefant mit den Hinterbeinen auf den Füßen des Medoroboters, während die Rüsselspitze gerade noch den Maahk berührte.

»Norman, was ist los?«, schimpfte Benjameen. »Geh weg da! Wieso hast du überhaupt unsere Kabine verlassen?«

Immer heftiger pendelte der Rüssel hin und her und klatschte gegen den Raumanzug. In diesem Augenblick bewegte sich der Maahk. Er versuchte sich aufzurichten, und ein Gurgeln drang aus den Außenlautsprechern. Der Schlag eines seiner Tentakelarme verfehlte Norman nur um Haaresbreite. Mit dem schrillen Husten einer cygnischen Wasserflöte wich der Zwergelefant zurück.

Fast gleichzeitig flackerte die Alarmbeleuchtung auf.

»Schädliche Luftbeimengung!«, meldete eine Syntronstimme. »Dieses Segment des Korridors wird abgeriegelt.«

Ein schwach beißender Geruch breitete sich aus. Ammoniak!

»Norman!«, rief Benjameen. »Komm her zu mir!«

Der Elefant dachte gar nicht daran, er drängte sich vielmehr wie Schutz suchend gegen die stählernen Beine des Roboters.

Rhodan registrierte einen stärkeren Schwall des Ammoniakgeruchs, der durch die Bewegung des Maahks freigesetzt wurde. Falls Norman das Gas ebenfalls wahrgenommen hatte, schien sein Geruchssinn besser ausgeprägt zu sein als das Wahrnehmungsvermögen der Rezeptoren in den Wänden.

Er achtete nicht auf das fahle Flirren, mit dem der Korridor abgeschottet wurde. Ein einziger Befehl von Benjameen oder ihm würde das Energiefeld umgehend wieder auflösen. Vielmehr forderte er einen Reparaturrobot an und erkundigte sich nach dem Stand der Umbauarbeiten an der vorgesehenen Unterkunft.

»In spätestens fünf Minuten steht die Kabine zur Verfügung«, antwortete der technische Leiter.

Gleichzeitig erschien der Reparaturrobot, eine 30 Zentimeter durchmessende Scheibe. Seine Sensoren orteten zwei kleine Lecks im Schutzanzug des Schiffbrüchigen, woraufhin Sprüharme eine verzögert aushärtende Kunststoffmasse ausbrachten. Das Blasen werfende, aufwallende Dichtmaterial zog sich innerhalb von Sekunden zusammen.

Der Maahk war erneut bewusstlos geworden. Rhodan konnte nicht einmal erkennen, ob er noch atmete. Die entsprechenden Organe saßen nahezu unsichtbar beidseits des Kopfs. Im schlimmsten Fall erstickte der Maahk, und niemand konnte etwas dagegen tun.

Kapitel 7

Unverändert hing die JOURNEE hoch über Chemtenz. Sie bewegte sich auf einer stabilen Umlaufbahn gegen die Rotation des Planeten, und die Ortungen tasteten große Bereiche der Oberfläche ab.

Soeben war der Maahk in die präparierte Unterkunft gebracht worden. Auf die Installation einer Überwachungsanlage hatte Rhodan verzichtet. Der einzig logische Schluss für den Maahk wäre wohl gewesen, dass die Terraner ihm misstrauten. Genau diesen Eindruck wollte Rhodan vermeiden.

Momentan erfolgte eine Bildübermittlung über das optische System des Medoroboters.

Die Flutung der Kabine mit der Giftgasatmosphäre war abgeschlossen, lediglich die Temperatur blieb mit knapp 60 Grad Celsius kühl. Der Maahk würde frieren, doch darauf konnte Rhodan keine Rücksicht nehmen.

Der Roboter schaffte es nicht auf Anhieb, den Raumanzug zu öffnen. Offenbar handelte es sich um eine Sonderanfertigung. Perry wollte schon den Befehl geben, den Anzug aufzuschneiden, was den Maahk zum Verweilen in der Kabine verurteilt hätte, als endlich der Transparenthelm seine Konsistenz verlor und sich im Nackenwulst zusammenfaltete.

Der Medorobot fuhr das medizinische Standardprogramm für Wasserstoff-Ammoniak-Methan-Atmer. »Sämtliche Vitalfunktionen sind, soweit messbar, auf Minimalwerte abgesunken«, meldete er. »Beginnender Wasserstoffmangel hat möglicherweise den Querschnitt der Atmungsorgane verengt und auf die Maahk-Leber übergegriffen. Ich empfehle die Injektion eines Stimulans.«

»Einverstanden.« Angespannt wartete Rhodan darauf, dass der Maahk das Bewusstsein wiedererlangte. Soweit er die Biologie der Methanatmer kannte, war die Bezeichnung *Maahk-Leber* irreführend. Es handelte sich um eine Vielzahl organischer Schläuche, die mit der verdickten Wand des Magen-Darm-Trakts ein schwammartiges, aber komplex aufgebautes Organ bildeten, eben diese *Leber.* Die Lungenschläuche mündeten in Hohlmuskeln, die nach dem Prinzip organischer Blasebälge die Atmung regulierten. Eine Zeit lang war sogar vermutet worden, dass den Maahks eine bewusste Steuerung ihrer Atemreflexe möglich war, doch das hatte sich später als medizinischer Irrtum erwiesen.

»Irgendetwas geschieht«, meldete die Funkstation. »Wir registrieren ein Anschwellen des Hintergrundrauschens auf allen Frequenzen.«

Natürlich war die Reichweite der überlichtschnellen Funk- und Kommunikationssysteme nicht unbegrenzt. Das galt gleichermaßen für planetare Sender wie solche auf Raumschiffe. Systeme von Relaisstationen sorgten für eine Verstärkung. Wo sie ausfielen, aus welchen Gründen auch immer, kam über größere Distanz hinweg nur ein mehr oder weniger unverständliches Hintergrundrauschen an.

Irgendwo in den Weiten des Andromedanebels hatten die Invasoren wieder zugeschlagen. Perry Rhodan erschrak über die eigene Kälte, mit der er den Sachverhalt zur Kenntnis nahm. Wenn er die Überfälle erst einmal als unausweichlich ansah, etwa wie Naturkatastrophen, hatte er resigniert.

Im Moment war er froh über die Ablenkung aus Kabine 30. Der Maahk hatte sich bewegt, also wirkte das Medikament.

Abrupt richtete sich der Methanatmer auf. Seine zuckenden Arme trafen den Medoroboter, doch das war kein bewusster Angriff, eher eine Spontanreaktion.

Schwankend kam der massige Leib auf die Beine.

Rhodan hatte ein Mikrophonfeld vor sich platziert. »Du befindest dich in Sicherheit, Grek«, sagte er. »Wir haben dich aus dem Weltraum geborgen.«

Der Maahk erstarrte. Rhodan sah, dass sich nur die Lider über den beiden äußeren Augen bewegten.

»Ich bin … wo?«, fragte der graue Koloss stockend. Eigenartiger Weise bediente er sich nicht des Kraahmak, sondern sprach ein gut verständliches Tefroda.

Er reagiert auf die humanoide Form des Medoroboters, schoss es Rhodan durch den Kopf. *Die Folgerung liegt auf der Hand.*

»Dies ist kein tefrodisches Schiff«, antwortete er.

»Terranisch? Die Botschaftskreuzer haben Chemtenz vor dem Angriff verlassen.«

»Mein Name ist Perry Rhodan, Grek.« Die Anrede mit der Sammelbezeichnung »Grek« war höflicher als ein völliges Verschweigen und damit Zurückstoßen des Betreffenden in die Masse der Ungeborenen.

»Ich kenne den Namen.« Hastig stieß der Maahk die Worte hervor. »Eine Ehre ist es mir … ein großes Ver… Nein. Vergnügen ist der falsche Ausdruck.«

Der Terraner kniff die Brauen zusammen, als könne er sein aufkeimendes Unbehagen auf diese Weise relativieren. Etwas stimmte nicht mit dem Maahk. Möglicherweise hatte der Wasserstoffmangel Spuren hinterlassen. Auch wenn das Äußere des grauen Riesen kaum weniger martialisch wirkte als bei der ersten Begegnung zwischen Menschen und Maahks, haftete seiner Stimme doch eine eigenwillige Klangfarbe an. Wäre die Annahme nicht unsinnig gewesen, Perry Rhodan hätte behauptet, so etwas wie eine Emotion herauszuhören. War der Verzicht des Maahks auf den Translator ursächlich?

»Grek-665 ½ ist mein Name«, fuhr der Methanatmer fort. »Das klingt fast schon menschlich.«

»Moment«, sagte Rhodan.

Grek-665 ½ reagierte nicht. »Danke für die Rettung!«, fuhr er fort, als höre er sich gern reden. Zudem verzog er sein Raubtiergebiss im wulstigen Übergang zwischen Kuppelkopf und Körper zu einer abschreckenden Grimasse. »Ohne Terraner wäre Grek tot. Im Himmel, sagen die Menschen, nicht wahr? Aber ich verstehe nicht: Wo ist der Himmel?«

»Perry!«, erklang ein Ausruf von der Funkstation. »Wir haben neue Meldungen aufgefangen!« Das Entsetzen in der Stimme war schwerlich zu überhören.

Rhodan unterbrach die Verbindung über den Medoroboter.

Eine von Störungen überlagerte, schwer verständliche Stimme erfüllte die Zentrale. Mehrfach stockte der Sprecher tränenerstickt. Aber immer von neuem nahm er seine Kraft zusammen, um ganz Andromeda wissen zu lassen, was geschehen war.

»Die Entscheidungsschlacht ist geschlagen – und verloren. Fünfundzwanzigtausend schwere Kampfschiffe konnten Tefrod nicht verteidigen. Wir hatten keine Chance, haben sie nie besessen. Unsere Flotte wurde vernichtet, es gibt kaum Überlebende. Nur wenige Schiffe sind geflohen, die Verbindung zu ihnen ist abgerissen. Wir wissen nicht, was geschieht, können nicht einmal mehr hoffen. Das Tefa-System wurde von den Kastuns erobert!«

Rhodan schluckte schwer.

»Die Angreifer haben Tefrod eingekreist, ihre Schiffe drängen sich im Orbit. Eine Flucht ist unmöglich geworden. Aber wir wollen unsere Heimat nicht verlassen. Lieber sterben wir, als sie den Fremden zu opfern. Helft uns! Helft euch selbst! Noch ist Tefrod nicht vernichtet ...«

Nachdem der verzweifelte Hilferuf in einem prasselnden Stakkato abgebrochen war, herrschte in der Zentrale der JOURNEE beklommenes Schweigen. Bislang hatten sich die Invasoren damit begnügt, vergleichsweise schlecht geschützte Sonnensysteme anzugreifen und vor allem Kampfraumschiffe zu jagen, wo immer sie sie zwischen den Sternen aufspürten. Mit dem Angriff auf Tefrod war der Kriegszustand in eine neue Dimension eingetreten.

Annähernd 25 000 Raumschiffe vernichtet ... Mit dem Fall von Tefrod war jede Chance dahin, die verbliebenen Flotten aller tefrodischen Welten dem Oberkommando zu unterstellen. Im Gegensatz zu den Völkern der Milchstraße hatten die heutigen Generationen in Andromeda nie um ihre Existenz kämpfen müssen.

»Damit dürfte die größte noch verbliebene militärische Schlagkraft bei den Maahks liegen«, stellte Perry Rhodan fest.

»Das heißt, die nächsten Angriffsziele der Invasoren werden Hauptwelten der Methanatmer sein«, setzte die Kommandantin den Gedanken fort.

»Ich rede mit unserem Gast mit der seltsamen Nummer«, sagte Rhodan. »Niemand kann sich der Notwendigkeit koordinierter Maßnahmen verschließen.«

Es blieb bei seinem Vorsatz. Von der Ortung wurde Alarm gegeben.

Drei Kastun-Kriegsschiffe waren soeben im Kraltmock-System aus dem Hyperraum gefallen. Die akustische Wiedergabe ihrer Ortungsimpulse schwoll zum schrillen Stakkato an und brach ebenso abrupt ab.

»Notbeschleunigung!« Noch während die Hände der Kommandantin über sich stetig verändernde Schaltflächen huschten, fuhr Zim November die SERT-Haube herab, die seine gedanklichen Befehle in syntronische Impulse umwandelte. Augenblicke später war sein Kopf halb unter ihr verschwunden.

Obwohl er erst 19 Jahre alt war, zeichnete sich schon jetzt ab, dass Zim sehr bald zu den ganz großen Piloten gehören würde. Nicht nur, dass er nach Abenteuer und Bestätigung dürstete, er hatte auf der Emotionautenakademie von Terrania als Ausnahmetalent gegolten. Er mochte introvertiert und wortkarg sein, brachte aber alle Eigenschaften mit, die ihn befähigten, ein eigenes Kommando zu führen.

Mit wachsender Beschleunigung jagte Zim die JOURNEE durch die Ausläufer der Atmosphäre von Chemtenz. Bis auf knapp 30 Kilometer Höhe tangierte der Spürkreuzer das Planetenrund und pflügte eine Feuerspur durch die Lufthülle. Dass kurze Zeit später ein verheerender Hitzeorkan den Ozean zu einer Flutwelle aufpeitschte, interessierte den Emotionauten nicht. Die Kontinent lagen fernab der entfesselten Gewalten, Chemtenz war ohnehin von den Kastuns eingeebnet worden. Nur der Versuch zählte, den Planeten zwischen sich und die Angreifer zu bringen.

Knapp zwei Minuten banges Warten. Eine Ewigkeit angesichts der schnelleren Gegner.

Der von Zim November instinktiv gewählte Kurs erwies sich als der einzig richtige. Als entsprechende Berechnungen des Syntrons über seine Konsole liefen, nickte Rhodan anerkennend.

Zwei Kugelraumer begleiteten plötzlich die JOURNEE. Aber

sie fielen zurück, als wollten sie die Kastun-Kriegsschiffe zum Kampf stellen. Ein grimmiges Lächeln huschte über Rhodans Züge, als er die Energiewerte beider Raumer sah: Mit der Fünffach-Staffelung des Paratrons, dazwischengeschalteten HÜ-Schirmen und aktivierten Waffensystemen wirkten sie wie ein Leuchtfeuer, das die Aufmerksamkeit der Kastun-Besatzungen unweigerlich auf sich zog. Zudem flogen sie in einer Zangenbewegung auseinander.

Zwei weitere 100-Meter-Kreuzer materialisierten hinter der JOURNEE.

Noch 20 Sekunden. Aus einer Distanz von weniger als zwölf Millionen Kilometer eröffneten die Angreifer das Wirkungsfeuer.

Deutlich war zu erkennen, dass die überschweren Buggeschütze der Verfolger »streuten«. Dennoch explodierte der erste der terranischen Kreuzer in einer heftigen Eruption. Eine aus den berstenden Hangars herausgeschleuderte Space-Jet verglühte im Atombrand. Im nächsten Augenblick lösten sich die Wrackstücke auf, als hätten sie nie existiert.

Die Explosion des zweiten Kugelraumers im Feuer der Verfolger begann mit einer gewaltigen Glutsäule, die den oberen Schiffsrumpf spaltete. Eine irrlichternde Aufrisserscheinung zuckte den Kastuns entgegen – und erlosch ebenso abrupt wie das Abbild des brennenden Kreuzers und der beiden anderen, inzwischen mehr als 100000 Kilometer weit voneinander entfernten Kugelraumer.

Zim November hatte die Verfolger mit dem Virtuellbildner genarrt und ihnen falsche Ortungsbilder vorgeführt. Jetzt, weniger als zehn Sekunden vor dem Übertritt in den Hyperraum, kappte er die Projektion, um die Speicherbänke für den Energiebedarf des Metagrav-Triebwerks zur Verfügung zu haben.

Die JOURNEE tauchte in die Sicherheit des übergeordneten Kontinuums ein.

Der Hyperraumspürer blieb stumm. Die Kastuns verzichteten auf eine Verfolgung. Vielleicht war sie ihnen auch gar nicht möglich.

Aber was bedeutete das schon? In einer abgeriegelten Galaxis, in der Raumschiffe einer stetig wachsenden Bedrohung ausgesetzt waren, gab es bald keine Chance mehr, unentdeckt zu bleiben.

Irgendwann würde der Kampf ums nackte Überleben beginnen.

Perry Rhodan betätigte den Schottmelder. Es war ein Akt der Höflichkeit, nicht mehr, denn der Zutritt zur Kabine des Maahks wäre ihm jederzeit möglich gewesen.

Der Monitor neben dem Schott blieb dunkel. Erst als er zum zweiten Mal den Summer aktivierte, huschten Schlieren über die Projektionsfläche. Dann starrte ein einzelnes, grün schillerndes Auge den Terraner an. Die halbkreisförmige Schlitzpupille öffnete und schloss sich mehrmals. Zugleich erklang ein dumpfes Grollen. Der Maahk stand viel zu nah vor der Aufnahmeoptik.

»Was ich tun muss?«, fragte er mit kehliger Stimme.

»Nichts.« Rhodan aktivierte seinerseits den Impulsgeber. Das Außenschott glitt vor ihm auf. Als er in die nur wenige Quadratmeter messende Atmosphärenschleuse trat, sah er auf dem Monitor, dass der Maahk zurückwich. Zweifellos hatte Grek-665 ½ erkannt, dass die Schleuse benutzt wurde.

Rhodan schloss den Helm seines blauen Schutzanzugs. Nach wenigen Augenblicken war die Sauerstoffatmosphäre abgepumpt und durch die aufgeheizten Wasserstoff-Ammoniak-Methan-Schwaden ersetzt worden. Eher beiläufig registrierte der Terraner, dass die Temperatur unverändert knapp 60 Grad betrug – zu wenig für einen Maahk, um sich wirklich wohl zu fühlen.

Das Innenschott glitt zur Seite.

Zwei Schritte vor Perry Rhodan stand die wuchtige Gestalt des Maahks. Er hatte den Oberkörper leicht vornüber geneigt und fixierte den Terraner.

»Ich freue mich«, brachte er grollend hervor.

»Ich freue mich ebenfalls, Grek-665 ½. Auch wenn die Umstände unserer Begegnung nicht die besten sind.«

Der Maahk entblößte sein Raubtiergebiss. Eine schreckhafte Natur hätte die Grimasse durchaus als Angriff missverstehen können, denn zugleich wirbelte er den rechten Arm nach vorn. »Danke!«, stieß er hervor. Seine Finger tasteten über Rhodans

Anzug, schlossen sich dann um dessen Rechte und schüttelten sie heftig. »Ich hätte nicht mehr lange gelebt. Was geschieht jetzt?«

»Wir mussten das Kraltmock-System verlassen und befinden uns im Hyperflug«, antwortete der Terraner. »Kastuns haben uns erneut angegriffen.«

Der Maahk knirschte mit den Zähnen – ein bedrohliches Geräusch. »Kastuns – Schädlinge, ja, das sind sie.«

Grek-665 1/2 trat einen wuchtigen Schritt zur Seite und deutete mit einer ausholenden Armbewegung auf die Sitzgelegenheiten in der Raummitte. »Machen wir es uns bequem.«

Rhodan zog endgültig die Stirn in Falten. Dass mit dem Geretteten etwas nicht stimmte, hatte er schon zuvor gespürt. Nun verstärkte sich dieser Eindruck. Indes glaubte er nicht, dass die Psyche des Maahks gelitten hatte, während er durch den Weltraum getrieben war, dem Tod näher als dem Leben. Maahks waren robust; ihre gefühlsarme und nüchterne Logik ließ sie sogar die eigene Existenz unbeeinflusst wahrnehmen.

Das Mobiliar war einfach gehalten, vor allem zweckmäßig. Die verstärkten Sessel hätten dem mehrfachen Gewicht des Maahks standhalten können. Schnaubend ließ sich Grek-665 1/2 nieder, aber schon im nächsten Moment wollte er wieder aufspringen. »Ich habe vergessen …«

Rhodan winkte ab, während er sich ebenfalls setzte. Sekundenlang schauten sie sich in die Augen.

»Ich habe den Raumanzug anbehalten, weil mich friert«, begann der Maahk.

Perry Rhodan unterdrückte einen Hustenreiz. Das Gefühl, der Karikatur eines Methanatmers gegenüberzusitzen, wurde immer stärker.

»Ich sorge dafür, dass das technische Problem behoben wird«, versprach er.

Grek fletschte das Raubtiergebiss. »Es ist so … unwirklich«, sagte er zögernd.

»Ich verstehe nicht.«

»Eben fast tot, und jetzt rede ich mit einem Terraner. Mit *dem Terraner.* Ich weiß viel über dich. Die Menschen sind – wie sagt man? – ein Vorbild. Du wärest ein guter Maahk.«

Rhodan breitete die Arme aus. »Langsam«, wehrte er ab. »Und der Reihe nach.«

»Natürlich.« Greks Kiefer krachten aufeinander. »Ich fürchte, mein LemSim schaltet eine falsche Rückkopplung. Es ist, als fließe Energie durch meinen Körper.«

»Du bist aufgeregt?«, stellte Rhodan verblüfft fest. Diese Erklärung lag nah, klang zugleich aber unglaublich. Er hatte bislang keinen Maahk erlebt, der in der Lage gewesen wäre, derartige Empfindungen zu zeigen. »Was ist ein LemSim?«, wollte er wissen.

»*Mein* LemurEmotio-Simulator«, korrigierte Grek. Mit beiden Händen griff er zu, hakte die Finger unter die verstärkte Halskrause seines Raumanzugs und zog das nachgiebige Gewebe zentimeterweit nach unten.

Er entblößte damit eine kreisrunde, silbern schimmernde Plakette. Sie durchmaß ungefähr fünf Zentimeter und war deutlich sichtbar in die Schuppenhaut eingepflanzt, nicht einmal eine Handbreit unterhalb des schmallippigen Mundes.

»Das ist ein Prototyp«, erklärte der Maahk stolz. »Er simuliert menschliche Gefühle und ist über eine Vielzahl von Kontakten mit meinen Nervenbahnen verbunden. An jedem Tag wird die Welt für mich ein wenig …« Er suchte nach dem passenden Wort.

»… anders?«, half Rhodan aus.

»… vielfältiger«, behauptete der Maahk. »Menschen sind komplizierte Wesen. Mein Experiment ist sehr wichtig für ihr Verständnis.«

»Du hast Recht«, pflichtete der Terraner bei. »Ich wünschte, überall im Kosmos solche Gedanken vorzufinden.«

»Menschen und Maahks sind lange Zeit Freunde«, sagte Grek. »Das ist Grund genug, um sich richtig verstehen zu lernen.«

»Was empfindest du?«

»Freude«, antwortete der Methanatmer. »Und Trauer. Beides ist seltsam. Ich kenne die Begriffe theoretisch – doch das richtige Gefühl verwirrt. Das ist unlogisch. Wie nach dem Genuss von sehr viel Vurguzz.«

»Gefühle, mein Freund«, erwiderte der Terraner, »sind selten logisch. Wenn du wirklich ihre Geheimnisse erkunden willst, mache dich auf viele Überraschungen gefasst. Vor allem darfst du nicht nach den ersten Enttäuschungen aufgeben.«

»Ich werde Botschafter meines Volkes in der Milchstraße!«, stieß Grek-665 ½ dröhnend hervor. »Nie wollte ich etwas anderes sein. Menschen sind … eigenartig, aber erfolgreich. Wie kann jemand so sein, der giftige Gase atmet?«

»Genau das haben die Menschen vor Jahrhunderten auch von den Maahks gedacht«, sagte Rhodan.

Grek lachte schallend – und verstummte ebenso abrupt. »War das ein Witz?«, wollte er wissen.

»Das war bitterer Ernst«, antwortete der Terraner. Das Gespräch entwickelte sich völlig anders als erwartet. Er war auf knallharte Logik vorbereitet gewesen und darauf, mit Fakten argumentieren und diese in jeder Hinsicht belegen zu müssen. Stattdessen legte der Maahk eine sprunghafte Eloquenz an den Tag, wie er sie am allerwenigsten bei einem Angehörigen dieses Volkes erwartet hätte.

»Du willst mehr über Grek-665 ½ wissen?«

Perry Rhodan nickte auffordernd.

»Ich weiß selbst nicht viel«, fuhr der Maahk fort. »Glaube, ich kenne mich nicht. Mein Leben war einfach – jetzt ist es kompliziert. Ich bin Wissenschaftler, war viele terranische Jahre Kontakt-Person zu den emotionalen Völkern in Andromeda. Deshalb habe ich die Tefroder und generell Lemurer-Nachfahren studiert. Eure Denkweise ist fremd und exotisch. Mittlerweile nicht mehr ganz fremd für mich. Aber faszinierend. Sie wühlt mich im Innern auf.«

Das klang in der Tat nach großen Emotionen. Aber Greks Haltung und Gesten widersprachen seinen Worten. Im Grunde seines Wesens war er immer noch der Maahk, dessen kalte und zweckbestimmte Welt nur hinter einer dünnen Fassade schlummerte.

»Ich bin schon ein halber Mensch!«, stieß er akzentuiert hervor. »Und noch ein halber Maahk. Verstehst du das, Perry Rhodan?«

»Deshalb dein besonderer Name.«

»Ich war Grek-665, und ich gewann einen halben, wenn auch künstlichen Teil hinzu.«

»Dann wirst du verstehen, worum ich dich bitten muss«, sagte Rhodan. »Du hast erlebt, wie die Kastuns eine blühende Welt vernichteten.«

»Chemtenz wurde nicht beschützt.«

»Das Tefa-System wurde von fünfundzwanzigtausend schwer bewaffneten Raumern verteidigt. Die Schlacht haben die Invasoren gewonnen. Tefrod ist in ihrer Hand.«

»Beim heiligen Neun-Ei-Gelege«, entfuhr es dem Methanatmer. Er schüttelte sich.

»Auch Welten der Maahks werden angegriffen«, fuhr Rhodan fort. »Ich weiß, dass viele eurer Flottenbasen und Stützpunktplaneten allen anderen Völkern unbekannt sind. Die Maahks sind die einzige militärische Macht, die noch über ausreichend Schlagkraft verfügt, um den Fremden die Stirn zu bieten.«

»Was willst du?«

»Bring mich zu einem eurer geheimen Militärplaneten, zu einem Grek-1, der bereit ist, Risiken einzugehen.«

Grek-665 1/2 versteifte sich merklich. »Das darf ich nicht«, wehrte er schroff ab. »Es tut mir Leid.«

»Wir müssen zusammenarbeiten.«

»Wie groß ist deine Flotte, Terraner?«

»Ich habe nur dieses eine Schiff.«

»Dann kämpfe nicht. Du würdest dein Leben verlieren.«

»Bring mein Schiff trotzdem zu einem eurer geheimen Stützpunkte!«

»Nein, Perry Rhodan. Ich bin immer noch ein halber Maahk – und kein Maahk wird diese Positionen preisgeben. Nicht freiwillig, und nicht unter Zwang. Und nicht dem besten Vertrauten.«

»Ich hoffe, Grek, du änderst deine Meinung bald.« Rhodan erhob sich und wandte sich zum Gehen. Vor dem Schott drehte er sich noch einmal um. »Andromeda bleibt nicht mehr viel Zeit. Die Gefahr ist größer, als wir alle es für möglich gehalten hätten.«

Nach 40 Minuten im Hyperraum fiel die JOURNEE in unmittelbarer Nähe eines planetaren Nebels in den Einsteinraum zurück. Knapp 3760 Lichtjahre hatte der Spürkreuzer überwunden.

Das farbenprächtige Gebilde war der Überrest einer vor nicht einmal 100 Jahren explodierten Sonne. Nach wie vor tobten in dieser Region schwere Strahlenstürme, die dichte Partikelschleier zum Leuchten anregten. Lichtjahreweit gab es keine Sonnen mit Planeten, die Kastun-Kriegsschiffe anlocken könnten.

Die Uhren der JOURNEE zeigten den 21. März 1312 NGZ, 14:28:03 Standardzeit. In der Milchstraße schrieb man vermutlich nach wie vor den 15. März, das Datum, an dem der Spürkreuzer in die Zeitbarriere eingedrungen war.

Mit einem unwilligen Kopfschütteln verscheuchte Rhodan alle diesbezüglichen Gedanken. Mit Hilfe aus der Milchstraße war nicht zu rechnen. Und selbst wenn, für den Weg nach Andromeda brauchte eine Hilfsflotte Tage.

»... während hier womöglich Jahrtausende vergehen.« Rhodan hatte seine Gedanken laut ausgesprochen. Ruckartig stellte er sein Glas auf den Tisch zurück und fixierte sein Gegenüber. Er hatte sich aus der Zentrale zurückgezogen, um vorübergehend allein zu sein, doch die Cafeteria war dafür ein ebenso ungeeigneter Ort.

Jeremiah Hutkin, in erster Linie für das leibliche Wohl der Besatzung zuständig, hatte sich einen Stuhl geangelt, ihn herumgedreht und sich so gesetzt, dass er die Arme auf der Rückenlehne verschränken konnte. Das Kinn aufgestützt, betrachtete er Rhodan mit einem traurigen Blick.

»Manchmal glaube ich noch, das alles kann gar nicht wahr sein. Es ist, als würden wir von einer Dimension in die andere fallen«, sprudelte es aus ihm hervor. »Du siehst aus, als könntest du einen kräftigen Bissen vertragen, Perry. Was soll ich in den Speicher eingeben, was möchtest du essen?«

»Mir ist der Appetit vergangen«, antwortete Rhodan.

Hutkin schürzte die Lippen. »Wenn du reden willst, Perry, einfach so ... ich höre dir zu. Jeder braucht das irgendwann. Und ich weiß, auch ein Aktivatorträger hat Probleme. Jeder von uns. Sieh zum Beispiel Millian, meine Frau. Millian stammt nicht von der Erde, musst du wissen. Sie ist Ferronin, und gerade das war es, was mich an ihr so fasziniert hat. Weißt du, wie das ist, Perry, wenn du blaue Haut unter deinen Händen spürst? Millian ist eine faszinierende Frau, wie es nur wenige gibt. Ich vermisse sie. Dabei weiß ich, dass sie jetzt, in diesem Moment, zum Nachthimmel aufschaut und den verwaschenen Nebelfleck sucht, als der Andromeda zu erkennen ist. Was glaubst du, Perry, wann kommen wir zurück?«

Rhodan schwieg. Er wollte dem Mann nicht die harmlose Illusion nehmen. Millian konnte gar nicht wissen, dass die JOURNEE sich in Andromeda befand. Bei ihrem Aufbruch hatten sie ihr Ziel noch gar nicht gekannt.

Ein grimmiges Lächeln umspielte seinen Mundwinkel. Er griff nach dem Glas, drehte es unschlüssig zwischen den Fingern und leerte den Rest des Fruchtsafts in einem Zug. Minutenlang hatte Hutkin wie ein Wasserfall geredet. Dass der Koch auch schweigen konnte, machte die Stille irgendwie bedrohlich.

»Ich weiß es nicht«, beantwortete der Terraner schließlich die hartnäckig im Raum stehende Frage. »Ich weiß es wirklich nicht.«

Hutkin schwieg selbst dann noch, als Rhodan sich erhob und auf den kabinenseitigen Ausgang zuschritt.

»Perry«, erklang es plötzlich hinter ihm. »Eigentlich habe ich ein Problem. Wie lange bleibt der Maahk an Bord? Ich meine, nicht dass du mich falsch verstehst. Ich habe nichts gegen die Methans, sie sind auch nur Menschen, obwohl anders als wir. Aber der Grek muss verpflegt werden. Ich habe mich informiert, dass sie von Stickstoff- und Siliziumverbindungen leben. Die Pflanzen, die ihr ausgeatmetes Ammoniak umwandeln, sind auf Silikatbasis aufgebaut. Aber wo soll ich entsprechendes Material auftreiben?«

Rhodan winkte ab. »Ich glaube nicht, dass unser Gast die mangelnde Verpflegung beklagen wird. Er ist Selbstversorger.«

»Du meinst … der Grek hat Konzentrate …« Auf gewisse Weise schien dem Koch ein Stein von der Seele zu fallen. Er sah dem Terraner hinterher, bis das Schott wieder zuglitt. Dann wandte er sich der Getränkeausgabe zu: »Gib mir einen Vurguzz!«, ächzte er. »Einen Doppelten!«

Zwischenspiel

Eine einsame Sonne im nordwestlichen Sektor von Andromeda. Seit Jahrmillionen zog sie unbeeindruckt vom galaktischen Geschehen ihre Bahn im sternenarmen Gebiet zwischen zwei Spiralarmen.

Der bläulichweiße Stern hatte nie Planeten gehabt. Einzig einige Dutzend Irrläufer, atmosphärelose, kahle Fels- und Eisbrocken, umkreisten ihn auf obskuren Bahnen. Aber auch das war nur ein Zwischenspiel, denn die Boliden würden in den atomaren Gluten verbrennen oder eines Tages erneut in den Raum hinausgeschleudert werden.

Die Sonne war namenlos geblieben, hatte nie militärisches Interesse geweckt und stand folglich nur als Nummer in den Sternenkatalogen der raumfahrenden Völker verzeichnet: X-1b/98'7+95, wobei das »+95« den Abstand in Lichtjahren über der galaktischen Hauptebene dokumentierte. Nicht einmal seine Position hob diesen Stern also über andere hinaus.

Er hatte die Blütezeit von Hathorjan erlebt, wie Andromeda vor zweieinhalb Jahrmillionen von einer hochentwickelten Zivilisation genannt worden war und auch heute noch von seinen Bewohnern genannt wurde.

Die Horden von Garbesch hatten ihn nicht beachtet, als sie in die Lokale Gruppe eingefallen waren und Andromeda ihr erstes Angriffsziel gewesen war. Das lag 1,4 Millionen Jahre in der Vergangenheit. Verändert hatte sich nichts – oder sehr viel. Das war auch heute noch eine Frage des Standpunkts.

Der Stern hatte die Lemurer erlebt, die aus der benachbarten Milchstraße gekommen waren. Karahol, die Zweite Insel, hatten sie Andromeda genannt und sich in der Folge zu Milliarden ausgebreitet. Ihre überlegenen Waffen hatten die Methanatmer vertrieben …

… bis die Meister der Insel zu den absoluten Herrschern, einer geheimnisvollen Macht im Hintergrund, geworden waren. Ihre Herrschaft hatte erst der Sprung der terranischen Menschheit über den großen Abgrund zwischen den Sterneninseln beendet.

Und nun, zweieinhalbtausend Jahre später – nur ein flüchtiger Augenblick im Lebenszyklus eines Sterns –, griff eine neue, unbekannte Macht nach den Welten Hathorjans.

Das Objekt erschien wie aus dem Nichts heraus. Verglichen mit den eingefangenen Asteroiden war es unbedeutend. Es besaß Walzenform, war knapp 20 Meter lang und durchmaß nur ein Drittel dessen. Ein flüchtiges Aufwallen fünfdimensionaler Energien begleitete seine Materialisation, danach war alles wieder wie zuvor.

Stille.

In Andromeda tobte ein Krieg, der nie erklärt worden war.

Einsamkeit.

Wo Intelligenzen im Feuer der Angreifer ihr Leben ließen, starben sie allein. Furcht und Entsetzen hatten längst begonnen, den Schiffsverkehr lahmzulegen.

Der Maahk wartete. Er wusste, dass die Fremden kommen würden. Sehr bald schon.

Die Ortungen seines Beibootes schwiegen. Er hatte sie abgeschaltet. Ebenso wie die Funkstation und den Metagrav. Seine Anwesenheit in diesem Raumsektor entsprach nicht der Norm, jede freiwerdende Emission bedeutete ein potentielles, unnötiges Risiko.

Auf dem einzigen aktiven Holoschirm sah er das Licht der Sterne im optischen Erfassungsbereich. Die fernen Sonnen interessierten ihn nicht. Es gab Wichtigeres. Die Fremden kamen und gingen, wie sie es für richtig hielten. Sie waren stark und unbeugsam. Auch die Maahks einer längst vergangenen Epoche hatten diese Eigenschaften geprägt.

Eine schwache Erschütterung durchlief den Rumpf des walzenförmigen Beiboots. Der Maahk reagierte mit angespannter Erwartung. Die Sterne auf dem Bildschirm bewegten sich, schienen langsam aus dem Erfassungsbereich zu wandern. Ein weitaus hellerer Punkt schob sich ins Zentrum der Abbildung. Er wuchs, dehnte sich aus – doch das Glühen blieb und wurde eher noch bedrohlicher.

Wäre der Maahk fähig gewesen, grimmige Freude zu empfinden, hätte er sich wahrscheinlich schon jetzt erhoben und den Schutzanzug geschlossen. So aber behielt er seinen Platz bei und beobachtete mit allen vier Augen die Rundumprojektion. Das Kriegsschiff der Fremden war mit größter Präzision aus dem Hyperraum gefallen. Es zeigte ihm die Bugansicht, das hochgestellte Oval mit dem sonnenhellen Feuer im Zentrum.

Ein Traktorstrahl hielt das Beiboot im Griff. Die Bewegung wurde deutlicher, je größer das Kriegsschiff aufwuchs.

Die ferne Sonne zeichnete scharf abgegrenzte Schatten auf den mattgrauen Rumpf, der zunehmend Kontur gewann. Da war die vorgewölbte, geöffnete Bugsektion, in der das Feuer der Intervallkanone loderte. Der Anblick faszinierte den Maahk, als könne er die sich dahinter verbergende Macht mit beiden Händen greifen.

Allmählich sah er den Rumpf in voller Länge. Strömungsgünstig schlank war das Schiff – ein überflüssiges Detail, solange es sich nur im Weltraum bewegte. Ebenso die beiden am Heck senkrecht abstehenden kantigen Ausleger. Ihre Funktion war unklar, sofern sie nicht ausschließlich die seitlich angeflanschten zylinderförmigen Ausleger trugen. In den ein Drittel der Schiffslänge messenden Röhren konzentrierten sich die übrigen schweren Waffensysteme.

Der Maahk hatte inzwischen einige dieser Kriegsschiffe aus der Nähe betrachtet. Aber nur der Rumpf der KHOME TAZ war von Hunderten unterschiedlichster Aufbauten übersät, die den Eindruck nachträglicher Installation erweckten.

Ein Hangar öffnete sich wie ein gieriges Maul. Emotionslos starrte der Maahk in die wesenlose Düsternis.

Er hatte sein Ziel erreicht. Magnetklammern verankerten das Beiboot. Wieder kamen nur zwei der Fremden, um ihn abzuholen. Sie schienen unbewaffnet zu sein. Der Maahk schloss den Kuppelhelm seines Anzugs und sog den einströmenden frischen Wasserstoff tief in seine Lungen.

Die Fremden glaubten an ihre Unbesiegbarkeit. Weshalb sonst würden sie ihm derart sorglos gegenübertreten?

Er verließ das Beiboot durch die Seitenschleuse.

»Komm!«, empfing ihn einer der Fremden mit unüberhörbarer Ungeduld in der Stimme. »Kommandant Takegath erwartet dich.«

BUCH 2

Sieger und Besiegte

Kapitel 8

Bordzeit Spürkreuzer JOURNEE, 21. März 1312 NGZ

Mulmig war ihm schon zumute. Morris Thompson wusste, dass seine Vorbehalte einer Hinterfragung nicht standhalten würden; dennoch konnte er sie nicht einfach beiseite schieben. Vielleicht, wenn er lange genug an sich arbeitete und einen Kosmopsychologen konsultierte, doch bislang hatte er keinen Anlass dafür gesehen, und nun war es zu spät. Ob er wollte oder nicht, er musste die Zähne zusammenbeißen.

Wird schon schief gehen!, redete er sich ein.

Morris ließ den defekten Steuerchip in seine Hosentasche gleiten, dann setzte er das neue, gerade einen halben Quadratzentimeter messende Bauteil ein und vergewisserte sich, dass die Impulse tatsächlich weitergeleitet wurden.

Vielleicht war der defekte Chip schon in der Werft eingebaut worden. So etwas kam vor. Ein Teil, das zu Millionen produziert wurde, für den Bruchteil eines Galax – und das, wenn er es recht bedachte, vielleicht nie benötigt wurde. Es regelte die Kabinentemperatur über einen Wert von 30 Grad Celsius hinaus.

Der Maahk friert, weil dieses Mistding defekt ist. Das allein wäre mir egal. Aber ausgerechnet die Kabinensteuerung hat sich dieses Fehlers wegen desaktiviert. Nachdem der Maahk daran rumgespielt hat. Widerwillig schloss der Techniker die Wartungsöffnung. *Und wer muss zu dem Kerl in die Kabine? Ich! Ausgerechnet ich.* Einen Augenblick lang hielt Morris inne und atmete tief ein. Aber davon wurde nichts besser. Im Gegenteil. Er steigerte sich nur noch weiter in seine Panik hinein. Er musste sich an der Wand abstützen, weil er jäh den Eindruck hatte, dass sich ihm der Boden entgegen wölbte.

Und wenn ich es melde? Rhodan ist der Letzte, der kein Verständnis für seine Crew aufbringt.

Bilder erschienen vor seinem inneren Auge. Immer deutlicher wurde die längst vergessen geglaubte Erinnerung und trieb seinen Puls in die Höhe.

Da war ein Schädel, halbmondförmig, wuchtig ... Die Schuppenhaut wirkte wie bei einer Echse spröde und trocken, und die vier großen, runden Augen oben auf dem Schädelkamm starrten ihn durchdringend an. Wo bei einem Menschen der Hals war, öffnete sich ein schmaler Spalt und entblößte zwei Reihen spitzer Zähne. Diese Zähne kamen näher, waren ganz dicht über ihm ...

Morris Thompson riss die Hände hoch und drückte sie auf die Ohren. Es half nichts, er hörte sich noch immer gellend schreien. Das war ein Schrei, den er sein Leben lang nicht vergessen würde. Zweieinhalb Jahre alt war er damals gewesen, aber die Szene hatte sich tief in ihm festgefressen. Er glaubte, Leichen zu sehen, Menschen in zerfetzten Raumanzügen, von Strahlschüssen halb verbrannt, entstellt, einige Atemschutzgeräte vor die Gesichtern pressend ...

Das Chaos schlug über ihm zusammen. Er taumelte und drückte die Stirn gegen den kühlen Stahl, bis seine aufgewühlten Emotionen sich endlich wieder beruhigten. Seit die JOURNEE Andromeda erreicht hatte, quälten ihn diese Bilder. Sie wurden intensiver und kamen in immer kürzeren Abständen ...

Du musst sie ignorieren!

Er ballte die Fäuste und biss die Zähne zusammen. Eine gehörige Portion Trotz, andere nannten es Hartnäckigkeit, hatte er stets an den Tag gelegt.

Ich bin nicht psychisch krank. Dann würde ich nicht auf dem Spürkreuzer Dienst tun; die Mannschaft wurde auf Herz und Nieren überprüft.

Es war nicht anders gewesen, als er auf die LEIF ERIKSSON gekommen war, Rhodans Flaggschiff. Bravourös hatte er alle Tests absolviert, vor allem hinsichtlich seiner Kommunikationsfähigkeit in Extremsituationen. Einige Mitbewerber waren vor angreifenden Spinnenkreaturen geflohen, nach überholten menschlichen Maßstäben hässliche Kreaturen, die Urängste weckten. Er hingegen hatte ihre Intelligenz erkannt und es geschafft, eine Verständigung herbeizuführen.

Höchste Punktzahl dafür bei dieser Simulation, schoss es ihm durch den Sinn. *Geeignet für Fernerkundung.* Das hatte ihm die Möglichkeit eröffnet, unter dem Oberbefehl eines der potentiell Unsterblichen an Bord der modernsten Raumschiffe der Flotte auf Reisen zu gehen.

Niemand hatte bei den Tests nach Maahks gefragt. Dann wären seine Ängste spontan zum Ausbruch gekommen.

Er erreichte den nächsten Antigravschacht. Sekundenlang zögerte er, sich dem gerichteten Schwerkraftfeld anzuvertrauen, das ihn nach unten bringen sollte. Zwei Sektoren vor ihm lag die Medostation. Er konnte sich krank melden, um Zeit zu gewinnen. Allerdings wusste Morris, dass ihn schon die ersten Untersuchungen als Simulanten entlarven würden. Die Wahrheit würde danach sehr schnell ans Licht kommen.

Entschlossen trat er nach vorn. Nur zwei Decks trennten ihn von der Kabine des Maahks.

Was ist damals geschehen?, fragte er sich intensiver als zuvor. Er entsann sich nicht. Nur diese entsetzliche Erinnerung quälte ihn.

Das Kommandodeck … Hier befanden sich die Zugänge zur Zentrale mit den Missionsstationen, die Kabinen für die drei Schichten der Zentralebesatzung und, entlang der äußeren Peripherie, die freien Unterkünfte für Gäste. Dazu der Konferenzraum mit der Cafeteria und, genau gegenüberliegend, die Schiffsmesse.

Morris Thompson redete sich ein, dass er den Anblick des Methanatmers ertragen konnte, ohne in Panik zu verfallen. *Ich schaffe es!,* dachte er, während er einem der Ausrüstungsspinde einen leichten SERUN entnahm und den Anzug über seine Technikermontur streifte. Noch bevor er die Magnetsäume vollständig geschlossen hatte, meldete sich der Pikosyn mit der Bemerkung, dass seine Kleidung die Wiederaufbereitung der Körperausscheidungen unmöglich machte.

»Ich weiß. Ich trage den SERUN nur für die Dauer einer kurzen Überprüfung in Giftgasatmosphäre.« Morris erschrak über den belegten Klang seiner Stimme. Mit einem knappen Handgriff öffnete er den Nackenwulst und zog die Helmfolie nach vorn. Die einströmende Atemluft blähte das Material auf. Symbolkodes erschienen auf der Helminnenseite. Mittels Blickschaltung aktivierte der Techniker die für seine Arbeit benötigten Funktionen, zuletzt den Translator. Er würde nicht umhinkommen, mit dem Maahk zu reden, obwohl seine Kehle wie ausgedörrt war und die Zunge schwer und aufgequollen.

»Du stehst unter starker Anspannung«, diagnostizierte der Pikosyn. »Um eine organische Erkrankung auszuschließen, empfehle ich eine medizinische Überprüfung. Mit deinem Einverständnis informiere ich die Medostation …«

»Lass das!«, befahl Morris. »Mir geht es gut!« *Genau das ist nicht der Fall,* schoss es ihm zugleich durch den Kopf.

»Dein Puls erhöht sich schnell, der Blutdruck steigt.«

Morris' Blick wanderte zur Medoanzeige. Er desaktivierte die Funktion. Eine klugscheißerische Syntron-Funktion hatte ihm gerade noch gefehlt.

Der Schottmelder … Die enge Atmosphärenschleuse … Er versuchte, sich eine paradiesisch schöne Welt vorzustellen, mit stahlblauem Wasser, einem endlos feinen Sandstrand, zwei Sonnen am wolkenlosen Himmel … Die Realität holte ihn zurück. Vor ihm stand der Maahk.

Obwohl er mit 1,86 Meter nicht eben zu den kleinen Leuten zählte, musste Morris Thompson aufsehen. Der erdrückenden Körperfülle des Methanatmers hatte er nichts entgegenzusetzen.

Als der Maahk die schmalen Lippen verzog, schloss Morris die Augen.

Die Bilder von damals überschlugen sich. *Geifernde Fratzen, Schreie … Panik …*

»Grek-halb«, dröhnte es aus dem Helmlautsprecher. Morris schluckte krampfhaft. Er blinzelte, sah den Tentakelarm mit der sechsfingrigen Hand vor sich pendeln und schickte ein Stoßgebet zum Himmel, wo auch immer der sein mochte. Nicht in Andromeda jedenfalls.

»Grek-halb«, erklang es erneut, drängender, als warte der

Methanatmer auf irgendetwas. Da war noch eine Zahl. Morris hörte und vergaß sie.

»Thompson«, antwortete er.

Sein Gegenüber griff nach seiner Hand und hielt ihn unentrinnbar fest.

Sterbende Raumsoldaten ... Maahks, die aus gelandeten Walzenraumern strömten, eine unüberschaubare Flut. Die Bilder veränderten sich, weckten neue, böse Erinnerungen.

»Du bist Terraner, Thompson?«

Morris schüttelte den Kopf. Greks Haut erschien ihm bleich, fast durchsichtig. Außerdem hatte er sich eine Wärmefolie um den Nacken gewickelt.

Hastig durchquerte Morris die Kabine, nahm die Abdeckung des Funktionsverteilers ab und suchte mit dem Prüfgerät inmitten der verschachtelten Bausteine. Er starrte auf die flackernde Anzeige, registrierte die Werte aber kaum, schaffte es nicht, sich wirklich zu konzentrieren.

Hinter einem Felsblock tauchte der Kopfwulst eines Methanatmers auf. Der Maahks riss seinen Strahler hoch und schoss. Die Einschläge näherten sich, glutflüssiger Boden spritzte nach allen Seiten, verbreitete eine unerträgliche Hitze ... Ein terranischer Flugpanzer explodierte, weißglühende Wrackteile bohrten sich Geschossen gleich in die Erde und lichteten die Reihen der Angreifer ...

Das Heulen in seiner Erinnerung vermischte sich mit dem Signalton des Prüfstabs. Seit einigen Sekunden war die Blockade der Temperaturregelung behoben. Ein weißes Glühen im Hintergrund verriet den ungehinderten Energiefluss.

Morris setzte die Abdeckung wieder ein. Eine Skala im Helmdisplay zeigte die rasch steigende Temperatur.

»Danke«, sagte der Maahk hinter ihm.

Der Techniker nickte nur. Er hatte es eilig, die Kabine wieder zu verlassen. Er schwitzte, atmete hastig.

»Was habe ich dir getan, Terraner, dass du mich nicht ansiehst? Sage es mir! Ich will aus meinen Fehlern lernen.«

»Nichts«, stieß Morris hervor. »Ich ...«

Der Maahk stand plötzlich wieder vor ihm und packte zu. Mit beiden Händen umklammerte er Morris' Oberarme ...

Vergeblich wehrte er sich gegen den unbarmherzigen Griff. Während ringsum die Menschen starben, schaffte er es nicht einmal, die Augen zu schließen. Gelähmt vor Entsetzen starrte er auf den Schädel des Maahks, der ihn niederdrückte. Was immer der Angreifer sagte, er verstand es nicht, wollte es nicht verstehen …

Ein Strahlschuss zuckte auf.

Er spürte die unerträgliche Hitze, die den Maahk umfloss und dessen Haut verkohlte. Ein grässliches schwarzes Loch entstand mitten in der Fratze, Haut, Fleisch und Knochen verbrannten, und dann, nach einem einzigen atemlosen Augenblick, fehlte der halbe Schädel des Angreifers.

Morris schrie sich die Seele aus dem Leib, während hoch über ihm die Glutwolken explodierender Raumschiffe miteinander verschmolzen und ihr grelles Lodern endgültig die Nacht vertrieb.

Er schrie immer noch, als er aus seiner Deckung hochgezerrt wurde. Dann traf ihn der Schlag ins Gesicht. Er tat schrecklich weh, brachte ihn aber halbwegs wieder zur Besinnung.

Morris Thompson registrierte, dass jemand ihn schüttelte. So wie damals. Er hörte eine Stimme, aber er reagierte nicht, denn die Erinnerung brach vollends auf.

»Schlag den Jungen kein zweites Mal, Reginald-Thorn!«, hallte die Stimme seiner Mutter unter seiner Schädeldecke.

»Diesmal hat er es verdient, Orana. Er hat nicht nur die 3-D-Projektion aktiviert … wenn es nur das wäre.«

Sein Vater schüttelte ihn. »Sei froh, dass du noch ein Kind bist, sonst …«

»Reginald!« Mutter ging dazwischen, drückte ihn an sich. »Er ist völlig verstört, siehst du das denn nicht? Und jetzt will ich wissen, was er gemacht hat.«

»Gemacht? Morris hat das volle Programm aktiviert. Ich weiß nicht, wie er das geschafft hat, aber …«

»Du meinst, auch die Suggestion?«

»Die volle Realität. Ich hoffe, er verkraftet die Szenen.«

»Wie oft ich dir gesagt, dass ich das verfluchte virtuelle Zeug nicht in der Wohnung haben will? Es ist deine Schuld,

Reginald-Thorn, wenn Morris einen Schaden davonträgt, ganz allein deine Schuld …«

»Ich entschuldige mein Ungestüm.« Nur langsam fand die Stimme des Maahks Zugang zu Morris Thompsons Bewusstsein. »Ich hätte wissen müssen, dass manche Menschen keine Berührung wünschen. Das liegt daran, dass sie nicht in einem Gelege aufwachsen.«

»Bitte«, wehrte der Techniker ab, »ich habe die Temperaturregelung repariert, das muss genügen.«

»Du reagierst seltsam, Thompson. Ich glaube, du hast Probleme.«

Hastig winkte der Techniker ab. »Was versteht ein Maahk von menschlichen Sorgen? Du lebst dein Leben, ich lebe das meine.«

»Ich bin ein halber Mensch.«

Morris Thompson hatte das Schott schon erreicht, als er sich widerwillig umwandte. Noch immer ließ ihn der Anblick des Maahks frösteln, auch wenn er jetzt wusste, was seine Phobie ausgelöst hatte: ein Simulationsprogramm, das die Benutzer in eine Scheinwelt versetzte, die sie mit allen Sinnen als real empfanden. Dabei hatte noch ein Dutzend Schutzengel über ihn gewacht. Jedenfalls entsann er sich einer Jahre zurückliegenden Meldung, dass zwei Programmdesigner durch ihre eigene Entwicklung den Tod gefunden hatten. Und das war nicht einmal ein Kriegsspiel gewesen, sondern die Simulation giftiger Pflanzenwurzeln.

Morris glaubte, sich verhört zu haben. »Ein Maahk wird niemals ein Mensch sein können«, antwortete er verwirrt. »Weder ein halber, noch weniger … Was euch dazu fehlt, lässt sich mit kalter Logik nicht ersetzen.«

Grek-halb vollführte eine ausschweifende Bewegung, die Morris als theatralisch empfand. Sie wirkte einstudiert, keineswegs spontan. »Was unterscheidet uns von den Menschen?«

»Alles«, beharrte der Techniker. »Aber ich glaube, für eine solche Diskussion bin ich nicht geschaffen.«

»Warte!«

»Was noch?«, fragte Morris ungeduldig. Die Anzeige im Head-up-Display zeigte ihm, dass die Raumtemperatur mittlerweile auf 85 Grad Celsius angestiegen war. Tatsächlich ließ Grek die um den Hals geschlungene Wärmefolie achtlos fallen.

»Du bist Techniker, Thompson. Glaubst du, dass man Gefühle künstlich erzeugen kann?«

Er hatte es am eigenen Leib erlebt. »Natürlich«, sagte er. »Es gibt verschiedene Wege …«

»Auch für einen Maahk?«

Morris stieß einen überraschten Laut aus. »Nein, das nicht. Logik und Gefühle vertragen sich nicht.«

Sein Gegenüber klopfte sich mit zwei Fingern an den Oberkörper. »Das da«, verkündete er lauter als zuvor und ließ die Finger auf einer silbernen Platte ruhen, »gibt mir die Gefühle. Und ich habe gelernt. Sehr viel über die Menschen. Du empfindest Angst, ist es nicht so?«

»Unsinn«, wehrte der Techniker ab. Das war äußerlich. Zugleich fragte er sich, ob der Maahk Recht haben konnte. Ihm war immer noch mulmig zumute, und dieses kreisrunde, einen Zentimeter über die Schuppenhaut aufragende Ding konnte alles Mögliche sein.

»Warum sagen Menschen die Unwahrheit? Das verstehe ich nicht.«

»Weil …«

Verrückt!, konstatierte Morris Thompson. *Wieso höre ich mir seine verquere Philosophie an? Ich sollte froh sein, dass ich endlich verschwinden kann.*

»Du zögerst«, stellte Grek-665 1/2 fest. »Also suchst du nach einer Lüge? Die Wahrheit spricht man aus, ohne zu zögern.«

»Es hat keinen Sinn mit uns beiden«, wehrte Morris ab.

»Ausflüchte gehören in die breite Palette der Kommunikationshemmnisse. Grek-764 hat vor zweieinhalb Jahrtausenden einen Katalog erarbeitet, der eine Vielzahl unverständlicher Handlungsweisen auflistet …«

»Was willst du von mir, Grek-halb? Ich habe noch unaufschiebbare Arbeiten zu erledigen.«

»Du bist ein geeignetes Studienobjekt, Thompson.«

»Bitte, Grek, nicht mit mir.« *Wieso lasse ich mich überhaupt aufhalten? Raumtemperatur konstant fünfundneunzig Grad, ich habe meine Arbeit erledigt. Aber ich sag's ihm:* »Wende dich an Perry Rhodan, Grek. Ich bin überzeugt, er wird dir alles Studienmaterial zur Verfügung stellen, das du haben willst.«

»Folglich werde ich ihn bitten, Thompson den Befehl zu geben ...«

»Gibt es noch einen?« Der Techniker stutzte, wehrte dann heftig ab. »Nein, schlag dir das aus dem Kopf! Ich bin ungeeignet.« Mehrmals legte er die Hand auf den Öffnungsmechanismus, doch das Innenschott bewegte sich nicht um einen Millimeter.

»Du bist so herrlich zwiespältig«, bekundete der Maahk.

Dieses Schott ... warum reagiert es nicht? Wieder schlug Morris Thompson mit der flachen Hand auf den Öffnungsmechanismus.

»Du denkst unlogisch«, sagte der Maahk. »Fällt dir das nicht auf?«

Morris stand vor dem Schott und kam sich allmählich wie ein Idiot vor. Seine Gedanken schwirrten wild durcheinander, doch nicht einen konnte er wirklich festhalten. Der Mechanismus reagierte üblicherweise auf Berührung. *Ruhig bleiben!*, schoss es ihm durch den Kopf. *Versuche, dich zu konzentrieren.* Seine Abneigung gegen die Methanatmer erschien ihm vollauf berechtigt. *Was bildet sich dieser CyberMaahk überhaupt ein?*

»Ich habe den Mechanismus umprogrammiert«, sagte der Giftgasatmer unvermittelt. »Er reagiert nur mehr auf meinen Handabdruck. Tun Menschen das nicht, wenn sie neue Räume beziehen?«

Besserwisser!, dachte Morris wütend. *Ich vergesse mich, ich ...* Er blieb dennoch ruhig, stieß lediglich mit dem Helm gegen die Wand. »Nein«, sagte er und schloss sekundenlang in ohnmächtigem Zorn die Augen. »Das machen wir nicht. Weil es uns nichts angeht. – Würdest du mich nun bitte hinauslassen?!«

Nichts geschah.

Morris zwang sich zur Ruhe. Nach wie vor befand sich die JOURNEE im Überlichtflug, noch ungefähr 30 Minuten. Er würde frühestens nach dem Rücksturz in den Einstein-Raum als vermisst gelten, sofern er dann nicht seine Kontrollfunktion am Metagrav-Triebwerk wahrnahm.

30 verdammt lange Minuten ... Die Szenen des Kriegs zwischen den Maahks und terranischen Landetruppen drängten sich wieder vor sein geistiges Auge. Sie erschreckten ihn nicht mehr wie zuvor. Vielmehr fragte er sich nun, wer die blutige Schlacht gewonnen haben mochte: die Maahks oder die Terraner?

»Also gut, Grek, wenn du wissen willst, was Gefühle sind ...« Er wandte sich wieder um – und stockte abrupt. Nicht, weil der Maahk inzwischen seinen Raumanzug abgestreift hatte, und auch nicht, weil er fast nackt vor ihm stand ...

Morris schluckte schwer. Er starrte Grek-halb an und hatte das entsetzliche Gefühl, dass ihm die Augen aus den Höhlen quollen. Mit einem heftigen Kopfschütteln versuchte er, sich abzulenken. Aber wieder schaute er hin. Seine Kehle war plötzlich wie ausgedorrt.

Der Maahk wirkte immer noch imposant, eine Ausgeburt muskulöser Geschmeidigkeit. Irgendwann hatte Morris gehört, dass die Methanatmer zwar sechs Finger, jedoch nur vier Zehen hatten. Jetzt sah er die vier Zehen an jedem Fuß, die dicken Sehnenstränge entlang der kurzen, kräftigen Beine ebenso wie die tentakelhaften Arme und die knochenlosen und enorm kräftigen Finger. Die Schuppenhaut bedeckte alle Glieder, vor allem wirkte sie enorm widerstandsfähig und überaus beweglich zugleich.

Morris kniff die Brauen noch enger zusammen. Wie sich Maahks vermehrten, interessierte ihn überhaupt nicht, egal ob zu zweit, zu dritt oder sonst wie ... Ihn verblüffte vielmehr das eigenwillige Kleidungsstück, das Grek bislang unter dem Raumanzug getragen hatte. Es war *absonderlich,* fand er. In einer anderen Situation hätte er wohl hell aufgelacht, hier beließ er es beim Verziehen der Mundwinkel.

Der Maahk schien seinen Blick einigermaßen richtig zu deuten. »Du findest auch, dass es schön ist«, bemerkte er.

»Dieses Hemd ist«, sagte der Techniker und suchte nach einem passenden Wort, »... etwas Besonderes.«

»Lasky Baty«, sagte der Maahk.

»Hm.«

Eineinhalb Meter muskulöse Brust beanspruchten eine Stofffülle wie eine Staatsflagge. Genau das dachte Morris in diesem Augenblick. Dazu die langen Ärmel, die fast bis zu den Knien reichten. Bei einem Menschen war ein Hemd ein gewohnter Anblick – bei dem Maahk sah es aus wie ein Zerrbild, eine Parodie auf terranische Modeschöpfer und ihre Allüren. Unter dem eng anliegenden elastischen Gewebe zeichnete sich jede Schuppe ab.

Dazu dieses kräftige Blau, das in der Kabinenbeleuchtung fast schon in den Augen schmerzte. Morris blinzelte hektisch.

Amüsant war die Länge des Hemdes. Es reichte dem Maahk bis knapp zu den Hüftknochen, was dem Ganzen einen lasziven Anstrich verlieh.

»Das Hemd ist eine Sonderanfertigung«, sagte Grek. »Ich habe es über ein tefrodisches Handelskontor bezogen. Für einen Wucherpreis, aber ...«

»... es ist schön«, vollendete Morris den Satz. Den spöttischen Tonfall bemerkte sein Gegenüber nicht. »Stellen die Maahks solche Kleidungsstücke nicht her?«

»Nicht mit Lasky Baty.«

Die fotorealistische Schwarzweiß-Abbildung auf der Brust besaß schon die Größe eines Gemäldes. Ein Hohlweg war dargestellt, ein tunnelförmiges Pflanzengewirr, durch das ein sandiger Trampelpfad führte. Der knorrige Ast im Vordergrund brachte Tiefenwirkung.

Das Bild wirkte keineswegs düster; Licht, das am Ende des Hohlwegs zu sehen war, schien bis in den Vordergrund auszustrahlen.

Es roch nach Frühling, das glaubte Morris Thompson selbst im geschlossenen Schutzanzug wahrzunehmen. *Eine rein psychische Wirkung,* stellte er fest.

»Du kennst das Cover von Lasky Batys legendärer erster Aufnahme.« Das war keine Frage, sondern weit eher eine

Selbstverständlichkeit. Der Maahk zweifelte nicht eine Sekunde lang am Bekanntheitsgrad des Motivs. »Hohlweg-Variationen, ein geniales Epos.«

Fast hätte Morris sich verschluckt. *Raus hier!*, hämmerte es unter seiner Schädeldecke. *Weg von diesem Irren!*

»Du hast matte Augen«, bemerkte Grek-665 $^{1}/_{2}$. »Also ist es richtig, dass Menschen vor Freude weinen? *Freude* – das ist Erfolg, Zukunft, Aufstieg in der Hierarchie.« Mit zwei Fingern klopfte er auf sein Implantat. »Ich lerne sehr viel, seit ich den LemurEmotio-Simulator trage.«

»Ich muss wirklich gehen!«, ächzte Morris. »Es wird Zeit für mich.«

»Natürlich«, antwortete der Maahk. »Verstehe. Aber schau dir das genau an, Terraner! Du musst dir das Bild einprägen, damit es wirkt!«

Zwei Gestalten spazierten durch den Hohlweg dem Betrachter entgegen. Sie waren farbig dargestellt und dominierten das Bild, aber erst, nachdem man alles andere in sich aufgenommen hatte.

Das eine Wesen, groß und kräftig, aber mit kurzen Beinen, wirkte bärenhaft. Die nackten, behaarten Füße verstärkten diesen Eindruck noch. Seine Gesichtszüge waren menschlich, wirkten aber grob, wie unfertig aus einem Block gemeißelt. Im Gegensatz zu dem struppigen Haar an Kopf und Hals präsentierte es Gesicht und Arme sauber rasiert.

Die andere Gestalt war gut zwei Köpfe kleiner. Ein Terraner von durchschnittlicher Statur. Seine Beine steckten in hellbraunen Kniehosen und weißen Strümpfen, dazu hatte er schwarze Schnallenschuhe angezogen, wie sie erst vor wenigen Jahren der letzte Modeschrei gewesen waren. Über einer kurzen Weste trug der Mann einen roten Frack.

Mehr als die Kleidung faszinierte den Techniker die weiße Perücke mit dem nach hinten fallenden Zopf. Seitlich ringelten sich Locken in das rasierte Gesicht.

»Phantastisch, nicht wahr?« Ruckartig wandte sich der Maahk um. Auch auf dem Rücken trug er das Hohlweg-Motiv. Die beiden Gestalten waren ebenfalls da, allerdings nur ihre Köpfe im Profil. Sie lächelten, der Bär von oben nach unten, der mit dem weißen Haar aufwärts gerichtet. Doch ihre Blicke gingen aneinander vorbei.

»Was macht dieser … Lasky Baty?«, fragte Thompson, ohne es eigentlich zu wollen.

Der Maahk beugte sich wieder vor und starrte ihn aus allen vier Augen an. »Du weißt das nicht?«

»Nein.«

Eine Weile war Stille. Grek schlug mit der flachen Hand auf den LemurEmotio-Simulator. »Habe ich das richtig verstanden? Du kennst den größten Musiker Andromedas nicht? Was sage ich – der Lokalen Gruppe. Er ist ein Genie, ein …«

»… Mensch.«

»Und wenn schon. Seine Musik ist meditativ und berührt die Seele.«

»Das sagen die Maahks?«

»Tefroder und Twonoser, Gurrads, Atto …«

»Aber nicht die Maahks?«

»Seit ich den LemSim trage, schätze ich diese inhaltlich tiefe Musik. Sie spiegelt den Kosmos wieder, das Werden und Vergehen der Zeit.«

»Du weichst mir aus.« Auf einmal bereitete es Morris Vergnügen, dem Maahk einen Spiegel vorzuhalten.

»Ich sage nur, was ich empfinde. Es ist genau diese Art von Begeisterung, die ich bis vor kurzem vermisst habe.«

»Wie kannst du etwas vermissen, was du nicht kennst?«

»Ich weiß heute, was ich versäumt habe.«

Morris schüttelte den Kopf. »Das ist unlogisch. Und das nur, weil dieser weißhaarige Baty …«

»Das ist Mozart!«, berichtigte Grek-665 1/2 schroff. »Kennst du den terranischen Komponisten nicht? Er wäre so alt wie Rhodan, wenn er einen Zellaktivator gehabt hätte, vielleicht sogar etwas älter.«

»Keine Ahnung«, gestand der Techniker ein. »Ich interessiere mich nicht für präatomare Geschichte.«

»Ein Volk, das seine Geschichte vernachlässigt, ist zu bedauern.«

Morris seufzte ergeben. »Das sagt dir dieser Simulator?«

»Das sagt mir meine Logik«, widersprach der Maahk.

»Warum diskutiere ich eigentlich mit dir und vergesse meine Arbeit?«

»Weil du ebenso wie ich von Lasky Baty fasziniert bist«, behauptete Grek.

»Dieser bärige Typ soll meditative Musik produzieren? Das glaube ich nicht.«

»Lasky Baty ist faszinierend.«

»Vielleicht ist dein LemSim falsch justiert.« Er lachte amüsiert. »Wenn mich etwas fasziniert, zeige ich es auch.«

»Ich trage sein Bildnis, so wie ich ihn mir vorstelle.«

»Und weil du so fasziniert bist, versteckst du das Hemd unter dem Raumanzug?«

Grek-665 ½ stockte in der Bewegung. Mit beiden Händen strich er sich dann über den Leib. »Du hast Recht, Terraner. Das ist beschämend für mich. Ich muss das Hemd über dem Schutzanzug tragen. Willst du seine Musik hören? Ich habe sie gespeichert.«

»Ein andermal.«

»Das ist keine Ausrede? Ich kenne die Menschen.«

»Nein, ver... vergiss nicht, dass ich zu den Triebwerken muss. Grek-halb, ich bin in Eile.«

Eine Minute später stand Morris Thompson wieder draußen auf dem Ringkorridor. Fahrig öffnete er den Helm und fuhr sich mit beiden Händen übers Gesicht. Sein Seufzen kam aus tiefer Seele.

Kapitel 9

Im Hauptholo standen die Sterne als dichtes Band. Kugelsternhaufen, Nebel und Dunkelwolken zerfaserten das Bild. Sie ließen die fernen Sonnen kalt erscheinen – und geheimnisvoll tödlich. In diesem Dschungel lauerte ein Gegner, dessen wahre Stärke bislang niemand kannte.

Eineinhalb Stunden nach Mitternacht Bordzeit, der 22. März … In der Zentrale des terranischen Spürkreuzers JOURNEE arbeitete die zweite Schicht. Der Kugelraumer flog kurze Überlichtetappen mit Kurs auf den galaktischen Zentrumsbereich. Während der Orientierungsaustritte griffen die Ortungen weit in den Raum hinaus. Die aufgefangenen Funksprüche wurden Legion, die Mehrzahl waren Notrufe. Unmöglich, auch nur einem Bruchteil davon nachzugehen. Unmöglich und vor allem gefährlich. Helfen zu wollen, es aber aus Gründen der Vernunft nicht zu dürfen … das erschütterte Rhodan tief.

Als Zellaktivatorträger kam er mit wenig Schlaf aus. Deshalb hatte er sich nicht in seine Kabine zurückgezogen, sondern war in der Zentrale geblieben. Hin und wieder schloss er für wenige Minuten die Augen.

Die JOURNEE flog in Syntronsteuerung unter Aufsicht des Zweiten Piloten, während Zim November in seiner an die Zentrale angrenzende Kabine den Schlaf der Gerechten schlief. Rhodan selbst hatte ihm die Zwangspause verordnet, weil er einen ausgeruhten und belastbaren Emotionauten brauchte, sobald der Kreuzer die Nähe des Tefa-Systems erreichte. Bis dahin war allerdings noch Zeit. Selbst mit Höchstgeschwindigkeit benötigte die JOURNEE sechseinhalb Stunden reine Flugzeit.

Perry Rhodan gestand es sich noch nicht ein, doch er war

auch auf der Suche nach Kiriaade. Zumindest ihre Projektion war menschlich gewesen. Er wusste nicht, wieso er überzeugt war, dass das Bild ihre wirkliche Gestalt wiedergegeben hatte. Dieses ebenmäßige, makellose Gesicht mit den sinnlichen Lippen und den verheißungsvollen schwarzen Augen ließ ihn nicht mehr los. Kiriaade hatte ihn zu Hilfe gerufen – ihn! Er würde ihr seine Hilfe nicht verweigern, selbst wenn er dafür durch die Hölle gehen musste.

So einfach sind Menschen zu beeinflussen!, schoss es ihm durch den Kopf. Aber das stimmte nicht. Er war mentalstabilisiert und demzufolge unempfänglich für parapsychische Tricks. Und den Reizen einer weiblichen Schönheit durfte er schon gar nicht mehr verfallen. *Nicht in meinem Alter,* dachte er mit milder Selbstironie.

Er musste Kiriaade finden, um mehr zu erfahren. Was steckte hinter der Invasion? Er glaubte, dass die Frau ihm alles berichten konnte. Deshalb hatte er Kurs auf Tefrod festgelegt, obwohl die Invasoren das Zentralsystem der Tefroder erobert hatten. Wenn er Kiriaade von sich aus finden konnte, dann wohl dort.

Die andere Alternative waren die Maahks. Er hatte Grek-665 1/2 gebeten, ihn zu einem ihrer geheimen Stützpunkte zu führen. Andromeda brauchte eine starke Front gegen die Invasoren, eine vereinte Flotte, aber keine Scharmützel, in denen sich die Verteidiger aufrieben.

Aus der Reaktion des Maahks war Rhodan nicht schlau geworden. Er hatte Erschrecken ebenso zu erkennen geglaubt wie Ablehnung und zugleich Euphorie. Kein Zweifel, dass der LemurEmotio-Simulator dieses Gefühlschaos angerichtet hatte, ganz zu schweigen davon, dass Grek-665 1/2 Zeit brauchte, sich daraus zu befreien. Falls er es überhaupt schaffte, zwei so grundverschiedene Denkweisen zu vereinen.

»Nächste Überlichtetappe in sechzig Sekunden«, meldete der Pilot.

Perry Rhodan schürzte die Lippen. Er war nahe daran, den Maahk in seiner Kabine anzurufen. Andererseits fragte er sich, welche Argumente Grek-665 1/2 überzeugen konnten. Logik oder Emotionen?

Während des Unterlichtflugs projizierte der Metagrav ein virtuelles Schwerkraftfeld in Flugrichtung. Jetzt wurde dieses Schwerkraftzentrum systematisch verstärkt; ein Pseudo-Black-Hole entstand, der so genannte Metagrav-Vortex. Zugleich aktivierte der Pilot die Grigoroff-Schicht, das energetische Hüllfeld, das im Inneren die vertraute Raum-Zeit-Struktur des Einstein-Raumes konservierte. Ein Raumschiff wurde bei seinem Eintritt durch den Vortex also nicht Teil des dimensional übergeordneten Hyperraums, sondern blieb autark. Was dazu führte, dass im Gegensatz zu dem veralteten Transitionsantrieb der Überlichtflug bewusst erlebt wurde und die Mannschaft ihre Handlungsfähigkeit behielt.

Eine nur für Sekundenbruchteile wahrnehmbare, von den Speicherbänken ausgehende Vibration begleitete den Übertritt in den Hyperraum. Obwohl rein rechnerisch sehr hohe Überlicht-Faktoren erreichbar waren, setzte der immense Energieaufwand dem eine natürliche Grenze. Speicherbänke und Hypertropzapfer zusammen waren nicht in der Lage, Metagrav-Vortex und Grigoroff unbegrenzt zu versorgen. Zumindest für das standardmäßige Metagrav-Triebwerk blieb die erreichbare Geschwindigkeit beim intergalaktischen Flug auf 90 Millionen Licht beschränkt, im interstellaren Bereich überschritt man meist nur in Notfällen einen Überlicht-Faktor von 50 Millionen.

Perry Rhodan aktivierte den Interkom für Kabine 30 und erhielt die vom Syntron generierte Meldung, dass der Maahk seine Unterkunft vor zehn Minuten verlassen hatte.

»Wieso erfahre ich das nicht?«

»Die Personenüberwachung außerhalb wurde abgeschaltet.«

Rhodan stutzte. »Wer hat das veranlasst?«

»Es liegt kein Eintrag vor«, meldete der Servo. »Die Überwachung wurde ersatzlos gestrichen.«

»Wann?«

»Vor mittlerweile vierzehn Minuten und sechsundzwanzig Se...«

Mit einer knappen Geste brachte Rhodan die modulierte Stimme zum Verstummen. Er biss sich auf die Unterlippe. Ihm behagte nicht, dass der halb-verrückte Maahk plötzlich ungehindert herumspazieren konnte. Vor allem hatte Grek selbst die Überwachung desaktiviert. Das bedeutete zwar nicht, dass er Zugang zu den Hauptsystemen erhalten hatte, aber er war in der Lage, untergeordnete Sequenzen zu manipulieren. Auch wenn er als Freund galt, hätte genau das nicht geschehen dürfen. Ein Maahk blieb ein eiskalter Logiker, der jede Schwachstelle für sich zu nutzen verstand, selbst wenn er menschliche Empfindungen simulierte.

Rhodans Hand sank auf die Schaltfläche für die Bordkommunikation. Rasend schnell veränderten sich die Symbole. Rundruf höchster Priorität.

»Unser Besuch ist im Schiff unterwegs. Ich will, dass er gefunden und in die Zentrale geleitet wird.«

»Das ist unnötig«, erklang es hinter ihm. Er hatte das Geräusch des aufgleitenden Schottes zwar registriert, aber nicht darauf geachtet. Erst jetzt wandte er sich um.

»Du bist in Hektik, Perry Rhodan?«, fragte Grek-665 1/2, der soeben hinter dem Platz des Expeditionsleiters die Zentrale betreten hatte.

»Ich bin besorgt, das ist alles.«

Jemand im Hintergrund lachte verhalten und brach ebenso abrupt wieder ab. Das Lachen hatte eindeutig dem Maahk gegolten. Der Aufzug, in dem er erschienen war, wirkte gelinde gesagt etwas … *außergewöhnlich.*

»Ich verstehe«, sagte Grek-665 1/2, als genieße er es, im Zentrum der Aufmerksamkeit zu stehen. Jeder in der Zentrale hatte sich ihm zugewandt und starrte ihn an.

»Was trägst du da?«, fragte Rhodan.

»Mein Lasky-Baty-Hemd, eine Sonderanfertigung«, sagte der Maahk. »Ich bin stolz darauf. Das ist der Lasky Baty, den ich für den richtigen halte«, schränkte er im nächsten Moment ein.

»Das ist Mozart, wenn ich mich nicht irre«, stellte der Terraner fest. Er fixierte den CyberMaahk aus halb zusammengekniffenen Augen. »Selbst dein LemurEmotio-Simulator erklärt nicht, wieso du einen Mozart-Aufdruck zur Schau trägst.«

»Ich liebe ausgefallene Musiker«, versicherte Grek. »Lasky Baty ist der andere. Ich bin stolz darauf, seine Musik …«

»Genug!«, unterbrach Perry Rhodan schroff. »Ich weiß weder, wie du deine angeblichen Gefühle wahrnimmst, noch was der LemSim wirklich in dir auslöst, aber du reagierst falsch. Kein Mensch trägt ein Hemd über dem Raumanzug.«

»Dann bin ich kein Mensch?« Grek-665 ½ war mittlerweile zwischen der Funkstation und Rhodans Platz hindurch in die Mitte der Zentrale gegangen.

»Was wir vor uns sehen, ist ein Maahk«, erklang es vom Waffenleitstand her.

Grek breitete die Arme aus. »Bestehen wir nicht alle aus den gleichen biologischen Bausteinen, ein wenig anders angeordnet zwar …«

»Schluss mit dem Theater!«, sagte Rhodan scharf. »Ich habe nicht vor, aus der JOURNEE einen Zirkus zu machen. Im Allgemeinen sind wir Terraner gastfreundlich, Grek, aber das geht nur bis zu einem gewissen Punkt. Wir werden sehr ärgerlich, wenn jemand unsere Freundschaft missbraucht und an den Peripherierechnern herumspielt.« Er lehnte sich zurück und verschränkte die Arme. Zwei Roboter, denen er einen knappen Einsatzbefehl erteilt hatte, schwebten heran und nahmen den Maahk in die Mitte. »Du bist uns eine Erklärung schuldig, Grek.«

»Ich ahnte, dass du dich ärgern würdest.«

Perry Rhodan atmete tief ein, zögerte aber noch mit dem Befehl, den Maahk als Gefangenen zu betrachten.

»Ich habe gehört, dass es Grenzen gibt, bei denen Gefühle umschlagen«, fuhr Grek-665 ½ sachlich fort. »Wenn ich unter Menschen leben will, muss ich diese Grenzen kennen.«

»Die Besatzung der JOURNEE ist kein Versuchskaninchen! Und sag jetzt nicht schade.«

»Schade«, murmelte der Maahk. Er verzog das Gesicht zu einer zähnefletschenden Grimasse, die vermutlich ein Grinsen nachahmen sollte. »Dabei bin ich in die Zentrale gekommen, um dir zu sagen, dass ich euch nach Kepekin führen werde.«

»Kepekin?«

»Einer unserer geheimen Planeten.«

Genau das hatte Perry Rhodan schon Stunden früher hören wollen. Im Augenblick erschien es ihm eher fraglich, ob der

Meinungsumschwung ehrlich war. Konnte es sein, dass der Maahk sein eigenes undurchsichtiges Spiel trieb?

»Ich warte auf eine Erklärung«, drängte er.

Mit einer fast schon menschlich anmutenden Geste breitete Grek-665 1/2 die Arme aus. »Als der Techniker in meiner Kabine war, sah ich genügend syntronische und positronische Bauteile. Als Wissenschaftler kann ich ihren Kode auslesen, immerhin so weit, dass es genügt, die Überwachung auszuschalten. Es war nicht einfach, aber ich habe den Reiz verspürt, genau das zu tun. Diesen Reiz kannte ich ohne den LemSim nicht.«

»Du gibst uns die Koordinaten von Kepekin ohne hintergründige Absicht?«

»Natürlich«, bestätigte der Maahk.

»Und du hast Verständnis dafür, dass die beiden Roboter nicht mehr von deiner Seite weichen? Falls du dich gegen das Schiff und seine Besatzung wendest, haben sie Schießbefehl.«

»Ah, verstehe. Die Kampfmaschinen sollen aber auf mein Hemd aufpassen. Es ist ein Unikat.«

Rhodan biss die Zähne zusammen, bis die Kiefergelenke schmerzten. Er glaubte, dass der Maahk auf jede Regung lauerte, um sie wie ein trockener Schwamm das Wasser in sich aufzusaugen.

Zum Glück lachte niemand. Keinem war danach zumute.

Das Kepekin-System war in den Sternkarten der JOURNEE verzeichnet. Allerdings galten die drei Planeten als uninteressant. Nummer Eins umkreiste seine Sonne als Gluthölle und würde wohl in den nächsten Jahrtausenden von Protuberanzen so weit abgebremst werden, dass er in der Korona verglühte. Nummer Zwei verfügte über eine Wasserstoff-Methan-Atmosphäre mit einem sogar für Maahks zu hohen Methan-Anteil und umlief das Zentralgestirn zudem außerhalb der Ökosphäre. Die äußere Welt, ein schmutziger, von Kratern gezeichneter Schneeball, erschien noch unwirtlicher als die anderen. Eine Vielzahl von Monden und Asteroiden waren außerdem eingetragen, alle taubes Gestein ohne Bodenschätze. Auch die Position in der Eastside von Andromeda machte Kepekin nicht interessanter.

»Auf den Kepekin-Welten gab es nie Stützpunkte«, stellte Benjameen da Jacinta fest, der schon lange vor dem nächsten Schichtwechsel in der Zentrale erschienen war. Sein Haustier Norman hatte er bei Tess Qumisha gelassen, aber irgendwie vermied er es krampfhaft, darüber zu reden. Rhodan gewann den Eindruck, dass zwischen Tess und Benjameen dicke Luft herrschte, doch er schwieg dazu.

Die Entfernung von Chemtenz bis Kepekin betrug 76156 Lichtjahre. Da die JOURNEE schon annähernd 20000 Lichtjahre in Richtung galaktisches Zentrum zurückgelegt hatte, war die Distanz für sie nicht mehr ganz so groß. Dennoch ergab sich eine Flugzeit von mehr als zwölf Stunden – ereignislosen Stunden, denn Rhodan verzichtete auf weitere Zwischenstopps. Ein Kontakt mit den Maahks würde vielleicht alle erhofften Informationen erbringen.

Nur drei Lichtstunden außerhalb des Kepekin-Systems beendete der Spürkreuzer den Überlichtflug. Die Sonne war ein blauweißer heißer Stern, der sich deutlich vor dem sternenarmen Hintergrund abhob. Acht Lichtjahre stand das nächste System entfernt.

Schon die ersten Ortungsauswertungen hinterließen enttäuschte Gesichter. Eine schwache Hyperstrahlung stammte von der Sonne selbst, darüber hinaus war das gesamte Frequenzband tot. Weder überlichtschneller Funkverkehr noch Transmitterfunktionen wurden angemessen, auch keine Hypertrops zur Energiegewinnung.

»Passivortung?«

Ein Kopfschütteln. »Falls da wirklich jemand ist, ignoriert er uns von der ersten Sekunde an.«

Während des Fluges hatte Perry Rhodan zweimal mit dem Maahk gesprochen, aber keine weiterführenden Informationen erhalten. Grek-665 ½ bezeichnete das Kepekin-System hartnäckig als geheimen Industriestandort und militärischen Stützpunkt. Weitere Informationen, behauptete er, wären ihm selbst jedoch nie zugänglich gewesen.

»Wir müssen abwarten …«, hatte er gesagt. »Mehr können wir nicht tun.«

Dieses Warten zehrte an den Nerven. Mit 75 Prozent der

Lichtgeschwindigkeit raste die JOURNEE der Umlaufbahn des äußeren Planeten entgegen.

Die Ortungen blieben taub.

»Gemessen an diesem Sektor ist Andromeda einer der friedvollsten Orte in der Lokalen Gruppe.« Cita Aringa erhielt auf ihre Bemerkung keine Antwort, hatte aber auch keine erwartet. Ihre Hände huschten über die berührungsintensiven Displays, ihre Datenweitergaben veränderten Teilausschnitte des Zentralholos in rascher Folge.

Kepekin-III, obwohl noch 60 Millionen Kilometer querab, erschien in so detailreicher Wiedergabe, als hätte der Spürkreuzer soeben einen planetennahen Orbit erreicht. Eine endlose Eiswüste bot sich den Betrachtern dar, durchzogen von einem filigranen Netz schmutziggrauer Aufrisse. Diese Welt hatte keine Eigenrotation, weshalb vor allem ihre Nachtseite von Kratern zernarbt war.

Die Spektralanalyse des mehrere Kilometer dicken Eispanzers wies einen hohen Anteil von Sauerstoff und Kohlendioxid aus. Irgendwann hatte sich diese Welt aus einer sonnennäheren Umlaufbahn gelöst und war erstarrt. Vielleicht hatte sie früher sogar Leben getragen, doch heute gab es davon keine Spur mehr. Unter dem Eis lag tauber Fels ohne nennenswerte Formationen.

In 100 Meter dicken Schichten wurde das Eis durchleuchtet, ein dreidimensionales Abbild entstand. Innerhalb von nicht einmal 20 Minuten fügten sich die Scans zu einem übersichtlichen Ganzen zusammen, in dem der Hauptrechner alle Höhlen und Schächte markierte, deren Ausdehnung mehr als einen halben Kilometer umfasste.

»Was wir sehen, ist die Folge von Asteroideneinschlägen«, erläuterte die Plophoserin an der Ortung. »Stoßwellen haben Verschiebungen und Brüche ausgelöst, die aber kaum als Raumschiffhangars oder Fabrikhallen geeignet sind.«

»Allmählich sollten wir eine Spur von Besiedelung entdecken«, mahnte Zim November. Bis eben hatte er die JOURNEE ohne SERT-Haube geflogen, nun war er im Begriff, die mentale Steuerung zu übernehmen.

Der Kreuzer näherte sich der Umlaufbahn des zweiten Planeten. Kepekin-II stand fast seitlich zur Sonne. Der Äquatordurchmesser betrug 147317 Kilometer, die Schwerkraft 2,75 Gravos. Damit war der Planet einer der Riesen, die der Heimat der Methanatmer ähnelten. 17 Monde umkreisten ihn auf teils chaotischen Umlaufbahnen.

»Kepekin-II ist taub, keine Ortungsdaten!«

Dass Grek-665 1/2 dieses System genannt hatte, musste einen Hintergrund haben. Vielleicht war es nur ein Anlaufpunkt, auch das musste Rhodan in Erwägung ziehen. Geheimhaltung erforderte mitunter skurrile Einfälle.

»Richtstrahl auf Kepekin-II!« befahl er. »Wir identifizieren uns und bitten um Landeerlaubnis.«

Eine Antwort blieb aus. Auch der weitere Anflug der JOURNEE rief keine Reaktion hervor. Keine Aufforderung zum Stoppen, keine Emissionen, die das Hochfahren von Geschützprojektoren bewiesen hätten.

Die Roboter waren weiterhin vor Greks Kabine postiert. Rhodan befahl ihnen, den Maahk in die Zentrale zu bringen.

Grek-665 1/2 trug weiterhin das kitschige Hemd über dem Raumanzug. »Du brauchst mich, Perry Rhodan?«, begann er ohne Vorrede.

Eindringlich musterte Perry den Methanatmer. »Von einem Stützpunkt ist weit und breit keine Spur zu entdecken«, sagte er.

Grek-665 1/2 klopfte gegen das Brustteil seines Raumanzugs, an jene Stelle, unter der sich der LemurEmotio-Simulator befand. Zweifellos wollte er Rhodans Empfindungen besser einordnen können. »Mir ist dieses System als Stützpunkt bekannt. Wobei ich nur den Namen und die Koordinaten kenne, die Anlagen aber nie betreten habe.«

»Wie alt sind deine Informationen?«

»Zwei terranische Standardjahre.«

»Nach wie vor kein Echo«, bestätigte die Ortung. »Wir nähern uns mehreren Asteroiden.«

»Kurs auf Kepekin-II beibehalten. Schirmfeldstaffel optimieren!«

Perry Rhodan hatte den Maahk beobachtet, aber nicht die

Spur einer Reaktion bemerkt. Aber das bedeutete bei der ausdruckslosen Mimik der Methanatmer wenig.

»Ich vermute, dass mein Volk einen Gegenschlag vorbereitet«, gab der Maahk ungefragt zu verstehen. »Daher ist es unabdingbar, dass alle Stützpunkte geheim bleiben. Für den Grek-1 dieses Systems ist ein terranischer Kreuzer nur von untergeordneter Wichtigkeit. Folglich ignoriert Grek-1 nicht identifizierte Schiffe.«

»Unsere Kennung war eindeutig«, kam es von der Funkstation.

»Kennungen lassen sich kopieren oder fälschen.«

»Ich gehe davon aus, dass ein Kontaktversuch deinerseits eher beantwortet wird«, stellte Perry Rhodan fest. »Die Funkstation steht zu deiner Verfügung.«

Grek-665 $^{1}/_{2}$ stieß das Äquivalent eines menschlichen Lachens aus. »Der Versuch ist gut, Perry, aber ich habe gelernt, Menschen nicht zu unterschätzen. Es gibt keinen geheimen Funkkode.«

»Energieortung!«, klang ein Ausruf durch die Zentrale. »Da werden Dutzende Speicherbänke aktiv.«

Alles ging wahnsinnig schnell. Erschreckend daran war, dass die Geschützstellungen von einem Sekundenbruchteil zum anderen hochgefahren, von den Ortungen aber dennoch nur unvollständig erfasst wurden.

Zim November riss das Schiff aus dem Kurs, als die ersten schweren Waffen feuerten. Lichtschnelle Thermo- und Impulsstrahlen woben von den nächsten Asteroiden aus ein glühendes Netz, das jedoch nur in der Ortung sichtbar wurde. Für das bloße Auge fielen Abschuss und Einschlag zusammen.

Zudem wurden Konverterkanonen eingesetzt, die ein instabiles fünfdimensionales Ballungsfeld um ihr Ziel projizierten. Solange dieses Feld Bestand hatte, war es ungefährlich, erst mit seinem Erlöschen wurde die eingehüllte Materie entstofflicht und zerstört.

Das äußere Schirmfeld des Spürkreuzers, ein Hochenergie-Überladungsschirm, wurde in Bruchteilen einer Sekunde überlastet. Strukturrisse weiteten sich gedankenschnell aus, und dann verwehte der Schirm gleichzeitig mit dem Erlöschen des hyperenergetischen Ballungsfelds.

Überschlagsblitze und eine neue Salve der Abwehrstellungen brachen sich im innenliegenden Paratronschirm.

Nicht einmal Zim Novembers spontaner Kurswechsel und die zusätzliche Beschleunigung entzogen die JOURNEE dem konzentrierten Beschuss. Die Nachführung der gegnerischen Geschütze reagierte präzise und hatte längst alle möglichen Kursvarianten durchgerechnet und gespeichert.

Drei Sekunden erst seit dem überraschenden Feuerschlag. Die nächste Salve traf punktgenau ihr Ziel und hätte ein schwächeres Schiff in Bedrängnis gebracht. Doch der Paratron wurde nicht stabil projiziert, sondern mit gegenläufigem Vektor zum zusammengebrochenen äußeren HÜ-Feld. Deshalb blieb die Wirkungsdauer des Punktbeschusses unter der kritischen Grenze, wurden die auftreffenden Energien weiterhin in den Hyperraum abgeleitet.

»Belastung achtzig Prozent, fünfundachtzig … weiter steigend …«

Flüchtig der Gedanke, ob die Maahks mit diesem Feuerwerk nicht allzu schnell jene auf den Plan riefen, die sie fernhalten wollten. Zumindest im Augenblick vermochte Perry Rhodan die hinter dem Angriff stehende Logik nicht zu erkennen.

Die eigenen Geschützkontrollen zeigten Freigabe. Doch der Terraner wollte keinen Gegenschlag. Stattdessen schaltete er sich in den Hyperfunk ein.

»Perry Rhodan an Bord des VESTA-Kreuzers JOURNEE. Ich bitte Grek-1, den Angriff einzustellen; wir kommen in friedlicher Mission. Ich wiederhole: Hier spricht Perry Rhodan, Resident der Liga Freier Terraner und Sechster Bote von Thoregon …«

Mit jeder Sekunde drang die JOURNEE mehr als 230 000 Kilometer tiefer ins Sonnensystem ein. Die Reichweite der äußeren Asteroiden-Stellungen würde in Kürze überschritten sein.

»Da sind mehr!«, kam der Aufschrei von den Ortungen. »Weitere Wachforts voraus! Weiß der Teufel, weshalb wir sie nicht eher …«

Ein unheilvolles Prasseln durchschlug alle Schallisolierungen und erschwerte vorübergehend jede normale Verständigung. Der Ausgangspunkt war nicht zu lokalisieren, konnte ebenso gut in den tiefer liegenden Hangars als auch auf den Maschinendecks zu suchen sein. Oder in der Energieversorgung der Schutzschirmstaffel. Soeben brach der äußere Paratron in einem irrlichternden Feld zuckender Aufrisse zusammen.

Ein Schatten huschte über das Hauptholo, für Perry Rhodan entstand der Eindruck eines gewaltigen Molochs, der seine Krakenarme nach der JOURNEE ausstreckte. In den Randbereichen verblassten die Sterne, wich die gewohnte Schwärze zuckenden, ineinander verlaufenden Schlieren.

Warnanzeigen flammten serienweise auf. Einbruch mehrdimensionaler Energien in den Normalraum, ausgelöst vielleicht durch ein unglückliches Zusammenwirken der Paratron-Aufrisse mit dem Ballungsfeld der Konverterkanonen.

»Kein Überlichtmanöver!«, stieß Rhodan hervor, als sich die Anzeigen auf seiner Konsole schlagartig veränderten. Zim November sah den Eintritt in den Metagrav-Vortex als einzigen Fluchtweg. »Kurs beibehalten auf Kepekin-II!«

Nicht mehr als 50 Sekunden waren seit dem ersten Feuerschlag vergangen, die JOURNEE raste durch ein energetisches Inferno, das die Schirmfelder bis knapp unter die Aufnahmekapazität belastete. Die Schlagkraft der maahkschen Abwehrstellungen war ebenso effektiv wie ihre Tarnung.

Nacheinander brachen die gestaffelten Schutzschirme weg. Flüchtig spielte Rhodan mit dem Gedanken, den Virtuellbildner einzusetzen, um eine Entlastung zu erreichen. Allerdings zweifelte er daran, dass die Maahks wirklich auf die ortungstechnischen Trugbilder hereinfallen würden. Sie setzten nun auch Gegenpol-Kanonen ein. Im Flugvektor der JOURNEE explodierte eine Vielzahl schwerer Sprengsätze. Der Kreuzer raste mitten hinein in die sich ausdehnenden, miteinander verschmelzenden sonnenheißen Glutbälle.

Grek-665 1/2 hatte keine Mühe, sich gegen den erneut aufbrandenden Lärm durchzusetzen. »Rhodan, gib mir eine Hyperfunkverbindung!«

Ein knapper Wink, und die Funkzentrale projizierte ein Akustikfeld vor den Maahk.

Rhodan verstand nur einen Bruchteil dessen, was Grek-665 1/2 sagte. Obwohl er das Kraahmak nach einer Hypnoschulung beherrschte, soweit es seine menschlichen Stimmbänder zuließen. Die Begriffe »Terraner« und »Invasion« wiederholten sich, alles andere ergab keinen Sinn.

Er weiß mehr, als er zuzugeben bereit ist, erkannte Perry Rhodan. *Er ist nach wie vor ein Maahk.*

Täuschte er sich, oder wurde das Sperrfeuer schwächer? Kepekin-II stand bereits als schmale, hell strahlende Sichel in der Bilderfassung. Es gehörte nicht viel dazu, sich auszurechnen, welches Vernichtungspotenzial auf den Monden bereit stand.

Grek-665 1/2 redete noch immer lautstark auf seinesgleichen ein. Endlich wischte er mit einer fast schon zornigen Armbewegung durch das Akustikfeld und brachte es zum Erlöschen.

Nach wie vor keine Antwort auf der Hyperfrequenz.

»Sind Maahks immer so stur?«, platzte er heraus.

Im ersten Moment glaubte Rhodan, sich verhört zu haben. »Das fragst *du?*«, erwiderte er. »Ausgerechnet …«

Von einer Sekunde zur anderen wurde es still in der Zentrale der JOURNEE. So still, dass man eine Nadel hätte fallen hören können.

»Sie haben das Feuer eingestellt«, stieß jemand erleichtert hervor. »Ist das eine Einladung oder nicht?«

»Bremsmanöver!«, befahl Rhodan. Andernfalls würde der Kreuzer innerhalb der nächsten Minuten den Planeten in einer Distanz von zwei Millionen Kilometern passieren. Bei einer Verzögerung mit Höchstwerten wurde die Fahrt bis auf einen geringen Rest aufgezehrt.

»Was hast du gesagt?«, wandte er sich an Grek-665 1/2.

Der Maahk entblößte die Zähne. »Nichts von Bedeutung. Ich habe unsere Ankunft avisiert.«

»Und?«

Das menschliche Achselzucken ersetzte Grek-665 1/2 durch ein Heben der Arme. »Ich weiß nicht mehr als du, Terraner.«

»Ich glaube, dass du die Wahrheit verschweigst.«

»Ist Misstrauen eine der hervorstechenden terranischen Eigenschaften? Oder bin ich rehabilitiert?«

Rhodan schürzte die Lippen. In seinen Augen blitzte es amüsiert auf. »Du bist und bleibst ein Maahk«, stellte er fest. »Deiner Logik kann ich nicht widersprechen. Aber hüte dich davor, erneut in unsere Systeme einzudringen.«

»Ich habe erfahren, was dann geschieht«, antwortete Grek-665 1/2. »Mehr wollte ich nicht.«

»Noch etwas. Weder das Schiff noch die Besatzung stehen für obskure Experimente zur Verfügung. Ich hoffe, wir haben uns verstanden. Sag mir, was geschehen wäre, hätte ich etwas Ähnliches an Bord eines Walzenschiffs versucht.«

Der CyberMaahk hob die rechte Hand und führte sie demonstrativ quer über knapp eineinhalb Meter Halsansatz.

»Peilstrahl!«, rief in dem Moment Cita Aringa. »Er kommt von Kepekin-II.«

Kapitel 10

Der Stützpunkt der Maahks war eine gewaltige, sturmumtoste, wolkenverhangene Welt. Noch aus einer Entfernung von mehreren Tausend Kilometern präsentierte sie sich geheimnisvoll und scheinbar unberührt. Zwei gigantische, gegenläufige Sturmzentren zeichneten sich beidseits des Äquators ab, jedes mehr als 8000 Kilometer durchmessend und bis hoch in die Stratosphäre reichend. Die gemessenen Windgeschwindigkeiten lagen bei gut 600 Stundenkilometern. Wie ein gigantischer Wirbel saugten die Orkane die umgebenden Luftmassen an, erfüllt von immerwährenden energetischen Entladungen, die das Wort Gewitter längst nicht mehr verdient hatten. Hier tobten Urgewalten, deren aufflackernde Energien kilometerdicke Wolkenschichten in ein glühendes Fanal verwandelten.

Noch war kein zweiter Funkkontakt zustande gekommen. Perry Rhodan hatte auch einen weiteren Versuch unterlassen. Wenn die Maahks auf Kepekin Kontakt wünschten, würden sie ihn herstellen – und solange der Peilstrahl stand, verlief der Anflug des Kreuzers problemlos.

Die JOURNEE hatte mehrere der 17 Monde in geringer Distanz passiert. Einige von ihnen waren zerklüftete Felsbrocken, nicht mehr als Asteroiden, die der Planet irgendwann eingefangen hatte.

In den Ortungen ergab sich ein differenzierteres Bild. Eine klare Aussage über weitere Abwehrforts war selbst den hochgezüchteten Anlagen des Spürkreuzers nicht möglich. Unterhalb einer Entfernung von mehreren 10000 Kilometern schlichen sich als Interferenzen interpretierte Schatten in die bis dahin undifferenzierten Ortungsbilder ein.

»Möglicherweise eine Urbanisierung des stellaren Hyperspektrums«, gab Bi Natham Sariocc zu verstehen. »Die Strahlung deckt einen kurzwelligen Grenzbereich ab, in dem mir bislang kaum Forschungen bekannt sind.«

»Ist es so einfach?«, wollte Coa Sebastian wissen, die inzwischen wieder den Kommandantensitz eingenommen hatte.

Sarioccs Achselzucken zeugte von einer unerschütterlichen Ruhe. Er hatte die Hände vor dem Leib gefaltet und harrte der Dinge, die noch kommen sollten. Wer ihn nicht kannte, lief schnell Gefahr, den Hyperphysiker als phlegmatisch und stur anzusehen. Aber das war er nicht, nur unerschütterlich.

Als die JOURNEE in die Ausläufer der Atmosphäre eintauchte, war die Restfahrt bis auf den geringen Wert von 20 Sekundenkilometern abgesunken.

Der Ausgangspunkt des Peilstrahls lag auf der Nordhalbkugel, etwa auf halber Breite und gut 30000 Kilometer von dem Orkantief entfernt. Eine zusammenhängende Landmasse bestimmte das Bild.

»Leer und trostlos«, kommentierte Cita Aringa. »Meinen Lebensabend möchte ich hier bestimmt nicht verbringen.«

Jemand stieß einen schrecklich schrillen Pfiff aus.

»War das eine vorschriftsmäßige Meldung, Haram Dupré?«, fragte die Kommandantin.

»Verzeihung, ich … ich war überrascht, dass sich die Atmosphärewerte rapide verändern.«

»Das kann man auch anders sagen.«

»Natürlich … ähm …«

»Du bist ersatzweise in der Zentrale eingeteilt?«

»Analysedienst, sonst technisches Personal in den Rotationshangars.«

»Also, eine halbwegs richtig Meldung! Stell dir vor, Haram, dies wäre ein Raumer der USO.«

»Natürlich, Sir – äh, Madam. Atmosphäreanalyse aus der Distanz erweist sich als irrelevant. Die prozentuale Verteilung entspricht mit zunehmender Annäherung den Bedürfnissen der Maahks.«

»Die Ursache?«

»Vermutlich Ortungsschutz.«

Als die ersten feinen Wolkenschleier im Roll-On-Roll-Off-Hangar der JOURNEE zerfaserten, ließen die Ortungsdaten Unschärfe erkennen. Der Vorgang nahm nur Sekunden in Anspruch, als hätte das Schiff eine unsichtbare Grenze überschritten.

Tausend Kilometer entfernt ragten plötzlich erste Gebäude auf. Sie schienen in einem flirrenden Medium zu schweben, das ihre Existenz nur widerwillig preisgab. Aber Masse- und Energieortung ebenso wie die Bodentaster ließen die einmal erfasste Struktur nicht mehr los.

Gigantische Industrieanlagen wuchsen wie Pilze aus dem Boden. Keines dieser Areale durchmaß weniger als 20 Kilometer, und wie Perlen reihten sie sich zu einem regelmäßigen Wabenmuster. Jeweils sechs Komplexe umschlossen in ihrem Zentrum einen nicht minder imposanten Raumhafen.

»Wer hätte das gedacht«, entfuhr es Zim November. »Was wird hier ...«

»Raumschiffe«, fiel ihm die Kommandantin ins Wort. »Eine schlagkräftige Flotte. Vor allem, wenn man bedenkt, dass Kepekin nicht die einzige Welt im Verborgenen ist.« Sie wandte sich an Rhodan. »Ich glaube, die LFT wird die Stärke unserer Verbündeten neu einschätzen müssen.«

Die Ortung holte eines von vielen Landefeldern heran. Detailausschnitte zeigten endlose Reihen gelandeter Walzenraumer. Sie gehörten ausschließlich den Klassifizierungen C, F und G an, es handelte sich also um Schlachtschiffe zwischen 1000 und 2000 Meter Länge bei einem Durchmesser von 200 bis 400 Metern. Traditionell hatten die schwarzen Raumschiffe der Maahks die Form von Walzen mit einem Verhältnis von Länge zu Durchmesser von fünf zu eins. Andere Typen wie die Diskusform hatten nie eine ähnliche Bedeutung erlangt.

Eine Hochrechnung ergab die stattliche Zahl von mindestens 2500 schwerst bewaffneten Einheiten. Wobei sich die Frage stellte, ob Kepekin-II noch über weitere Werft-Areale verfügte.

Die JOURNEE schwebte über einem Landefeld, das sich nur 50 Schwere Schlachtschiffe teilten. Die Schiffe ebenso wie der Raumhafen machten einen verlassenen Eindruck, doch welchen Wert solche Feststellungen wirklich hatten, war den Terranern gerade erst deutlich vorgeführt worden.

Weiterhin kein Funkkontakt. Lediglich der Peilstrahl erlosch in geringer Höhe.

»Wir landen«, entschied Rhodan. »Grek?«

»Man erwartet nichts anderes von uns«, antwortete der Maahk.

Gut 30 Minuten vergingen. Die Methanatmer ignorierten die JOURNEE und ihre Besatzung und zeigten den ungebetenen Besuchern deutlich, dass niemand sie gerufen hatte.

»Wolltest du nicht ein gutes Wort für uns einlegen, Grek?«, fragte Zim November nach einer Weile.

»Das wäre sinnlos«, antwortete der Maahk. »Wir sind nicht in der Position, Forderungen zu stellen. Sobald Grek-1 seine Entscheidung getroffen hat, wird er sich mit uns in Verbindung setzen, keine Minute vorher.«

»Ich hoffe, er weiß, dass Andromeda nicht mehr viel Zeit bleibt.«

»Er weiß es«, wandte Perry Rhodan ein. »Die Maahks stellen nicht nur die größte Militärmacht in Andromeda, sie haben auch Erfahrung, ihre Kräfte effektiv einzusetzen. Selbst wenn es zynisch klingt: Die Spuren einer vieltausendjährigen Unterdrückung und Verfolgung sitzen tief. Die Invasion trifft die Methanatmer nicht annähernd so unvorbereitet wie alle anderen Völker.«

»Ich denke, das ist eine Frage der Psyche.« Zim wandte sich an Grek-665 1/2. »Was sagst du dazu?«

»Du fragst mich?«

Der Junge schüttelte verwirrt den Kopf. »Schiele ich neuerdings?«, fragte er wenig respektvoll.

»Ich meine«, präzisierte Grek, »fragst du den Maahk in mir …«

»Natürlich.«

»… oder den Menschen?«

»Man kann nicht beides sein.«

»Ich versuche, die Merkmale beider Völker in mir zu vereinen. Und ich weiß, ich werde es schaffen.« Grek-665 1/2 stockte. »Als was siehst du mich, Zim November?«

»Als Maahk natürlich.«

»Das ist mein Äußeres. Aber ich denke wie ein Mensch. Der LemSim …«

»Ist nur ein Hilfsmittel, das gespeicherten Programmen folgt«, wandte die Kommandantin ein. »Wer nicht als Mensch geboren wurde und als Mensch lebt, kann nicht wie ein Mensch denken. Das ist ausgeschlossen.«

Grek-665 1/2 schwieg. Ob aus Betroffenheit oder weil er über den Vorwurf nachdachte, war nicht zu erkennen. »Was soll ich tun?«, fragte er endlich. »Giftigen Sauerstoff atmen?«

»Aufhören, ein von vornherein zum Scheitern verurteiltes Vorhaben zu verfolgen.«

»Es ist mein Projekt. Ich bin verpflichtet, es zu Ende zu führen.«

»Dann lass dir diesen Simulator entfernen und versuche, selbständig Gefühle zu entwickeln.«

»Du glaubst, ich bin ein Cyborg?«

»Das habe ich nicht gesagt.«

»Ich weiß, dass Menschen nie sagen, was sie denken. Nach den Gesetzen der Logik gilt der Umkehrschluss.«

Mit wachsender Belustigung hatte nicht nur Perry Rhodan das kurze Streitgespräch verfolgt. Er sah einige feixende Gesichter, denn zum ersten Mal hatte es den Anschein, als könne jemand die Kommandantin aus der Reserve locken.

»Wir bekommen Besuch!«, hallte es in dem Moment durch die Zentrale.

Ein Trupp bewaffneter Maahks marschierte auf die JOURNEE zu. 20 kräftige Gestalten, gekleidet in graue Kombinationen, die auf der linken Brustseite ein Emblem trugen, eine stilisierte Sonne mit den Umlaufbahnen dreier Planeten. Stärker als zuvor war er davon überzeugt, dass Grek-665 1/2 sie zu einem durchaus bedeutenden System geführt hatte. Die pragmatisch denkenden Maahks trugen Abzeichen nur als Auszeichnungen für Tapferkeits- oder ähnliche Leistungen.

Sie hielten schwere Strahlenkarabiner im Anschlag. Die flirrenden Abstrahlmündungen redeten eine unmissverständliche Sprache.

Die JOURNEE hatte nach der Landung zwei der vier Antigravschächte ausgefahren. An beiden postierten sich jeweils zehn Bewaffnete im Halbkreis. Von diesem Augenblick an wirkten sie wie zu Statuen erstarrt.

»Funkkontakt!«

»Auf den Hauptschirm legen!« Rhodan hatte seit dem Aufmarsch der Bewaffneten auf diesen Anruf gewartet. Allerdings erschien in der Bildwiedergabe nur ein stilisiertes Symbol.

»Der terranische Befehlshaber und Grek-665 werden aufgefordert, das Schiff umgehend zu verlassen!«

»Mit wem spreche ich?«, fragte Rhodan, doch die Übertragung war bereits abgebrochen worden. »Wieso Grek-665?«, wandte er sich im selben Atemzug an den CyberMaahk.

»Sie akzeptieren mein Anders-Sein nicht«, lautete die lapidare Antwort. »Wir dürfen Grek-1 nicht warten lassen. Er ist manchmal etwas ungeduldig.«

»Du kennst den Grek-1 von Kepekin?«

Der Maahk schwieg, und Rhodan versuchte nicht, weiter in ihn zu dringen. Gemeinsam verließen sie die Zentrale und benutzten den nächstgelegenen Radialgang an der Schiffsmesse vorbei bis zum äußeren Ringkorridor. Lediglich vier von elf Antigravschächten auf dem Kommandodeck führten abwärts, endeten aber schon auf Deck 3. Das war eine zwangsläufige Folge des MERZ-VESTA-Konzepts mit dem durchgehenden offenen Beiboot-Hangar mittschiffs und der ebenfalls durchgängigen Modulbucht, das einzige negative Element dieses bewährten Schiffstyps, sofern eine schnelle Verbindung von der Zentrale aus bis zum Boden gewünscht wurde.

Von Deck 3 aus verliefen andere Schächte entlang der Innenseite der Modulbucht abwärts. Bevor sie den Schacht verließen, schloss Rhodan den Raumanzug.

Die Gesichter der Methanatmer blieben ausdruckslos starr. Der Terraner glaubte lediglich zu erkennen, dass sich einige Blicke auf seinen Begleiter richteten, der in diesem Moment den Helm öffnete und in den Nackenwulst zurückgleiten ließ. Grek-665 1/2 trug sein blaues Merchandising-Hemd für alle sichtbar. Die Soldaten reagierten nicht auf seine Begrüßung.

Als Perry und der CyberMaahk getrennt wurden, wuchs der Eindruck, eher Gefangener als Gast zu sein.

Ein heftiger Sturm fegte über das Landefeld. Er peitschte

Staub und Unrat vor sich her. Die noch fernen Gebäude ebenso wie die Vielzahl der gelandeten Raumschiffe versanken in schwefligem Dunst.

Die Eskorte geleitete ihn zwischen zwei Schweren Schlachtschiffen hindurch. Die Schiffe wurden ausgerüstet, große Ladeschleusen standen offen, und Hundertschaften von Robotern und Maahks entluden die in endloser Schlange anrückenden Lastenschweber. Rhodan registrierte, dass überwiegend Munitionsvorräte verladen wurden. Die Schiffe selbst erweckten den Anschein, als wären sie nie über die Grenzen des Kepekin-Systems hinausgekommen. Ihnen fehlte die Patina, dieser schwer zu beschreibende Hauch mikroskopisch feiner, von kosmischen Partikeln verursachter oberflächlicher Schäden. Nicht einmal Prallschirme konnten diesen anfänglichen Alterungsprozess völlig verhindern, zumal daran ebenso energetische Rückkoppelungen zwischen Schutzschirmen und Rumpfschale beteiligt waren.

Der Fußmarsch nahm gut zwanzig Minuten in Anspruch. Natürlich hätten die Gleiter, die dann auf sie warteten, auch zur JOURNEE fliegen können. Rhodan gewann den Eindruck, dass ihm die Verladeaktionen absichtlich gezeigt worden waren. Vom Kreuzer aus gesehen fanden sie im optisch toten Winkel statt.

Entweder bedeutete dies eine Demonstration der Stärke, oder Grek-1 hatte klarstellen wollen, dass die Maahks zum Schlag gegen die Invasoren rüsteten. Das wiederum konnte ein diplomatisch verbrämter Hinweis sein, dass die Maahks zur Zusammenarbeit bereit waren.

Noch immer redete niemand. Man hatte Rhodan nicht nach Waffen durchsucht, aber er war überzeugt davon, längst mehrfache Scans durchlaufen zu haben. Das waren die üblichen, im Verborgenen ablaufenden Sicherungsmaßnahmen. Projektilwaffen, Sprengstoffe, Gifte – was einem potentiellen Attentäter dazu dienen konnte, führende Persönlichkeiten zu beseitigen, wurde von Sensoren ertastet. Zweifellos waren auch PSI-Sperren aktiv.

Der Gleiter schwang sich hoch über die Fabrikkomplexe empor. Zwischen ihnen die Raumhäfen. Überall wurde beladen, hier und da zeigten sich sogar die flammenden Empfangsfelder großer Frachttransmitter.

Bald sank die Maschine tiefer, einer Ansammlung schwarzer, kubischer Gebäude entgegen. Unterschiedlich hoch, schraubten sie sich spiralförmig ineinander, nüchtern, kahl, aber dennoch von beeindruckender Größe.

In halber Höhe schwebte der Gleiter auf die nicht von Fenstern, wohl aber von konstruktionsbedingten Stützen und Verstrebungen skelettartig gegliederte Fassade zu. Dass zumindest in Teilbereichen Formenergie verwendet worden war, erkannte Perry Rhodan, als sich ein ovaler Ausschnitt auflöste. Der Einflugbereich war groß genug für Raumschiffbeiboote.

Der Gleiter tauchte ein in eine grelle Welt aus Leitlinien, Lichtkaskaden und Wartungsplätzen. Ein 50 Meter messendes tropfenförmiges Raumschiff hing inmitten stabilisierender Energiegerüste. Rhodan konnte gerade noch erkennen, dass daran gearbeitet wurde. Viel zu schnell huschte die Orgie teils extremer Eindrücke vorbei, fädelte sich der Gleiter in ein Leitsystem ein, das ihn mit Zentimeterabstand an wuchtigen Aggregatkomplexen vorbei tiefer ins Gebäude führte.

In einem Antigravschacht schwebte die Maschine schließlich in die Tiefe, und die Etagen huschten wie Wetterleuchten vorbei. Hatte Rhodan schon vorher vermutet, dass die Bauten tief in die Planetenkruste hinab reichten, war er jetzt überzeugt davon, sich kilometerweit unter der Oberfläche zu befinden.

Endlich schien der Gleiter das Ziel erreicht zu haben, ein Hangarsystem aus Dutzenden über- und nebeneinander liegenden Nischen, jede groß genug, um mehreren Maschinen Platz zu bieten.

Die Maahks reagierten so stur wie Roboter. Immer noch die Strahlenkarabiner vor sich haltend, geleiteten sie Rhodan aus dem Hangar. Lediglich das Glühen der Mündungsprojektoren war inzwischen erloschen.

Zweimal wechselten sie über Laufbänder die Richtung, dann ging es in einer Antigravröhre ein kurzes Stück aufwärts. Schließlich stand Perry in einem kahlen, kubusförmigen Raum mit fünf Metern Seitenlänge.

»Warte hier, Terraner!«
Dann war er allein.

Licht drang aus einer unsichtbaren Quelle. Es blendete nicht, erhellte aber auch nicht den ganzen Raum. Vielmehr schien es sich auf geheimnisvolle Weise auf Rhodan zu konzentrieren, hüllte ihn ein wie eine von innen heraus glimmende Aura.

Er konnte diesem Licht nicht entkommen.

Moo!, dachte er. *Aktiv-Modus!*

Moo, der kleine, silberne Relief-Roboter, zehn Zentimeter hoch, sechs breit, war das eigentliche Geheimnis seines Raumanzugs. Eine Buddha-Figur, deren proportionale Leibesfülle den Galornen nachempfunden war. Von der Galornin Kaif Chiriatha hatte Perry Rhodan den auf menschliche Bedürfnisse umgerüsteten blauen Raumanzug als Geschenk erhalten.

Moo war nach eigenen Aussagen halb lebendig und halb robotisch, ein Zwitterwesen, das gleichermaßen der Fernsteuerung gehorchte wie selbständig handlungsfähig war. Überrascht registrierte Rhodan, dass der Roboter nicht reagierte. Es musste mit dem eigenartigen Leuchten zu tun haben, das sich nicht abschütteln ließ.

»Moo!«, rief er deshalb, doch ebenso vergeblich wie zuvor. Die Buddhafigur klebte unbeweglich und stumm auf dem dunkelblauen Gewebe.

Der Anzug-Orter tastete den Raum ab und zeigte millimetergenau den einzigen Zugang auf dem Display; nur gab es nichts, was auch nur entfernt auf einen Öffnungsmechanismus hingedeutet hätte. Externe Datenübertragung und Kommunikation waren schon vor einer Weile abgebrochen. Offensichtlich lag eine Störfront über dem Komplex.

Rhodan hatte Andromeda, den kosmischen Nachbarn der Milchstraße, lange Zeit vernachlässigt, unter anderem auch, weil der Menschheit die eigenen Probleme über den Kopf gewachsen waren. Kein Wunder, dass ihm manche neue Entwicklung verborgen geblieben war.

Moo! Nach dem dritten Versuch gab er auf.

Als hätte ein unsichtbarer Beobachter nur darauf gewartet, öffnete sich in diesem Moment das Zugangsschott. Rhodan zögerte. Der anschließende Korridor war leer, niemand wartete auf ihn.

»Funkkontakt!«, meldete der Pikosyn des Anzugs.

Eine emotionslose Stimme sagte: »Grek-1 erwartet dich, Terraner. Falls sich jedoch herausstellt, dass du nicht der terranische Resident bist, wirst du sterben.«

Einige Sekunden lang zögerte er und fragte sich, was die Maahks beabsichtigten. Glaubten sie ihm nicht? Er konnte sich identifizieren. Seine Individualschwingungen waren in Andromeda bekannt, ebenso die Ausstrahlung des Aktivatorchips. Lagen diese Daten auf Kepekin nicht vor?

Rhodan verließ den Raum. Als er das Schott durchschritt, erlosch die helle Aura.

Moo! Aktiv-Modus!, dachte er. Tatsächlich erwachte der Buddha-Roboter endlich zu künstlichem Leben.

»Mir ist nichts geschehen«, erklang es im Helmlautsprecher. »Ich hatte den Eindruck völliger Abgeschiedenheit.«

»Ich vermute, das hängt mit dem Ortungsschutz im Kepekin-System zusammen. Offenbar können die hiesigen Maahks deine Funktionen unterdrücken.«

Moo schwieg dazu.

Lauflichter huschten über die Wände. Rhodan folgte ihnen. Er fragte sich, warum er allein blieb, doch die Antwort lag auf der Hand: Er konnte nicht entkommen.

Unvermittelt hielt er inne, drehte sich einmal um sich selbst und suchte nach verborgenen Optiken. »Ich bin nicht nach Kepekin gekommen, um unser aller Zeit zu vertun«, sagte er laut. »Andromeda wird untergehen, wenn wir nicht rasch handeln.«

Keine Antwort. Stattdessen löste sich neben ihm die Wand auf. Der Raum dahinter war ein Labor. Rhodan trat ein. Sofort schloss sich das Segment aus Formenergie wieder.

Ein Luftaustausch erfolgte. Im Display sah er, dass ein Vakuum entstand und sofort darauf eine atembare Sauerstoffatmosphäre einströmte. Die herrschende Schwerkraft reduzierte sich zudem auf ein Gravo.

Die Aufforderung, den Galornenanzug abzulegen, war unverkennbar. Rhodan kam ihr trotz der Gefahr nach. Die

Maahks wollten ihn zweifelsfrei identifizieren, ihnen genügten Äußerlichkeiten nicht.

Ohne zu zögern, nahm er in dem Kontursessel Platz, der sich aus dem Boden geschoben hatte. Er wurde in eine waagerechte Position gefahren, konnte somit das Hologramm erkennen, das unter der Decke des Raumes entstand. Die Bildwiedergabe zeigte einen Querschnitt seines Körpers im Schulterbereich. Dann den Aktivatorchip. Das implantierte Plättchen wurde in der Wiedergabe extrahiert, gedreht … Ein dreidimensionales Abbild entstand, dazu die Einblendung von Messwerten. Rhodan konnte den Symbolgruppen in Kraahmak nicht so schnell folgen, wie sie sich veränderten.

Das Hologramm erlosch nach zwei Minuten. Zugleich fühlte der Terraner sich von energetischen Fesseln eingeengt. Aus dem Sessel glitten dünne Tentakelarme, tasteten ihn ab, pendelten vor seinem Gesicht.

Er spürte einen schwachen Einstich an den Schläfen, eine geradezu archaische Methode zur Messung seiner Individualschwingungen. Oder gingen die Maahks sogar noch ein Stück weiter? Er war mentalstabilisiert und konnte folglich parapsychisch nicht beeinflusst werden …

Sie versuchten es tatsächlich. Rhodan registrierte einen ungeheuren Druck unter der Schädeldecke. Schatten überlagerten seine Wahrnehmungen, er glaubte, vertraute Gesichter zu sehen, Menschen aus seinem täglichen Umfeld, die Waffen auf ihn richteten. Aber die Bilder stabilisierten sich nicht.

Zweifellos ein Reaktionstest. Die schemenhafte Szenerie sollte sein Aggressionspotential ausloten – ein vergeblicher Versuch. Den Terraner interessierte nicht, was die Sequenzen darstellten, er sträubte sich dagegen und bemühte sich, in Gedanken das Abbild eines Kastun-Kriegsschiffs darzustellen. Es gelang ihm nicht. Stattdessen wirbelten Sterne vor seinem inneren Augen, bildeten eine rotierende Spirale, einen Nebel, schräg von der Seite her gesehen, mit zwei vorgelagerten Kleingalaxien: Andro-Alpha und Andro-Beta. Das war das Bild, das sich in der heimatlichen Milchstraße bot. Im nächsten Moment zuckten im Zentrumskern Flammen auf, ein verzehrendes Feuer, als würde Papier verbrennen. Asche wirbelte auf, zerstäubte. Nur noch einige wenige Sterne, dann löschte Schwärze alles aus.

Die belebenden Impulse des Aktivatorchips pochten bis weit in Rhodans Nacken hinauf. Obwohl sich die Sonden zurückgezogen hatten, kam er nicht frei.

Perry wartete einige Augenblicke. »Moo!«, rief er dann. »Schalte die Energiefesseln ab!«

Er dachte an Grek-665 1/2 und die JOURNEE, an die undurchdringliche Zeitbarriere, deren schwer vorstellbarer Aufwand allein schon ahnen ließ, mit welchem Kaliber von Gegner man zu tun hatte. Er dachte an die unzähligen Toten und Verletzten, an die tefrodische Ärztin Raye Corona und Zim November. Auch das gab es: Die beiden mochten sich vom ersten Augenblick an. Mit seinen 19 Jahren war Zim jung, vor allem ein Talent wie kaum ein anderer. Rhodan konnte sich vorstellen, dass Zim eines Tages sein Flaggschiff durch das Universum flog. Aber Raye? Ihr Abbild verwischte, verwandelte sich in das einer anderen begehrenswerten Frau …

Unwillig schüttelte der Terraner den Kopf, versuchte sich von der verlockenden Vision Kiriaades zu befreien, und in diesem Augenblick erloschen die Fesselfelder.

Er schwang sich aus dem Sessel und streifte den Raumanzug über.

Danke, Moo!

»Du blutest an den Schläfen«, bemerkte der Roboter. Rhodans Hände zuckten hoch, die Finger wischten über die Stellen, an denen er die Sonden gespürt hatte. Tatsächlich, da war verkrustetes Blut. Also waren ihm sogar Gewebeproben entnommen worden.

Welche Sicherheit brauchten die Maahks eigentlich noch?

Ein optisches Diffusorfeld, das bislang Teile des Labors vor ihm verborgen hatte, löste sich auf. Dort stand ein aktivierter Personentransmitter.

Perry Rhodan folgte der Einladung und durchschritt das Entstofflichungsfeld.

Kapitel 11

Hinter ihm erlosch der Transmitter. Was blieb, waren zwei konische Säulen, eingegliedert in eine höchst technische Umgebung. Trotz der Stille wusste Perry Rhodan sofort, dass er an Bord eines Raumschiffs materialisiert war.

Die Nische mit dem Transmitter öffnete sich in einen großen Raum, fast schon eine Halle. Die Einrichtung erinnerte an die Zentrale eines Maahk-Schlachtschiffes, doch der Raum war viel größer und verfügte über zwei umlaufende Galerien. Gruppenförmig angeordnete Pulte ließen strategische Zuordnungen erkennen. Zwei Holokugeln schwebten zwischen den Plätzen, bildeten aber nur graue Schlieren ab.

Auf den Galerien hantierten einige wenige Maahks. Begleitet von einem prasselnden Stakkato spannte sich ein Lichtbogen zwischen den Ebenen. Eine grelle, durchdringende Helligkeit überschüttete die Halle, dann trat erneut Stille ein.

»Perry Rhodan«, erklang eine befehlsgewohnte Stimme. Ihren Ursprung konnte der Terraner nicht erkennen.

»Position feststellen!«, forderte er den Pikosyn seines Raumanzugs auf.

»Uns war nicht bekannt, dass ein terranisches Schiff mit hochrangigen Personen in Andromeda weilt«, fuhr die Stimme fort. »Dein Raumer ist unbefugt in geschütztes Territorium eingedrungen …«

Rhodan lachte leise. »Wenn die Maahks sich verbergen, mach keinem Terraner den Vorwurf, widerrechtlich in ein unbewohntes System eingeflogen zu sein. Sollten wirklich unsere Kontaktbemühungen überhört worden sein? Ich bin überzeugt, dass Maahks sich keinen solchen Fehler erlauben.«

Auf der Helminnenseite wurde eine Markierung sichtbar.

Die Systeme des Galornenanzugs hatten den Ausgangspunkt der Schallwellen ebenso angemessen wie ihre Reflexion. Das Ergebnis war eine auf wenige Zentimeter genaue Position des Sprechers. Zudem bildete der Pikosyn eine detaillierte Struktur ab: ein Maahk, größer als der Durchschnitt, mit muskulösem Brustkorb. In der Rechten hielt er einen klobigen Strahler, möglicherweise eine Kombiwaffe. Die Mündung zeigte zu Boden.

Dass er sich im Schutz eines unsichtbar machenden Deflektorfeldes bewegte, half ihm in dem Fall wenig. Perry Rhodan wandte sich in die Richtung, die das Display signalisierte.

»Der Strahler ist überflüssig, Grek-1«, sagte er. »Verbündeten tritt man offen gegenüber. Ich selbst bin unbewaffnet, davon konntest du dich ausgiebig überzeugen.« Er nahm an, dass ihm der Kommandant von Kepekin-II gegenüberstand. Alles andere wäre inzwischen unlogisch gewesen.

Tatsächlich schaltete sein Gegenüber den Deflektor aus. Mit einer knappen Geste bedeutete er Rhodan, sich zu setzen, und ließ sich ebenfalls in einen der wuchtigen Sessel sinken.

»Du hast viel riskiert«, begann er übergangslos. »Wir hätten dein Schiff mühelos vernichten können.«

»Das Schweigen von Kepekin zwang mich dazu, das Risiko einzugehen«, antwortete Rhodan. »Die Maahks sind gute und faire Kämpfer. Sie töten niemanden, der sich nicht zur Wehr setzt.«

Grek-1 schaute ihn unverwandt an. Perry Rhodan gewann den Eindruck, dass der Kommandant nachdachte.

»Wir konnten dich eindeutig identifizieren, Terraner ... deine Individualschwingungen, den Zellaktivator und auch den Raumanzug aus galornischer Fertigung. Wären nicht alle Zweifel ausgeräumt worden, hättest du die Untersuchungen nicht überlebt. Das gilt ebenso für dein Schiff und seine Besatzung.«

»Was ist mit Grek-665 1/2? Ich hatte erwartet, ihn hier vorzufinden.«

Der Kommandant vollführte eine geringschätzige Handbewegung. »Grek-665 ist ein Verrückter. Wer versucht, den geraden Weg der Logik zu verlassen, um sich in den Niederungen von Gefühlen zu verirren, kann nur wahnsinnig sein. Ich hätte ihn töten sollen, als er aus dem Ei kroch.«

Perry Rhodan reagierte überrascht. Wenn er richtig verstanden hatte, waren Grek-1 und der CyberMaahk möglicherweise Geschwister. Damit hatte er allerdings nicht gerechnet.

»Sein Gelege bestand nur aus fünf Eiern«, erläuterte der Kommandant. »Grek-665 war der letzte, der die Schale durchstieß, mit langem zeitlichem Abstand. Ich wurde von denselben Eltern gezeugt, jedoch fünf Geburtsvorgänge eher. Grek-665 hat mir berichtet, was die Terraner bewegt. Du kannst uns nicht viel bieten, Perry Rhodan. Nur dein kleines Schiff, dem der Rückweg in die Milchstraße verwehrt ist. Berichtige mich, sofern ich falsch informiert wurde.«

Er hatte nicht erwartet, von den Methanatmern sofort mit einer Viertelmillion Kriegsschiffen unterstützt zu werden, diese Anmaßung lag ihm fern. Aber die unterschwellige Ablehnung, die ihm entgegenschlug, störte ihn.

»Andromeda erlebt eine Invasion, die nicht auf herkömmliche Weise abzuwehren sein wird«, sagte Rhodan ungewöhnlich scharf. »Sogar in Friedenszeiten haben die Maahks immer einen hohen Anteil ihrer industriellen Produktion in die Verteidigung gesteckt. Und das auf breiter Basis. Dieser Aufwand an Kapital und Ressourcen wäre emotional denkenden Völkern ohne eine konkrete Kriegsgefahr, wie sie sich jetzt abzeichnet, nie vermittelbar gewesen.«

Er räusperte sich. »Ich will gegen die Kastuns antreten, aber das kann ich nicht, wenn sich das Volk der Maahks gegen mich stellt oder mich gar als Eindringling ansieht. Ihr habt hoffentlich nicht vergessen, wem die Befreiung von der Unterdrückung der Meister der Insel zu verdanken ist.«

»Jeder Maahk kennt die Namen der Terraner, denen unser Volk die Freiheit verdankt. Ich akzeptiere deine Begründung bis zu einem gewissen Grad. Aber«, schränkte Grek-1 ein, »die Verdienste der Vergangenheit sind heute wertlos. Du hast deine Überlegenheit vor zweitausendfünfhundert Jahren deiner Zeitrechnung bewiesen. Das ist sehr lange her.«

»Dann gib mir Gelegenheit zu beweisen, dass die Erfahrung ein guter Feldherr ist. Grek-1, worauf warten die Maahks auf

Kepekin? Weißt du, wie zahlreich die Kastun-Kriegsschiffe sind und welche unbekannte Macht hinter ihnen steht? Du musst handeln, willst du nicht am Ende von den Angreifern überrollt werden. Ich sage dir, die Invasoren werden Kepekin finden.«

Der Maahk schwieg minutenlang. Schließlich wurde es Perry Rhodan zu dumm. Er erhob sich. »Du betrachtest unsere ohnehin kurze Unterredung als beendet? Ich bedauere, dass ich keinen kooperativen Partner gefunden habe. Aber nicht meine Heimat wird von den Kastuns bedroht. Noch nicht. Und nun lass mich bitte zu meinem Schiff zurückbringen.«

Der Kommandant von Kepekin blickte den Terraner durchdringend an. »Mit Ungeduld gewinnt man keine Schlachten, Terraner«, sagte er. »Das Volk der Maahks wird sich nicht unterwerfen. Wir wissen, dass der Gegner stark ist.« Er nahm einige Schaltungen vor, in deren Folge rundum Bildschirmgalerien aufflammten.

Die JOURNEE wurde sichtbar. Sie stand nach wie vor scheinbar unbeachtet auf dem Landefeld, schier erdrückt von der Masse der schwarzen Walzenraumer. Die Perspektiven zeigten deutlich, wie gering die Stärke der Terraner vor Ort einzuschätzen war. Die JOURNEE war nicht mehr als ein Beiboot, gemessen an den zwei Kilometer langen Schlachtschiffen. Mittlerweile wimmelte es dort von Lastengleitern, Antigravkränen und uniformierten Maahks, die Verladearbeiten liefen auf Hochtouren.

»Du hast mich noch nicht überzeugt, Terraner«, sagte der Maahk, »gleichwohl sehe ich die Notwendigkeit, alle Kräfte zu bündeln. Ich bin entschlossen, deine Aktionen mit den zweieinhalbtausend Schlachtschiffen von Kepekin zu unterstützen, sollte es dafür eine logische Begründung geben. Aber nun geh! Dein Schiff ist unmittelbar neben meinem Flaggschiff gelandet.«

Perry Rhodan zeigte sich keineswegs überrascht. »Ich hatte so etwas angenommen«, sagte er.

Er wartete auf neue Informationen. Von der JOURNEE gestartete Sonden lieferten von allen Raumhäfen ähnliche Bilder:

Lastenkonvois ohne Ende, die ihre brisante Fracht in den unersättlichen Leibern der Schlachtschiffe ablieferten. Auf vielen Walzen waren inzwischen die Beladevorgänge abgeschlossen, sie wirkten im Schein der hoch stehenden Sonne wieder unberührt.

An Bord des Spürkreuzers brannte die Nachtbeleuchtung. Zumindest nach Bordzeit hatte vor drei Stunden der 23. März begonnen. In der Zentrale tat nur eine Mindestbesatzung Dienst, mit Zwischenfällen war nicht zu rechnen.

Zur Einsichtnahme für alle hatte Perry Rhodan einen kurzen Bericht auf Bordbuch gespeichert und sich anschließend in die Wissenschaftliche Abteilung auf Deck 15 begeben.

Bi Natham Sariocc und Tess Qumisha arbeiteten unter Hochdruck an dem Material, das sie über die Zeitbarriere gewonnen hatten. Außer ihnen waren nur noch drei Physiker in den weitläufigen Labors.

Tess wirkte übernächtigt und war es auch. Wiederholt fuhr sie sich mit beiden Händen durch das ohnehin struppige Haar. Ihr Eyeliner-Make-up war längst verwischt. Das Weiße in ihren Augen erschien übermäßig gerötet, die geplatzten Adern waren schwer zu übersehen. Perry Rhodan schätzte, dass Tess seit mehr als 26 Stunden nicht geschlafen hatte.

»Wir haben die anderen in die Betten geschickt«, berichtete sie schwach. »Den meisten fielen während der Analysen die Augen zu.«

»Das gleich wollte ich euch gerade vorschlagen«, sagte Rhodan.

Tess stieß ein kurzes Lachen aus. Ein Hauch von Ärger schwang darin mit. »Männer«, seufzte sie schwach. »Benjameen wollte mich auch schon ins Bett bekommen. Ich weiß nicht, was plötzlich in ihn gefahren ist, er …«

»Ja?«, fragte Perry Rhodan, als die Hyperphysikerin wieder schwieg.

Tess rieb sich die Augen und wandte sich wieder den vom Syntron projizierten endlosen Formelkolonnen zu. »Benjameen soll allein schlafen«, ächzte sie und schnappte nach Luft. »Wie stellt er sich das eigentlich vor?« Ein gequältes Seufzen folgte, dann löschte Tess hastig eine der Formelkolonnen.

Zwischen den beiden herrscht dicke Luft, signalisierte Sariocсs Blick.

»Gibt es Fortschritte?«, wandte sich Rhodan an den drahtigen, nur 1,62 Meter großen Mann.

Auch Bi Natham Sariocc trieb Raubbau mit seiner Gesundheit. Tiefe Schatten hatten sich in sein ohnehin hageres Gesicht eingegraben. Er blinzelte, als er von seinen Notizen aufsah, und hatte Mühe, sich auf Rhodan zu konzentrieren. Ausgiebig begann er, die Augenwinkel zu massieren.

»Fortschritte?«, wiederholte er, als versuche er zu verstehen, was der Expeditionsleiter von ihm wollte. »Neue Messdaten fehlen«, fügte er nach fast einer Minute beklemmenden Schweigens hinzu. »Die optischen Effekte treten erst unmittelbar an der Barriere auf. Bis sie von Kepekin aus zu beobachten sein werden, vergehen Jahrtausende. Wir sollten nicht so lange warten.«

Ein Seitenblick galt Tess. Sie war inzwischen in ihrem Sessel nach vorn gesunken, hatte die Arme auf die Arbeitsplatte gelegt und den Kopf darin vergraben. Ihre gleichmäßigen Atemzüge verrieten, dass sie eingeschlafen war.

»Tess ruht in Buddhas Armen.« Bi Natham Sariocc flüsterte nur noch. »Ich glaube, sie träumt von Anfang und Ende des Kosmos'.«

Rhodan fragte nicht, woher der Hyperphysiker diese etwas sonderbare Kenntnis bezog. Nichts lag ihm ferner als eine Diskussion über Wiedergeburt. Sariocc war überzeugter Buddhist und hatte mehrfach behauptet, die Aktivatorträger stünden ihrer eigenen geistiges Weiterentwicklung im Weg. Ohne Tod keine Wiedergeburt, kein Heranreifen in immer neuen Schicksalen auf dem Weg zum Nirwana.

Eine möglicherweise in kosmischen Maßstäben zu messende Macht hatte Andromeda abgeriegelt und in einen beschleunigten Zeitablauf versetzt. Während innerhalb der Barriere Tage vergingen, waren es jenseits nur Stunden. Mit unerschütterlicher Ruhe hatte Sariocc diese Feststellung getroffen und sie weitgehend belegt. Seitdem bewegte ihn die Frage, wie dem Phänomen beizukommen sei.

Auch Forschungsschiffe der Tefroder hatten die Natur der

Zeitbarriere zu erkunden versucht. Viele Schiffe waren Angriffen der Kastuns zum Opfer gefallen, deren Besatzungen solche Aktivitäten überhaupt nicht schätzten.

»Wie wäre es, wenn wir unser Material an die Maahks weitergeben?«, fragte der Hyperphysiker unvermittelt.

»Genau das wollte ich mit dir und …« – Rhodan bedachte die Schlafende mit einem Seitenblick – »… Tess besprechen.«

»Ich ahnte, dass du deswegen hier bist.« Sariocc murmelte ein knappes Kommando, woraufhin ein nur wenige Zentimeter messender, irisierender Memowürfel aus seiner Konsole empor schwebte. »Alle Daten sind darauf gespeichert. Die Wissenschaftler der Maahks werden sie lesen können. Ich denke, damit ist alles gesagt.« Mit einer knappen Geste reduzierte er die Beleuchtung in diesem Bereich des Labors auf ein Minimum. Tess wachte auch jetzt nicht auf.

»Sie hat eine Ruhepause verdient«, raunte Sariocc.

Im Aufstehen nahm er zwei Räucherstäbchen aus einem kleinen Behälter, legte die Handflächen vor der Brust zusammen und verneigte sich in Richtung des aufleuchtenden Hologramms des stehenden Buddha, der ihm Schutz gewährend die erhobene rechte Hand entgegen streckte.

Leise murmelte Bi Natham Sariocc: »Freundschaft mit allen Kreaturen, Ergötzung an den Fähigkeiten der Gerechten, Mitleid mit Leidbefallenen, Gleichmut gegenüber jenen, die mir nicht wohl gesonnen sind. Möge meine Seele diese Normen für alle Zeit in sich bewahren!«

Perry Rhodan verließ die JOURNEE noch einmal, um Grek-1 aufzusuchen, wurde aber mit dem Hinweis abgewiesen, dass der Kommandant von Kepekin vor kurzem das Flaggschiff verlassen hatte, um die Werften zu inspizieren.

Den Memowürfel händigte er dennoch der Schleusenwache aus, mit dem Auftrag, ihn umgehend an Grek-1 weiterzuleiten.

Er fühlte sich nicht brüskiert, dazu war er inzwischen zu müde. Obwohl Stunden vergangen waren, stand der blauweiße, verwaschene Fleck der Sonne dem Zenit noch näher als dem Horizont. In der Ferne war die Wolkendecke einen Spalt weit aufgerissen und ließ Sonnenstrahlen zur Oberfläche durchdringen. Zum erstenmal bekam Rhodan die Ahnung einer Tierwelt auf Kepekin-II; Dutzende irisierender Schemen zogen unter dem brodelnden Dunst weite Kreise. Sie schienen riesig zu sein, tropfenförmige Wesen, die begierig das Sonnenlicht aufsogen.

Noch während der Terraner, halb unter dem Rumpf der JOURNEE stehend, das Schauspiel verfolgte, erloschen die Sonnenstrahlen. Die eben gleißende Helligkeit – in der dichten Atmosphäre hatte sie ein deutliches Flirren erzeugt – wich von einer Sekunde zur nächsten dem gewohnt trüben Schimmer.

Die Korridore des Kreuzers lagen verlassen da. Die nur 75 Personen zählende Besatzung verlor sich in den Weiten der 100-Meter-Kugel. Wer nicht gerade den Zentralebereich, den Wissenschaftlichen Trakt oder die Maschinenräume aufsuchte, konnte sich wie Robinson auf seiner Insel fühlen.

Es war kurz nach fünf Uhr morgens Bordzeit, als Perry Rhodan endlich seine Kabine auf dem Kommandodeck betrat, um sich zwei oder drei Stunden Schlaf zu gönnen. Obwohl er den blauen Galornenanzug ebenso wie einen terranischen SERUN problemlos wochenlang tragen konnte, weil auf größtmöglichen Komfort geachtet worden war, fiel ein kurzer Schlaf ohne das schützende Drumherum mitunter erholsamer aus.

Schwerelos dämmerte Rhodan auf dem Antigravbett vor sich hin. Die Hände hatte er unter dem Nacken verschränkt. Er hatte darauf verzichtet, ein Hologramm zu aktivieren, das die Müdigkeit verstärkte. Auch eine Einschaltung in die Direktbeobachtung des Kreuzers unterblieb.

Er dachte an gar nichts, ließ einfach nur die Seele baumeln. Einige Minuten Freiheit, losgelöst von allen selbst auferlegten Verpflichtungen, mehr wollte er nicht. Selbst ein Unsterblicher brauchte hin und wieder das Gefühl, sich in das Schneckenhaus des eigenen Ich zurückziehen zu können.

Perry Rhodan spürte, wie eine wohlige Müdigkeit nach ihm griff.

Waren da nicht Schritte?

Im Halbschlaf lauschte er in die Dunkelheit, und eine sonderbare Erregung stieg in ihm auf. *Kiriaade!,* flüsterten seine Gedanken. *Bist du zurückgekehrt?*

Er glaubte zu spüren, dass ihn brennende Blicke taxierten.

»Licht!«, stieß er hervor und richtete sich auf.

Der Syntron hatte die Anwesenheit einer zweiten Person in der Kabine nicht registriert, andernfalls wäre die Beleuchtung automatisch auf den benötigten Wert hochgefahren worden. Dennoch war die Frau da.

Kiriaade stand keine zwei Schritte neben dem Bett. Ihre schwarzen, leicht schräg stehenden Augen nahm Rhodan zuerst wahr. Ein Hauch von Trauer lag in diesen Augen.

Kiriaades Schweigen bildete eine unüberwindbare Mauer zwischen ihnen. Aber auch Rhodan blieb stumm. Er nahm alles gleichzeitig in sich auf, ihre makellosen Züge, die aristokratische Nase und den vollen, sinnlichen Mund. Das halb transparente, bis zu den Knöcheln fallende Kleid verhüllte auch jetzt ihre Figur, obwohl Rhodan sich wünschte, sie mit all seinen Sinnen zu spüren.

Die eigenen Gedanken erschreckten ihn. Es war weder die Zeit noch der Ort, in Kiriaade mehr zu sehen als eine Hilfe suchende Frau.

Lächelte sie wissend?

»Wer bist du wirklich?«, stieß Rhodan hervor.

Der matte Schimmer ihrer Augen verriet Trauer … und Hilflosigkeit. Er glaubte, Tränen zu sehen, die Kiriaades Wangen nässten. Sie musste es nicht aussprechen, der Terraner spürte deutlich, dass sie an Kraft verlor. Die Befürchtung, dies könnte ihr letzter Besuch sein, erschreckte ihn. »Bleib!«, wollte er rufen, doch seine Kehle war zu rau, die Zunge klebte wie ein Fremdkörper am Gaumen.

Wenn er wirklich Hilfe bringen wollte, durfte er nicht lange zögern – das war ihre stumme Botschaft.

Perry Rhodan schwang sich endlich von der Liege. »Wo finde ich dich? Für wen sprichst du?«

Ihr Schweigen erschreckte. Er sah, dass tatsächlich Tränen aus ihren Augenwinkeln quollen und glänzende Spuren über die Wangen zogen.

Zwei Schritte nur … Die Erscheinung verblasste, bevor er sie erreichte und in den Arm schließen konnte. Perry glaubte, ein verwehendes, klagendes Seufzen zu vernehmen, einen Laut wie den Ruf aus Tausenden Kehlen gleichzeitig.

Dann war er wieder allein, und die Einsamkeit sprang ihn an wie ein gieriges Raubtier. Sie riss ihm tiefere Wunden als je zuvor.

Was seinen Blick auf den Boden lenkte, vermochte er nicht zu sagen. Zwei Flecke zeichneten sich matt ab. Er ließ sich in die Hocke nieder, wischte mit den Fingerspitzen darüber und spürte eine klebrige Nässe.

Tränen …

War Kiriaade eben wirklich bei ihm gewesen, körperlich und nicht nur als holografische Projektion?

An Schlaf dachte Perry Rhodan nicht mehr. Eine Zeit lang brütete er über den Sternkarten. Tefrod lag von Kepekin 43 040 Lichtjahre entfernt, das entsprach einer Flugzeit von siebeneinhalb Stunden. Andererseits betrug die Entfernung zur Zeitbarriere wenig mehr als die Hälfte dieser Strecke.

Von den Tefrodern durfte er sich nach dem Fall des Tefa-Systems kaum nennenswerte Unterstützung erhoffen. Ihre verstreuten Flotten gemeinsam in den Kampf zu führen, wäre, wenn überhaupt, nur dem Virth von Tefrod möglich gewesen. Aber dessen Schicksal war ungewiss. Rhodan hoffte, dass der Virth den Weg in den Untergrund gefunden hatte, aber als bewiesen konnte er das nicht annehmen. Ob die Regionalparlamente der besiedelten Welten angesichts der hereinbrechenden Katastrophe schnell genug eine gemeinsame Lösung herbeiführen konnten, erschien mehr als fraglich.

Und die Maahks waren noch nicht bereit, die uneingeschränkte Notwendigkeit eines gemeinsamen Kampfes einzusehen. Drängen ließen sie sich schon gar nicht. So unverständlich es klang, Rhodan glaubte, dass es erst einer größeren Katastrophe bedurfte, die Methanatmer aufzurütteln.

Und die JOURNEE allein … Es war reine Zeitverschwendung, darüber nachzudenken.

Benjameen da Jacinta betrat die Zentrale. Er blieb neben

Rhodan stehen und betrachtete die eingeblendeten Karten. »Du suchst nach einem Weg, die Zeitbarriere zu überwinden«, vermutete er spontan. »Angenommen, es gäbe diesen Weg und wir könnten Kontingente der Heimatflotte verlegen ... wie weit willst du die Milchstraße entblößen? Für Arkon wäre das ein gefundenes Fressen, und die Truppen des Reiches Tradom ...«

»Probleme gibt es überall. Ich frage mich, ob unsere Paradim-Jäger helfen könnten ... trotz ihrer geringen Reichweite.«

Der Zeroträumer runzelte die Stirn. »Die Schnelligkeit der Jäger gegen die Durchschlagskraft der gegnerischen Intervallkanonen?« Abrupt wechselte er das Thema: »Ich vermisse Tess, ihr Bett ist unberührt. Weißt du ...?«

»Sie hat die Nacht in der Wissenschaftlichen Abteilung verbracht«, antwortete der Terraner.

Ein Hauch von Enttäuschung zeichnete sich in Benjameens Gesicht ab, doch Rhodan wollte nicht fragen, was vorgefallen war. »Ruf sie einfach an, sie freut sich bestimmt.«

Der Arkonide schüttelte den Kopf. »Ich vermute, dass Tess über physikalischen Problemen brütet.«

Auf dem Monitor der Außenbeobachtung war ein Maahk zu sehen, der sich mit ausgreifenden Schritten dem Kreuzer näherte.

»Mit dem Hemd fällt er überall auf.« Ein beinahe jungenhaftes Grinsen erschien auf Benjameens Zügen.

Perry Rhodan veranlasste, dass Grek-665 1/2 in die Zentrale geleitet wurde. Minuten später standen sie sich wieder gegenüber.

»Ich freue mich, an Bord zu sein«, begann der CyberMaahk. »Wir werden nun über längere Zeit miteinander zu tun haben.«

»Wie soll ich das verstehen?«

Grek-665 1/2 klopfte sich mit beiden Händen auf die Brust. »Ich wurde von Grek-1 als Verbindungsmann zu den Terranern abkommandiert. Das versetzt mich in die Lage, meine Studien fortzuführen.«

»Warum hast du uns verschwiegen, dass der Kommandant von Kepekin dein Bruder ist?«

Grek-665 1/2 entblößte die Zähne. »Es ist nicht bedeutungsvoll. Fünf Gelege Abstand erlauben keine familiäre Bindung, wie die Menschen es nennen würden. Grek-1 bevorzugt mich in keiner Weise.«

»Das klingt enttäuscht«, wandte da Jacinta ein.

»Dem Kommandanten missfällt mein Anders-Sein. Emotionen sind für ihn unvorstellbar.« Der Maahk vollführte eine abwehrende Bewegung. »Ich soll dir mitteilen, Perry Rhodan, dass das Material über die Zeitbarriere nach Ban56-N weitergeleitet wurde. Auf dieser Welt hat sich die Elite unserer Forscher zusammengefunden.«

»Es ist vermutlich sinnlos, nach den Koordinaten von Ban56-N zu fragen«, argwöhnte der Terraner nach einem Kontrollblick in die Sternkarten. Ein Sonnensystem oder eine Welt dieses Namens war nicht verzeichnet.

»Die Position ist geheim«, bestätigte der Maahk. »Ich kenne sie ebenso wenig.«

»Aber du weißt inzwischen, was auf Kepekin geschieht? Grek-1 rüstet zweitausendfünfhundert Schwere Schlachtschiffe nicht nur aus, um sie in Bereitschaft zu halten. Plant er einen Schlag gegen die Invasoren?«

»Der Kommandant handelt niemals ohne Ziel«, bestätigte Grek-665 1/2, »aber er wird niemanden in seine Pläne einweihen. Nicht, wenn er keine unbedingte Notwendigkeit oder einen Nutzen darin sieht.«

Perry Rhodan hatte seinen Entschluss schon gefasst, als Kiriaade zum letzten Mal erschienen war. »Das heißt, wir vergeuden auf Kepekin-II Zeit, die wir nutzbringender verwenden könnten.«

Konsterniert klopfte der Maahk gegen das Brustteil seines Raumanzugs. »Grek-1 hat deine Reaktion vorhergesehen, obwohl sie emotionell ist. Er erteilt dir Starterlaubnis mit der Auflage, den Kreuzer durch Zündung aller Munitionsvorräte zu vernichten, sollte sich eine ernsthafte Bedrohung durch die Invasoren ergeben.«

»Nett«, kommentierte Benjameen. »Es wundert mich doch immer von neuem, wie besorgt Militärs sein können.«

Grek-665 1/2 verstand die Doppeldeutigkeit des Gesagten

nicht. »Der Kommandant sorgt sich um die Sicherheit des Kepekin-Systems«, stellte er unumwunden fest.

»Unter diesen Umständen steht es dir natürlich frei, die JOURNEE zu verlassen.«

Für seinen Vorschlag erntete Perry Rhodan einen undefinierbaren Blick. »Ich bleibe!«, sagte der Maahk in einem Tonfall, der ahnen ließ, dass er den Kreuzer freiwillig nicht mehr verlassen würde.

Kapitel 12

Logbuch Spürkreuzer JOURNEE, offizielle Kennung LE-KR 60, Texteintrag vom 23. März, 14:20:07 Bordzeit; Expeditionsleiter Perry Rhodan

»Wir haben das Kepekin-System verlassen und gehen in fünf Minuten in den Überlichtflug. Ich will mich später nicht dem Vorwurf aussetzen, eine Chance, und sei sie noch so gering gewesen, nicht genutzt zu haben. Deshalb gebe ich den Hyperphysikern Gelegenheit, weitere Daten über die Zeitbarriere zu sammeln. Gerade dieses undurchdringliche Feld lässt mich an einen großen kosmischen Gegner glauben. Wir werden die Wahrheit herausfinden.

Die Ortungen bleiben stumm. Noch scheinen die Schiffe der Invasoren den Sektor von Kepekin als unbedeutend anzusehen, wohingegen die Zahl der Notrufe aus anderen Spiralarmen ansteigt. Alle Wahrscheinlichkeitsberechnungen bestätigen die Befürchtung, dass der Schiffsverkehr in Andromeda systematisch unterbunden wird. Wenn die großen Sonnensysteme vom Nachschub abgeschnitten werden, fallen auch sie den Kastun-Kriegsschiffen als leichte Beute zu.

Anmerkung für die Personendatei: Grek-665 1/2 hat nach dem Start von Kepekin-II um Aufnahme in die Besatzung ersucht. Er bezeichnet dies wörtlich als seinen größten Wunsch. Eine Entscheidung diesbezüglich wurde nicht gefällt.«

Logbuch Spürkreuzer JOURNEE
Texteintrag vom 23. März, 21:10:16 Bordzeit;
Expeditionsleiter Perry Rhodan

»Das Schiff befindet sich erneut im Hyperraum. Wir haben Schäden erlitten, die den Ausfall der Schirmfeldprojektoren bewirkten. Die Technikerteams arbeiten unter Hochdruck daran, unseren Schutz wiederherzustellen. Wir müssen darauf vertrauen, dass sie es schaffen.

Vorübergehend entstand der Eindruck, als würden uns erstmals Kriegsschiffe des Gegners durch den Hyperraum folgen. Kurs und Geschwindigkeit entsprachen den Daten der JOURNEE. Vor zwei Minuten sind die Kastuns jedoch aus dem Erfassungsbereich des Hyperraumspürers verschwunden. Wir können nur hoffen, dass es sich um einen einmaligen Zufall gehandelt hat, nicht um eine gezielte Aktion.

Kein Zufall kann die Massierung feindlicher Kräfte im Bereich der Barriere sein. Die Versuchsreihen von Bi Natham Sariocc mussten nach weniger als zwei Stunden abgebrochen werden. Hochrechnungen der jeweiligen Kursvektoren der gegnerischen Schiffe haben inzwischen ergeben, dass ihr Angriff auf uns gezielt erfolgte.

Verlustmeldung: Zwei überlichtschnelle Sonden für Messung n-dimensionaler Verschiebungen.«

Rücksturz der JOURNEE nach einer Distanz von 34700 Lichtjahren. Die neue Position liegt hoch über der Hauptebene im Bereich mehrerer kleiner Kugelsternhaufen. An Bord schreibt man 03:15 Uhr des 24. März.

Der Zusammenbruch der Schutzschirme während des Gefechts mit den Kastuns in Verbindung mit der Not-Projektion des Metagrav-Vortex für den Hyperraum-Eintritt war mit erhöhtem Energieausstoß verbunden. Die Gravitraf-Speicher des Schiffes sind zu gut zwei Drittel geleert, ein Umstand, der allein von den Schwarzschild-Reaktoren in angemessener Zeit nicht ausgeglichen werden kann. Perry Rhodan entscheidet deshalb, die Speicher neu zu beschicken.

Der zehn Meter durchmessende, pilzhutähnliche Zapfpol

greift auf die hyperenergetischen Ausstrahlungen einer nur wenige Lichtstunden entfernten planetenlosen Sonne zu. Zugleich wird der interne, besser gegen Ortung abgeschirmte Hypertrop-Zapfer in Betrieb genommen, der unmittelbar auf den Hyperraum zugreift.

Währenddessen arbeiten die Techniker an der Wiederherstellung der Schirmfelder. Die Fünffachstaffel des Hochenergie-Überlastungsschirms baut sich auf, springt beinahe auf die Schiffshülle über – und wird stabilisiert.

»Wie steht es mit dem Paratron?«

»Nicht während der nächsten zwanzig Minuten.«

»Gravitraf-Speicher?«

»Füllanzeige fünfundsiebzig Prozent.«

Perry Rhodan nickt verbissen. Er weiß, dass man das Glück nicht zu oft herausfordern darf.

»Virtuellbildner auf maximale Reichweite!«

»Ist justiert. Optimale Leistungsabgabe.«

»Transformkanonen?«

»Zielerfassung syntrongesteuert. Ortungsbild der Kastun-Kriegsschiffe als Feuerfreigabe ab Wirkungsdistanz. Überladungs-Gravitraf-Bomben je eintausend Gigatonnen.«

Rhodans Unruhe wächst. Er ertappt sich dabei, dass er fast nur noch den Fernortungen Aufmerksamkeit widmet.

»Zapfvorgang abbrechen!«, befiehlt er.

Auf dem Holo des Interkoms ist deutlich zu sehen, dass Bruno Thomkin, Leiter der Technik, die Stirn in Falten legt. »Wir brauchen noch fünf Minuten ...«

»Die haben wir nicht mehr.«

Keiner widerspricht. Die Crew kennt die Gefahr. Der Zapfstrahl zur nahen Sonne erlischt, der Pol des Hypertrons gleitet langsam in seine Ausgangsposition zurück.

Kaum Restfahrt. Das Haupttriebwerk arbeitet erst mit halber Leistung – 660 Kilometer pro Sekundenquadrat beschleunigen die JOURNEE bis zum Aufbau des Metagrav-Vortex und der Grigoroff-Schicht.

Rhodans Blick frisst sich an der Anzeige des Chronometers fest. Er weiß, dass ihn seine Ahnung nicht trügt. Es dauert nicht mehr lange, dann wird der Spürkreuzer zum meistgejagten Wild in Andromeda werden. Er fürchtet diesen Augenblick, und er gesteht sich diese Furcht auch ein. Dabei geht es ihm nicht um das eigene Leben, auf sich selbst hat er nie Rücksicht genommen.

Die Ortung zeichnet.

Sechs Kastun-Kriegsschiffe im Anflug. Nacheinander materialisieren sie in großen räumlichen Abständen. Im zentralen Hologlobus erscheinen die Kursvektoren in eindeutiger Darstellung. Die Invasoren fliegen auf Abfangkurs, riskieren eine vernichtende Kollision, um den Kugelraumer am Eintritt in den Überlichtflug zu hindern.

Noch 15 Sekunden …

Impulsstrahlen rasen durch den Raum. Es sind Warnschüsse, dicht vor der JOURNEE, die zum Bremsmanöver auffordern.

Zehn Sekunden …

Neun …

Die Umzingelung der Kastuns schließt sich. Zim November hat den Platz des Piloten eingenommen und die SERT-Steuerung aktiviert.

Schwerer Thermo-, Impuls- und Desintegratorbeschuss lässt die äußeren HÜ-Schirme zusammenbrechen. Zeitgleich reißt der Emotionaut das Schiff so hart herum, dass Material und Maschinen bis zum Äußersten beansprucht werden. Das Wimmern der Absorber vermischt sich mit dem Aufheulen des Intern-Alarms. Kaum eine Station zeigt Grünwerte, rot flackernde Skalen beherrschen das Bild.

Noch drei Sekunden … Belastungsanzeige der Andruckneutralisatoren bei 114 Prozent, steigend. Ein tröstlicher Gedanke: Sobald die auf das Schiff einwirkenden Gewalten durchschlagen, kommt der Tod schnell.

Die Zeit scheint stillzustehen. Ein endlos langer Augenblick, bis die Anzeige erneut umspringt.

Zwei Sekunden …

Alles geschieht in dieser kurzen Spanne zwischen Bangen und Hoffen gleichzeitig. Zwei Abbilder der JOURNEE verwehen im Wirkungsfeld gegnerischer Intervallschüsse und lassen die Projektion des Virtuellbildners offenbar werden. Der Spürkreuzer feuert seine Transformgeschütze ab, legt eine Kette neu aufflammender Sonnen zwischen sich und die am nächsten stehenden Kastuns.

Dann der Übergang durch den Metagrav-Vortex. In die Grigoroff-Schicht gehüllt, rast das Schiff bezugslos durch den Hyperraum.

Die Erleichterung hält nur wenige Augenblicke an. Sie haben wieder überlebt, doch auf Dauer werden sie sich den Invasoren nicht entziehen können. Niemand zweifelt daran, dass bald alle Kastuns nach den Ortungsdaten ihres 100-Meter-Kreuzers Ausschau halten werden.

»Schadensmeldungen?«, fragt die Kommandantin. Noch sind die roten Warnanzeigen Legion.

Logbuch Spürkreuzer JOURNEE
Texteintrag vom 24. März, 22:25:00 Bordzeit;
stellvertretender Expeditionsleiter Benjameen da Jacinta

»Die Reparaturarbeiten wurden vor einer Stunde abgeschlossen, die Tests verlaufen zufriedenstellend. Paratron- und HÜ-Schirme können wieder in Staffelkonfiguration mit gegenläufigem Vektor aufgebaut werden. Eine vorsorgliche Überprüfung der Andruckneutralisatoren ergab keine nachweisbaren Schäden.

Vorerst behalten wir unser Versteck im Sternentstehungsgebiet bei. Einige Dutzend Lichtjahre durchmisst die Wolke aus Gas und Staub. *Kaktus* haben wir sie genannt, ihrer Lichtmonate langen stachelförmigen Auswüchse wegen. In einer dieser Säulen haben wir Schutz gefunden; ihre nach innen kontinuierlich abnehmende Materiedichte gleicht im Kernbereich dem interstellaren Medium. Junge Sonnen heizen die Materieschleier an und entfachen ein atemberaubendes Schauspiel, das eine Ortung weitgehend unterbindet. Unter wissenschaftlichen Aspekten würde sich die Erforschung dieses Phänomens lohnen, uns stellen sich jedoch andere Prioritäten.«

»Benjameen ...« Das Konterfei des Hyperphysikers Bi Natham Sariocc erschien in der Holo-Wiedergabe des Interkoms.

»Ich gehe davon aus, dass wir in Kürze den ›Stachel‹ verlassen werden ...«

Der Arkonide nickte knapp. Sariocсs fast schon phlegmatische Art reizte ihn im Moment – warum, wusste er selbst nicht. Vielleicht lag es einfach nur daran, dass Tess mehr Zeit mit dem kahlköpfigen Kollegen verbrachte als mit ihm, Benjameen. Dabei waren sie seit langem ein Paar, und ihre Liebe war über die Jahre hinweg zu einer schwer zu beschreibenden Vertrautheit geworden.

»Wir brauchen neue Messungen!«

Benjameen schreckte aus seinen Gedanken auf. Mühsam unterdrückte er ein Gähnen. Er fühlte sich ausgelaugt; das Versteckspiel war nicht nach seinen Vorstellungen. Dass Perry Rhodan eigentlich genauso dachte, wusste er.

»Was für Messungen?«, erkundigte er sich und suchte im Hintergrund des Holos nach Tess. Sie war unzufrieden und hatte sich auf eine Weise verändert, die er nicht nachvollziehen konnte.

»Tess hat sich in eure Kabine zurückgezogen«, sagte Sariocc. »Vor etwas mehr als zwei Stunden.«

»Ich hatte hier andere Probleme.« Benjameen wollte abwinken, als er den Faden wiederfand: »Also nochmals, Bi. Wir halten die Zeitbarriere mittlerweile für zu gefährlich. Risiko und zu erwartender Nutzen stehen nicht mehr in einem angemessenen Verhältnis zueinander.«

Sariocc lächelte auf eine stille und unnahbare Art, als wolle er im nächsten Moment von sich behaupten, alle Probleme gelöst zu haben.

»Darum geht es nicht«, sagte er schließlich.

»Sondern?«

Benjameen hasste solch bewusstes Hinauszögern. Warum musste Sariocc sich zuerst wie eine Schnecke in sich selbst zurückziehen und konnte nicht sofort sagen, worauf es ihm ankam?

»Ich benötige Datenreihen über die Kastuns.« Der Hyperphysiker lächelte so unergründlich wie die Buddha-Statue, deren Hologramm eine Wand in seiner Kabine zierte. Altterranisch, hatte Benjameen in Erfahrung gebracht, nachempfunden der im Original längst zerstörten goldenen Buddhastatue aus Phitsanulok. Die Stadt dieses Namens gehörte zur irdischen Provinz Thailand und lag knapp 100 Kilometer nördlich des großen Handelsraumhafens der Metropole Bangkok.

»Die Kastuns …?« Benjameen da Jacinta konnte sich ein Kopfschütteln nicht verkneifen. »Die letzten Zusammenstöße mit den Kriegsschiffen sollten genügen. Die Stärke der JOURNEE liegt weniger im offensiven als im defensiven Bereich.«

»Gerade das ist es.«

»Sag, was du brauchst!«, forderte der Arkonide den Hyperphysiker unmissverständlich auf.

»Ich weiß es selbst nicht. Es ist so ein Gefühl, eine Ahnung, kaum mehr. Ich benötige Belastungsmessungen der gegnerischen Schirmfelder.«

»Ist das alles?«

Sariocc nickte zögernd. »Vielleicht hast du Recht. Wir sollten das Schicksal nicht herausfordern.«

»Was versprichst du dir davon?«

Bi Natham Sariocc setzte schon zu einer Antwort an, zog es dann aber doch vor zu schweigen. Er zögerte spürbar. »Ich weiß nicht«, murmelte er endlich. »Manchmal ist auch nur der Wunsch der Vater des Gedankens.«

Der Hyperphysiker unterbrach das Gespräch von sich aus und ließ einen leicht verwirrten stellvertretenden Expeditionsleiter zurück. Kurze Zeit später dachte Benjameen schon nicht mehr an die Unterhaltung: Die JOURNEE nahm endlich wieder Fahrt auf. Ein düsteres Farbenmeer tauchte die Zentrale in ein unwirkliches Licht, auf den Bildschirmen war zu sehen, wie Sonnenstrahlen die Materieballungen durchstießen. Wirbelnde Staubscheiben, aus denen in ferner Zukunft neue Planeten entstehen würden, streuten das Licht in ätherischen Farben.

Vielleicht, dachte Benjameen, *ist das ein gutes Omen.*

Aber das Universum hat eigene Gesetze. Leben verweht in Jahrmillionen, ohne Spuren zu hinterlassen – für die Sonnen ist all dies nur ein flüchtiger Augenblick.

Logbuch Spürkreuzer JOURNEE
Texteintrag vom 25. März, 00:48:18 Bordzeit;
Expeditionsleiter Perry Rhodan

»Wir haben zwei Tage verloren, ohne unserem Ziel näher gekommen zu sein. Die Zeit arbeitet für die Invasoren.

Bi Natham Sariocc bat mich, einen Angriff von Kastun-Raumern zu provozieren. Aufzeichnungen während des letzten Gefechts glaubt er entnehmen zu können, dass ihre Schutzschirme mit wechselnden Feldstärken arbeiten. Sariocc verlangt nicht mehr, aber auch nicht weniger, als dass wir mehrere Transformsalven auf ein gegnerisches Kriegsschiff abfeuern und zugleich alle Sensoren offen halten. Er vergisst, dass uns eine entsprechende Annäherung dem Wirkungsbereich der Intervallkanonen aussetzen würde.

Ich bin gezwungen, dieses Ansinnen abzulehnen, weil das Risiko für Schiff und Besatzung zu groß wäre.

Andererseits ist Sariocc nicht der Mann, der Illusionen nachjagt. Wir kehren früher als geplant nach Kepekin zurück. Ich werde versuchen, die Maahks für das Problem zu interessieren.«

Orientierungsaustritt. Die JOURNEE fällt in der Nähe einer erst vor wenigen Jahren explodierten Nova aus dem Hyperraum zurück. Auf den Schirmen zeichnet sich die abgestoßene Gashülle wie ein flammendes Monstrum ab. Sie expandiert noch immer, wird in Kürze ein benachbartes System erreichen und den Welten dort den Tod bringen … sofern die Strahlung nicht schon alles Leben ausgelöscht hat.

Keine Kastun-Kriegsschiffe in der Ortung. Die JOURNEE beschleunigt, Kurs auf Kepekin wird berechnet.

Grek-665 1/2 erscheint wieder in der Zentrale, nachdem er sich länger als einen halben Tag in seine Kabine zurückgezogen hat. Norman trottet hinter ihm her, den Rüssel hoch erhoben und ein heiseres Krächzen ausstoßend.

Unter dem Schott bückt sich der Maahk und schiebt den Klonelefanten mit beiden Händen zurück. »Verschwinde, du unmusikalische Kreatur!«, dröhnt es aus dem Helmlautsprecher. »Du wirst Mozart nie verstehen, also kannst du auch Lasky Baty nicht kennen lernen.«

Ein heiseres, klägliches Tröten. Benjameen da Jacinta wendet sich dem Schott zu, aber der Flügel schließt bereits. Auf dem Monitor der Außenüberwachung ist zu sehen, dass Norman den Rüssel einrollt und davontrottet.

»Er ist traurig«, stellt Benjameen fest. »Grek, was hast du mit ihm gemacht?«

Der Methanatmer grinst dieses zähnefletschende Grinsen, das sich zu seiner liebsten Gefühlsäußerung entwickelt. Eine gleichermaßen für Maahks wie Terraner unverständliche Grimasse. Sie scheint auf jede Regung anwendbar zu sein, was den Verdacht nahe legt, dass der LemurEmotio-Simulator so perfekt nicht sein kann.

»Ich habe Lasky Baty wirken lassen«, beteuert Grek-665 1/2 in einem Tonfall, als solle ihm der Prozess gemacht werden. »Die Cafeteria war erfüllt von einem Farbenmeer ...«

Perry Rhodan hustet unterdrückt.

»... wogende, getragene Klänge vermischten sich mit der Melodie des Sonnenwinds ...«

»Was für Farben?«, fragt Benjameen da Jacinta irritiert.

»Der Holoprojektor ...«, beginnt Grek-665 1/2, wird jedoch abermals unterbrochen, weil Benjameen feststellt, dass der Projektor weder auf Musik noch auf Geräusche reagiert.

»Jetzt schon«, sagt der CyberMaahk mit entwaffnender Offenheit. Jeder überhört das Eingeständnis seiner neuerlichen Manipulation.

»Norman ist dir einfach zugelaufen?«

»Er war begeistert von Lasky Baty. Nur Mozart hat ihn irgendwie verschreckt.«

Ein Grinsen steht in den meisten Gesichtern. So lange, bis Bruno Thomkin sagt: »Nun weiß ich wenigstens, was ich an logisch denkenden Maahks so schätze.« Dann können die Ersten ihr Lachen nicht mehr zurückhalten. Grek-665 1/2 stimmt darin ein, es ist ein stoßweises, grollendes Gelächter, obwohl er nicht versteht, was gemeint ist.

Mitten hinein platzt die Meldung von der Funkzentrale:

»Wir empfangen einen Notruf! Ein Raumschiff der Tefroder. Position ist das der Nova benachbarte System.«

»Was sagen die Fernortungen?«

»Zwei Raumschiffe. Das eine eindeutig ein Kugelraumer, die Charakteristika weisen es als 120-Meter-Raumer aus, ein schnelles Kurierschiff. Das andere ist gerade wieder in den Überlichtflug eingetreten.«

»Kein Kastun?«

»Ein bislang nicht erfasster Typ ... Augenblick! Es könnte eins dieser Kreuzschiffe gewesen sein, denen wir schon einmal begegnet sind.«

Als wir am Rand von Andromeda den Invasoren fast in die Falle gegangen wären, denkt Rhodan. Dennoch zögert er nicht einen Augenblick. »Wir helfen!«, entscheidet er. »Gefechtspositionen beibehalten!«

Wenige Millionen Kilometer entfernt trieb das Wrack der Sonne entgegen. Ein Kugelraumer mit äquatorialem Ringwulst, die typische Bauweise der Tefroder. Das andere Schiff war verschwunden, in den wenigen Minuten während des Anflugs der JOURNEE seinerseits in den Überlichtflug gegangen.

Das tefrodische Schiff würde innerhalb der nächsten fünf Tage in die Sonne stürzen.

Die Optiken holten das Wrack in allen Details heran. Schwere Hüllenbrüche zeichneten sich ab, Teile des Unterschiffs waren zu einem unentwirrbaren Konglomerat zusammengebacken. Ein düsteres Glimmen in den unteren Frachträumen verriet das langsame Voranschreiten eines Atombrands.

»Keine weitere Ortung«, meldete Cita Aringa.

Die harte Strahlung der Nova hatte ein solches Ausmaß erreicht, dass ungeschütztes Leben auf den Planeten nicht mehr existieren konnte. Die Frage stellte sich, weshalb ein Schiff der Tefroder dieses System angeflogen hatte. Zufall, auf der Flucht vor den Invasoren hierher verschlagen ... es gab viele Möglichkeiten.

Funkanrufe blieben unbeantwortet.

»Wir setzen mit der SPIRIT über«, entschied Perry Rhodan. »Die Space-Jet verfügt über LAURIN-Antiortungsschutz und hat für den Notfall eine Reichweite von fünfzigtausend Lichtjahren. Dies nur, falls Kastuns erscheinen. Die JOURNEE beschleunigt inzwischen auf Eintauchgeschwindigkeit. Damit bleiben die Risiken überschaubar.«

»Ich begleite dich«, stellte Grek-665 1/2 spontan fest. »Du kannst mich nicht daran hindern …«

»Wer sagt, dass ich das will?«, gab Rhodan überrascht zurück.

Der Bordarzt Mimo Serleach gehörte zwangsläufig zur Einsatzgruppe. Perry wählte außerdem die Allrounder Harrison Armouk und Phil Gonzales sowie die als Pilotin ausgebildete Biotechnikerin Hannah Snider.

Die SPIRIT war eine Spezialkonstruktion, ein flacher Diskusraumer mit 30 Metern Durchmesser bei einer Rumpfhöhe von nur sechs Metern. Seit langer Zeit war eine Space-Jet wieder mit Ringwulst konstruiert worden; in neun Verdickungen entlang des Äquators hatten die extrem leistungsfähigen Gravotron-Feldtriebwerke Platz gefunden, die in Kombination mit den NUG-Protonenstrahl-Triebwerken im eigens definierten »Heckbereich« eine Beschleunigung von 1200 Kilometer pro Sekundenquadrat ermöglichten.

Die SPIRIT, im Roll-On-Roll-Off-Hangar verankert, startete nur Minuten später. Schon bei der ersten Umrundung des Tefroder-Raumers stach eine offene Hangarschleuse im Oberschiff ins Auge. Die schweren Schäden waren eindeutig auf Intervallbeschuss zurückzuführen, und die Tefroder waren hier, in diesem System, von den Invasoren gestellt worden. Aus eigener Kraft hätte der Kugelraumer nicht einmal mehr ein Lichtjahr überwinden können.

»Das könnte eine Falle sein«, argwöhnte Grek-665 1/2.

»Unsere Gegner konnten nicht vorhersehen, wo die JOURNEE den Hyperraum verlässt«, widersprach Rhodan.

»Du hast Recht. Ich ließ mich eben von Gefühlen leiten.«

»Und ich versuche, logisch zu denken.«

Die SPIRIT schwebte in den Hangar ein. Die innere Luftschleuse war gewaltsam geöffnet worden, mit einer Sprengladung, die den Stahl halb verflüssigt hatte. Die Spuren waren deutlich zu erkennen.

Die Pilotin blieb an Bord der Space-Jet zurück, während die anderen tiefer in das Wrack eindrangen.

Das Schiff war nahezu ohne Energie. Auch in der äußerlich kaum in Mitleidenschaft gezogenen oberen Kugelhälfte hatten die Waffen der Angreifer ein Chaos hinterlassen. Geborstene Wände, herabgebrochene Decken und ausgeglühte Aggregate bestimmten das Bild.

Der Tod hat nie ein schönes Gesicht. Manchmal kommt er schnell und löscht Hunderte Leben in Bruchteilen einer Sekunde aus. Aber meist ist er qualvoll: Schiffbrüchige ersticken, weil ihr letzter Luftvorrat zur Neige geht, sie werden von harter Strahlung getötet oder sterben, weil der Sauerstoff in ihrem Blut zu kochen beginnt.

Grek-665 1/2 entdeckte Blut an einer Wand. Die Explosion eines Gravitrafspeichers hatte eine Spur der Verwüstung durch das Schiff gezogen, Stahlplatten wie Papier zerknüllt und Verstrebungen in tödliche Geschosse verwandelt.

Das Blut ließ erkennen, dass mehrere Besatzungsmitglieder von der herabbrechenden Decke erschlagen worden waren. Doch ihre sterblichen Hüllen fehlten.

»Da sind Schleifspuren«, stellte Mimo Serleach fest. »Die Toten wurden unter den Trümmern hervorgezogen.«

»Wer?«, fragte Gonzales. »Wer immer hier überlebt hat, hatte genug mit sich selbst zu tun.«

»Die Unbekannten aus der Ortung?«, wandte Phil Gonzales ein.

Rhodan schüttelte den Kopf. »Das ergibt keinen Sinn. Was wir in der Ortung hatten, war kein tefrodisches Schiff. Wer sonst fliegt ein Wrack an, um Leichen zu bergen?«

Sie versuchten, sich in die Zentrale vorzuarbeiten, doch sie kamen nur langsam voran. Mehrmals waren sie zur Umkehr gezwungen, weil sie ohne schwere Desintegratoren die Trümmer nicht beseitigen konnten.

Zum zweiten Mal stießen sie auf einen Hinweis, dass Opfer der Katastrophe abtransportiert worden waren. Und nur Minuten später fanden sie Weyhan. So lautete der Name auf seinem Raumanzug.

Weyhan kauerte vor dem zentralen Antigravschacht. Im

ersten Moment hielten sie ihn für tot – erst als er die Augen aufriss und sie anstarrte, als könne er nicht glauben, was er sah, erkannten sie seine Qual.

Ein armlanger, ausgezackter Stahlsplitter hatte seinen Raumanzug durchschlagen. Das aufquellende Material des Raumanzugs hatte das Leck abgedichtet und ein Entweichen der Atemluft verhindert, doch Blut und Erbrochenes verschmierten den Helm von innen.

»Wir müssen ihn abtransportieren.« Mimo Serleach kniete neben dem Verletzten und versuchte vergeblich, den Medoanschluss des Anzugs zu nutzen. Die Schäden waren umfassend; es grenzte an ein Wunder, dass die Sauerstoffversorgung noch funktionierte. »Erst an Bord habe ich die Möglichkeit, ihn zu stabilisieren.«

Weyhans Gesicht verzerrte sich. »Ich sterbe ...«, stieß er keuchend hervor, und das Sprechen bereitete ihm große Mühe. »Ich spüre es, aber ... verfluchte Kastuns.«

Sein Helmfunk war schwach, außerhalb des Wracks nicht mehr zu empfangen. Serleach beugte sich vor, bis die Helme sich berührten und den Schall übertrugen. »Du schaffst es«, stellte er fest. »Ich gebe dir ein Schmerzmittel.«

»Nein.«

»Wo sind die anderen? Wie viele von der Besatzung haben den Angriff überlebt?«

»Alle ... sind gestorben ... Ich habe sie gehört, ihre Schreie ...«

»Ruhig bleiben«, mahnte der Bordarzt, als Weyhan sich zitternd aufbäumte. »Wir bringen dich auf unser Schiff, dann suchen wir die anderen.«

»Sie sind weg.« Der Verletzte schrie die Worte schier hinaus. Er keuchte und krümmte sich.

»Wie, weg?«, wollte Perry Rhodan wissen.

»Die Fremden ... haben ihre Leichen ... geholt. Mich haben sie ... liegen gelassen, ich lebe ... ja noch.« Was immer er erlebt hatte, es musste schrecklich gewesen sein. Jäh bäumte er sich auf, begann um sich zu schlagen, als sehe er die Fremden wieder vor sich, und sank matt zurück, als Armouk und Gonzales ihn festzuhalten versuchten. Sein Gesicht war jetzt bleich wie der Tod, ein dünner Blutfaden sickerte zwischen den Lippen hervor und verteilte sich in der kaum nennenswerten Schwerkraft, die sein Raumanzug noch erzeugte. Im Wrack herrschte ohnehin Schwerelosigkeit.

»Kamen die Fremden von den Kastuns?«

»Andere … groß … gelb …«

Zitternd starb Weyhan. Erst im Tod wich der qualvolle Ausdruck in seinen Augen der Ahnung eines Lächelns.

Logbuch Spürkreuzer JOURNEE
Texteintrag vom 25. März, 04:14:57 Bordzeit;
Expeditionsleiter Perry Rhodan

»Wir kamen zu spät. Obwohl wir das tefrodische Wrack, soweit es uns zugänglich war, systematisch durchsuchten, fanden wir keine Überlebenden mehr. Nur den Leichnam einer Tefroderin. Sie erlag ihren schweren Verletzungen offenbar erst wenige Minuten bevor wir zu ihr vorstießen.

Aber das sind zwei von knapp hundert Besatzungsmitgliedern. Weyhans Worte geben zu denken, spiegeln vielleicht nicht nur Fieberphantasien wieder. Wir müssen uns fragen, wer ein Interesse daran haben kann, tote Tefroder zu bergen und gleichzeitig Verletzte ihrem Schicksal zu überlassen.

Die beiden Toten wurden in die Kältekammern der JOURNEE gebracht. Sie sollen ein ehrendes Raumbegräbnis erhalten.

Noch haben uns in diesem System keine Kastun-Kriegsschiffe aufgespürt. Ich will unser Glück nicht länger auf die Probe stellen – wir nehmen Kurs zurück auf das Kepekin-System.«

Kapitel 13

Die JOURNEE verließ den Hyperraum gut zwei Lichtmonate vor dem Geheimstützpunkt der Maahks. Die blauweiße Sonne stand so einsam wie seit Jahrmillionen, ihre drei Planeten waren tote, kahle Welten, auf denen nie Leben existiert hatte.

So stellte es sich in den Ortungen dar.

Im Umkreis von Dutzenden von Lichtjahren gab es keinen Raumschiffverkehr. Ein fernes Echo verriet einen Pulk von Kastun-Kriegsschiffen, aber die Anzeige war zu schwach für mehr als diese vage Feststellung.

In einer weiteren Überlichtetappe flog der Spürkreuzer in das System ein und erreichte einen Punkt zwischen den Umlaufbahnen der beiden inneren Planeten. Die Position lag näher an der Sonne; falls erforderlich, konnte das Schiff den Ortungsschutz der Korona nutzen.

20 Minuten später senkte sich die JOURNEE auf Kepekin-II herab.

»Diese Welt liegt tatsächlich im Dornröschenschlaf«, stellte Perry Rhodan beim Blick auf die Ortung fest. »Ich frage mich, wann sie aufwacht.«

Zim November flog das Schiff mit Kurs auf den alten Landeplatz.

Dann der Durchbruch durch den Ortungsschutz. »Es ist eine hyperenergetische Barriere«, vermutete Bi Natham Sariocc. »Die Maahks nutzen die Besonderheiten des Sonnenspektrums.«

Nichts hatte sich verändert.

»Was ist ein Dornröschenschlaf?«, fragte Grek-665 ½ unvermittelt. Die ganze Zeit über hatte er geschwiegen und sich aufs Beobachten verlegt.

»Ich habe keine Ahnung«, gestand Zim November, während die SERT-Haube alle Funktionen einstellte.

»Rhodan, du …?«

Der Terraner schüttelte den Kopf. »Vergiss den Begriff, Grek. Er ist Jahrtausende alt.«

»Warum soll ich etwas vergessen, was ich gerade herauszufinden versuche?«

»Weil …« Rhodan kaute auf seiner Unterlippe. »Später«, sagte er ausweichend.

»Später ist ein Lieblingswort der Terraner«, schimpfte Grek-665 1/2. »Ich habe es nie so oft gehört wie an Bord dieses Schiffes. Später, wann ist das?«

»Später eben«, platzte Bruno Thomkin lauthals heraus. »Ganz einfach.« Dass er selbst der Einzige war, der über das Wortspiel lachte, machte ihm herzlich wenig aus.

Träge verstrich die Zeit. Es schien in der Tat, als sei Kepekin-II von den Geschehnissen in Andromeda abgeschnitten. 2500 Schlachtschiffe und ihre Besatzungen dämmerten einem Einsatz entgegen, dessen Kriterien sich den Terranern verschlossen. Grek-665 1/2 behauptete, ihm als Wissenschaftler sei die militärische Planung nicht zugänglich. Die Wahrheit, vermutete Perry Rhodan, lag eher in Gründen, die der CyberMaahk schlicht ignorierte. Der implantierte LemurEmotio-Simulator weckte das Misstrauen der Methanatmer, für sie war Grek-665 1/2 eine schwer zu schematisierende Erscheinung, ein Zerrbild möglicherweise, mit dem sie in ihrer auf Logik basierenden Welt wenig anzufangen wussten.

Perry Rhodan führte zwei Gespräche mit Grek-1 über Interkom. Wobei er den Eindruck gewann, dass der Kommandant von Kepekin beunruhigt war. Die zur Forscherwelt Ban56-N weitergeleiteten Daten zur Zeitbarriere hatten offensichtlich noch keine Reaktion hervorgerufen.

Rhodans abschließende Bitte, ihm einen Pulk Schlachtschiffe für einen Aufklärungsflug nach Tefrod zu unterstellen, lehnte Grek-1 ab, kaum dass sie ausgesprochen war. »Tefrod muss sich selbst helfen«, sagte er grollend. »Die Maahk-Völker sind den Angriffen der Kastuns ebenso ausgesetzt wie alle anderen. Wir mussten in den letzten Tagen schwere Verluste hinnehmen. Unsere Raumschiffe werden zunehmend häufiger überfallen; auch Planeten wurden von den Invasoren ausgelöscht.«

»Das wäre Grund genug, die Zusammenarbeit zu forcieren«, mahnte der Terraner. »Wofür hältst du das Potential von Kepekin zurück?«

Wortlos unterbrach der Maahk die Verbindung.

Das war vor eineinhalb Stunden gewesen.

Seit wenigen Minuten registrierten die Terraner ein lawinenartiges Anschwellen der planetaren Kommunikation. Die letzten Frachtgleiter zogen sich von den Schlachtschiffen zurück, Energieverbraucher wurden hochgefahren. Es war, als schwappe eine gewaltige Flutwelle über die Fabrikanlagen hinweg.

»Sie treffen Startvorbereitungen! Nicht nur einzelne Schiffe, sondern die gesamte Flotte.«

»Wir hängen uns an«, bestimmte Rhodan. Alarm gellte durch den Kreuzer. Zim November wurde in die Zentrale beordert.

»Funkspruch vom Flaggschiff!«

Das Abbild von Grek-1 entstand im Holo. Im Hintergrund die große Kommandohalle, diesmal mit überbordendem Leben erfüllt.

»Eine unserer geheimen Welten wird von einem Kastun-Verband angegriffen. Die Flotte von Kepekin startet unverzüglich. Falls du es für richtig hältst, Terraner, schließe dich mit deinem Schiff an. Ich veranlasse, dass die Positionsdaten überspielt werden.«

Die ersten Maahk-Raumer starteten mit ihren Antigrav-Triebwerken. In mehreren Kilometern Höhe zündeten die Protonenstrahl-Triebwerke und peitschten die ohnehin aufgewühlte Atmosphäre zum Weltuntergang. Ein nicht enden wollender Flammenorkan zuckte über die Fabrikanlagen hinweg, ein Sog, der wohl Teile der Atmosphäre in den Weltraum hinaus riss.

Der Paratronschirm schützte die JOURNEE. In diesem Moment wirkte das Schiff wie eine aufflackernde kleine Sonne.

Gewaltige Entladungen wurden über Aufrissfronten in den Hyperraum abgeleitet.

Dann stieß auch der Kreuzer in die wirbelnden Wolkenschichten vor.

Der Weltraum über Kepekin-II war ein Meer von Ortungsreflexen, die jeder Geheimhaltung Hohn sprachen. Was immer geschehen sein mochte, die Invasoren hatten die Maahks auf den Nerv getroffen.

In schier endloser Folge verschwanden die Walzen im Hyperraum. 2500 schwer armierte Schlachtschiffe, deren Besatzungen den Tod nicht fürchteten.

»Ich kenne die Koordinaten nicht«, sagte Grek-665 1/2 mit Nachdruck. »Ich weiß nicht, was diese Aufregung verursacht hat.«

»Die Distanz zu Kepekin beträgt nur 4635 Lichtjahre.«

»Ich verstehe. Für mich bleibt der Planet dennoch namenlos.«

49 Minuten Flugzeit. Das waren 49 Minuten angespanntes Warten und die Befürchtung, dass es noch schlimmer kommen könnte als bisher.

Und es kam schlimmer.

Die JOURNEE verließ den Hyperraum zwischen den Fronten einer gnadenlosen Schlacht.

Zu spät für ein Ausweichmanöver. Der Kreuzer raste geradewegs hinein in den Glutball miteinander verschmelzender Explosionen, die ein Schweres Schlachtschiff der Maahks vernichteten. Die Lichtfülle einer Sonne sprang von den Holos herab, von irgendwoher ertönte ein hämmerndes Stakkato, als droschen gewaltige Schmiedehämmer auf den Schiffsrumpf ein …

… und die folgende Stille hatte etwas Unwirkliches, ein Schweben zwischen Traum und Wirklichkeit, aus dem sich selbst Perry Rhodan kaum lösen konnte.

»Schirmfeldstabilität erreicht wieder fünfzig Prozent«, hallte die Stimme des Emotionauten durch die Zentrale. »Wir haben die explodierende Walze nur gestreift.«

Rhodan blinzelte gegen die Blendung an. Die Zentrale gewann ihre Konturen zurück, die Anzeigen, Ortungsbilder, Messwerte.

»Wir brauchen einen Überblick! Alles auf die Hauptschirme!«

Realität vermischte sich mit den Ortungsbildern, die von einem menschlichen Auge kaum wahrgenommen werden konnten. Auf der Netzhaut brannten sich die lichtschnellen Impuls- und Thermostrahlen zu Linien ein und woben ein bizarres Muster. Dazwischen die Explosionen von Torpedos und den von maahkschen Konverterkanonen abgefeuerten Sprengsätzen. Aber auch ausglühende Raumschiffe; Walzen, die in erschreckender Langsamkeit von einer Vielzahl von Glutbällen aufgebrochen wurden und deren immer noch massereiche Fragmente im glühenden Atombrand auseinander drifteten.

Zim November, mit all seinen Sinnen mit dem Schiff verbunden, hatte die JOURNEE in einer schnellen Absetzbewegung dem unmittelbaren Zugriff der Invasoren entzogen. Einige Intervallschüsse streiften den Kreuzer zwar, konnten aufgrund ihrer Streuwirkung die Belastungsanzeigen aber nicht mehr in den kritischen Bereich treiben.

Die hereinkommenden Daten waren Legion, was nach der Filterung übrig blieb, ergab einen schnellen Überblick:

Sie hatten ein Doppelsternsystem erreicht, eine kleine gelbe Sonne vom Soltyp, die von einem nahezu erkalteten Begleiter umlaufen wurde. Ein einziger Planet, 98470 Kilometer Durchmesser, 2,40 Gravos; dichte Wasserstoff-Ammoniak-Atmosphäre, aber die Oberfläche eher trügerisch als fest. Seine Umlaufbahn um das Zentralgestirn ähnelte einem unkontrollierbaren »Eiern« und ließ extremste klimatische Verhältnisse erwarten. In den Sternenkatalogen der JOURNEE war das System der Doppelsonne verzeichnet und mit dem Vermerk »Namenlos, unbewohnbar« gekennzeichnet. Allem Anschein nach hatten die Maahks genau solche Welten für ihre Geheimstützpunkte auserwählt.

200 Kastun-Kriegsschiffe standen im planetennahen Raum, jedes von ihnen 1100 Meter lang, bei einer gesamten Rumpf-

höhe von 280 Metern. Wie schlanke, grau-silberne Fische wirkten sie im Zoombereich der Optiken.

Sie hatten eine Flotte der Verteidiger nahezu aufgerieben und waren im Begriff gewesen, auf dem namenlosen Planeten zu landen, als Grek-1 eingegriffen hatte. Zwischen den Kastuns und dem Planeten standen nur noch wenige Maahk-Schiffe, jedoch zeigten die Ortungen weit über 100 Wracks, von denen einige dem Planeten schon gefährlich nahe waren.

Im Augenblick sah es nicht danach aus, als setzten die Kastuns ihr Landemanöver fort. Das Kräfteverhältnis hatte sich deutlich zugunsten der Maahks verschoben.

»Zwei Kastuns im Anflug! Distanz 22,5 … 22 … Sie haben Eintauchgeschwindigkeit.«

Kaum gesagt, verschwanden beide Kriegsschiffe aus der Erfassung – und fielen mit einer geradezu lächerlichen Distanz von zwei Millionen Kilometern in den Normalraum zurück.

In den Schutzschirmen der Angreifer tobten Sonnengluten, als die Transformkanonen der JOURNEE im Salventakt zu feuern begannen, unterstützt von den MVH-Geschützen im Desintegrator-Modus. Zim November zog den Kreuzer in einer ansteigenden Parabel aus dem Kurs, beschleunigte mit Höchstwerten und raste den Kastuns entgegen.

Ein Intervallschuss verfehlte die JOURNEE, der nächste streifte das Schiff und ließ die äußere Schirmstaffel zusammenbrechen. Zugleich feuerten die Waffensysteme der Heckausleger.

Erneut änderte Zim November den Kurs um wenige Grad. Schräg von unten her näherte er sich dem rechten Kriegsschiff, dessen Manövrierfähigkeit längst nicht die Werte des terranischen Kugelraumers erreichte.

Nur noch Sekunden bis zur Kollision.

Acht Transformkanonen entmaterialisierten ihre hochbrisante Ladung. Auf einer Fläche von wenigen Hundert Quadratmetern erschütterten die Explosionen die Struktur des gegnerischen Schutzschirms.

Dem Eindruck einer nach dem Kreuzer greifenden neuen Sonne folgte abrupte Schwärze. Sekundenbruchteile vor der Kollision war die JOURNEE in den Überlichtflug gegangen –

und stürzte zwischen dem Gros der Invasoren und dem Planeten zurück.

Bi Natham Sariocc meldete sich über Interkom aus der Wissenschaftlichen Abteilung. Schweiß perlte auf seiner Stirn. »Warum der Hyperraum-Eintritt?«, fragte er vorwurfsvoll. »Wir brauchen die Messungen. Was ist mit dem Kastun geschehen?«

»Nichts«, antwortete Cita Aringa von der Ortung. »Soweit ich erkennen kann, hat das Schiff die Transformsalve mühelos weggesteckt.«

Sariocc schaltete wortlos ab.

Rhodan unterstützte die wenigen noch kampffähigen Einheiten der planetaren Verteidigung. Doch seine Absicht, einzelne Schiffe der Invasoren in die Zange zu nehmen, scheiterte an der sturen Logik der Maahks. »Wir vertrauen auf unsere Stärke und kämpfen, wie wir immer gekämpft haben«, schimpfte er. »Und wir vertrauen auf unsere Übermacht, wobei wir vergessen, dass die Kastuns ein Tontaubenschießen veranstalten.«

»Wer ist wir?«, fragte Grek-665 1/2 verwirrt.

»Ich rede von den Maahks«, antwortete der Terraner.

»Du bist kein Maahk.« Das klang verwirrt.

»Nein, natürlich nicht.«

»Fühlst du dich wie ein Maahk?«

»Müssen wir das ausgerechnet jetzt diskutieren?«, seufzte Rhodan. Die JOURNEE ging erneut für Sekundenbruchteile in den Überlichtflug und stand danach außerhalb der Reichweite aller gegnerischen Geschütze.

»Verstehe«, sagte Grek-665 1/2. »Später.«

Gut eineinhalb Stunden lang tobte die Schlacht inzwischen, die Maahks feuerten buchstäblich aus allen Rohren, konnten aus ihrer Überlegenheit aber keinen Vorteil schlagen. Die Zahl der Wracks häufte sich. Ausschließlich Schlachtschiffe der Methanatmer trieben manövrierunfähig und teils brennend durch den Raum. Auch mit ihren Beibooten und Schwärmen kleiner Jäger stürzten sie sich todesmutig auf den Gegner, ohne das Kriegsglück jedoch wenden zu können.

Grek-1 setzte auf Zeitgewinn. Vielleicht erwartete er das Eintreffen weiterer großer Flotten. Jedenfalls war aus der Schlacht mit anfänglich großen Verlusten mittlerweile ein sporadischer Schlagabtausch geworden, den die Invasoren mit immer neuen Vorstößen zu beenden suchten.

Die Walzenraumer der Maahks operierten dicht an der Grenze der gegnerischen Reichweite und zogen sich mit kurzen Überlichtmanövern zurück, sobald das Wirkungsfeuer der Kastun-Kriegsschiffe ihre Schutzschirme zusammenbrechen ließ.

Es war eine logistische Meisterleistung, die Grek-1 mit seiner Flotte vorführte. Stets befand sich ein Teil der Schlachtschiffe im Anflug im Hyperraum und materialisierte im Rücken der Gegner, sobald die übrigen Einheiten den Rückzug antraten. Einen anderen Gegner hätte die Strategie zweifellos in Bedrängnis gebracht, dieses Zuschlagen und Zurückziehen und erneut Zuschlagen, die Invasoren zeigten sich davon nicht nur unbeeindruckt, sie erkannten schließlich, dass den Bewegungen der Maahks die Gesetzmäßigkeiten reiner Logik zugrunde lagen. Von dem Zeitpunkt an stieg die Zahl der Wracks wieder kontinuierlich, ohne dass den Methanatmern ihrerseits ein einziger Abschuss gelungen wäre.

Wiederholt flog auch die JOURNEE Angriffe. Dem Kreuzer gelang es sogar, das eine oder andere Kastun-Kriegsschiff in Bedrängnis zu bringen, aber der erste Erfolg war nicht den Transformkanonen zuzuschreiben, sondern dem eiskalt agierenden Perry Rhodan und einer ebenso perfekten Koordination des Emotionauten.

Was sie versuchten, war ein Hasardspiel ohnegleichen, die Vernichtung der JOURNEE einkalkuliert.

»Wird schon gut gehen«, seufzte sogar Coa Sebastian. »Augen zu und durch.«

»Was hast du vor?«, wollte Grek-665 ½ wissen.

»Ich kann es dir nicht erklären«, sagte Rhodan. »Das ist keine Logik, sondern Gefühlssache und Erfahrung.«

Minuten vergingen, bis die Ortung endlich zwei gemeinsam operierende Kriegsschiffe ausfindig machte. Der Maahk, den sie in schwere Bedrängnis gebracht hatten, wehrte sich verzweifelt – und zögerte sein Ende dennoch nur um Sekunden hinaus.

Überlichtflug …

Ein knapper Atemzug später der Rücksturz. Trotz der Kürze der Zeit mit unglaublicher Präzision.

Kursvektor exakt, Kollisionskurs lag an.

Beide Kastun-Kriegsschiffe konnten ihre überschwere Bug-Intervallkanone nicht einsetzen, sie hatten erst Augenblicke zuvor den Maahk-Raumer vernichtet. Das Abwehrfeuer aus den Heckauslegern absorbierte die Schirmfeldstaffel der JOURNEE, ohne in den Warnbereich zu geraten.

Sekunden bedeuteten im mittleren Geschwindigkeitsbereich einige 100 000 Kilometer. Vor allem würde der erste Intervall-Treffer aus dieser geringen Distanz das Ende des Spürkreuzers besiegeln. Die durchschlagende Wirkung war den Terranern schon einmal bitter demonstriert worden und hatte zum Absturz über Cyrdan und zum Tod mehrerer Besatzungsmitglieder geführt.

Die ersten Raumtorpedos detonierten im Schirmfeld des Kastuns, Nadelstiche nur, doch für mehr als ein Ablenkungsmanöver waren sie ohnehin nicht gedacht. Die Geschwindigkeit der JOURNEE sank weiter. Jetzt eröffnete sie das Wirkungsfeuer, würde offenbar knapp an dem Kriegsschiff vorbeischrammen. Der zweite »Fisch« drehte, schob sich auf Abfangkurs, um den Kugelraumer vor der Mündung der Intervallkanone zu halten. In spätestens fünf bis sechs Sekunden musste das schwere Geschütz wieder feuerbereit sein.

Das Kriegsschiff füllte alle Schirme aus – und huschte zum Greifen nah vorbei, ein Manöver, das nur einem Emotionauten möglich war.

Bis die Crew aufatmete, raste die JOURNEE schon einige 100 000 Kilometer entfernt auf den Planeten zu. Hinter ihr versuchte das auf Abfangkurs einschwenkende Kriegsschiff noch vergeblich, eine neuerliche Korrektur herbeizuführen. Überdeutlich ließen die Ortungen erkennen, dass der Bug des Schiffes sich in die Flanke des anderen bohrte, ihre Schirmfelder überlappten in einem wahren Feuerwerk, und dann löste die Intervallkanone aus und zerfetzte das gerammte Schiff bis dicht vor die Ausleger.

Explosionen griffen auch auf den zweiten Kastun über, dessen Bugregion bereits von einem gewaltigen Feuerball eingehüllt wurde, und pflanzten sich in einer Kettenreaktion über die gesamte Rumpflänge fort. Zuletzt reagierten in einer unvorstellbar heftigen Entladung die Speicherbänke der Geschützversorgung.

Das war der Augenblick, in dem die JOURNEE zum wiederholten Mal in den Hyperraum übertrat. Niemand mochte es noch zählen.

»Oft möchte ich das nicht wiederholen müssen.« Zim Novembers Erregung war seiner Stimme anzuhören. »Ich brauche einige Minuten Ruhe, um mich zu erholen.«

Der Zweite Pilot übernahm. Diesmal beendete der Kreuzer den Überlichtflug erst einige Lichtminuten entfernt.

»Das war Wahnsinn!« Musik hallte plötzlich durch die Zentrale, und fast alle Blicke vereinten sich auf Grek-665 1/2, aus dessen Richtung die getragenen, aber nichtsdestotrotz technisch klingenden Töne kamen. Der Klang vibrierte und rüttelte auf, aber noch einprägsamer wirkten die Pausen zwischen den Tönen.

»Lasky Baty«, sagte Grek betont. »Seine ›Ode an die Sterne und die Zeit‹.«

»Schluss mit dem Unsinn!«, befahl die Kommandantin schroff. »Das hat Zeit für später.«

»Schon wieder«, murmelte der Maahk, aber er widersprach nicht. Allerdings wandte er sich im gleichen Atemzug an Rhodan: »Ich bin begeistert von diesem Sound und der Ausdrucksstärke. Erinnerst du dich an das Grundthema, diese getragene, lineare …«

Ein Anruf aus der Wissenschaftlichen Abteilung unterbrach den für einen Maahk völlig untypischen Begeisterungsschwall. Rhodan atmete sichtbar auf. »Mozart, die kleine Nachtmusik«, sagte er wie beiläufig, bevor er sich dem Interkom zuwandte.

Sariocc war der Anrufer. »Halt dich fest, Perry!«

»Wenn es nicht schlimmer kommt als eben …«

Bi Natham Sariocc lächelte wissend. Er deutete eine knappe Verneigung an. »Tess und ich haben es geschafft.«

Im ersten Moment verstand Rhodan nicht, was der Hyperphysiker meinte, zu sehr hatte er sich von Grek-665 1/2 ablenken lassen, dann bedachte er Sariocc mit einem auffordernden Blick.

»Wir sind fündig geworden und hoffentlich einen großen Schritt weiter«, meinte der Wissenschaftler. »Tess hat unsere gesamte Sensorik ausgewertet – nein, nicht das, was der Rechner ohnehin erledigt. Sie hat vielmehr ihren Spürsinn gezeigt.«

»Spann uns nicht auf die Folter!«

Im Hintergrund lachte eine Frauenstimme. Trotz ihrer 39 Jahre hatte Tess Qumisha die mädchenhafte Unbekümmertheit nicht verloren.

»Was habt ihr herausgefunden?«

»Einen merkwürdigen Oszillationseffekt«, sagte Sariocc. »Dabei ist es unerheblich, ob der Kastun-Schirm eine Transformsalve verdauen muss oder einen Treffer aus einem maahkschen Geschütz. Das Abwehrfeld reagiert bei einer zeitlichen Verzögerung von exakt 0,0042 Sekunden mit einem Anstieg der Feldstärke um eineinhalb Prozent. Nach erneut 0,0042 Sekunden sinkt die Feldstärke auf Normalwert zurück, und nach nochmals dieser Spanne kippt sie um eins Komma fünf Prozent in den Minusbereich, bevor sie in den Ausgangszustand zurückkehrt.«

»Das heißt mit anderen Worten«, warf Tess ein, »die gegnerischen Schutzschirme reagieren auf Volltreffer mit einer vollständigen Sinusschwingung.«

Inzwischen lauschte jeder in der Zentrale den Erklärungen. Die Raumschlacht tobte zwar unvermindert heftig, aber in größerer Distanz als bisher. Da kein Kastun der JOURNEE gefolgt war, stand zu vermuten, dass die Invasoren die eigentliche Ursache für den Verlust zweier Kriegsschiffe nicht erkannt hatten. Andererseits würde sich das Husarenstück schwerlich oft genug wiederholen lassen.

»Eine Sinusschwingung dauert exakt 0,0168 Sekunden«, fuhr Tess in ihrer Erklärung fort. »Weitere Treffer, die währenddessen das Schirmfeld belasten, bewirken lediglich eine neue, gleich hohe Schwankung. Eins Komma fünf Prozent – als Wert viel zu gering, um eine Verwundbarkeit zu dokumentieren.«

»Worauf willst du hinaus?«

Sie machte eine kurze Pause. »Jeder weitere Volltreffer, der exakt mit dem Ende der Sinusschwingung zusammentrifft«, sagte Tess dann, »verdoppelt die Amplitudenhöhe nicht nur, sondern verlängert sie zugleich um eine volle Oszillation. Das heißt, es zeigt sich eine dreiprozentige Plus-Minus-Schwankung innerhalb von 0,0336 Sekunden. Angenommen, es gelingt, diesen Effekt oft genug hintereinander auszunutzen, ergeben sich – zumindest theoretisch – riesige Schwankungen.«

»Warum sagt das niemand eher?«, platzte der Maahk heraus. »Unsere Schiffe müssen demnach in einem exakt definierten zeitlichen Rhythmus feuern, um die Schutzschirme dieser Schädlinge in stärkste Schwingungen zu versetzen.«

»Irgendwann oszillieren sie zwischen superstark und nicht mehr nachweisbar«, erklang es von der Ortung.

»So ist es«, bestätigte Bi Natham. »Tess und ich sind überzeugt davon, dass die Schirmfelder das nicht überstehen werden und zusammenbrechen.«

»Vorua«, wandte sich Perry Rhodan an die Chefin der Offensivwaffen. »Du hast es gehört. Die Schussfolge muss auf den exakten Wert justiert werden.«

»Wir brauchen eine Verbindung zu Grek-1«, verlangte der Maahk. »Sofort!«

Und Tess fügte hinzu: »Deine Freunde können feuern, so viel sie wollen und womit sie wollen. Wichtig ist einzig und allein, dass die Treffer auf den Bruchteil gleich im Abstand von 0,0168 Sekunden erfolgen. Ansonsten gibt es keinen verwertbaren Effekt.«

Kapitel 14

Perry Rhodan glaubte, einen Hauch von Überraschung in der ansonsten unbewegten Miene von Grek-1 zu erkennen. Die Funkverbindung zum Kommandanten der Kepekin-Flotte, gerafft und zerhackt, war sofort zustande gekommen.

»Ich habe deinen Erfolg gesehen«, begann Grek-1 spontan und ohne Vorrede, ohne sich erst anzuhören, was Rhodan von ihm wollte. »Liegt das daran, dass du emotional reagierst und deine Taktik keine nachvollziehbare Logik enthält?«

»Deshalb rufe ich dich nicht an.«

»Ganz egal«, sagte der Maahk. »Ich werde dir die Gefechtsführung für einen Teil meiner Flotte übertragen. Dreihundertundzwanzig Schlachtschiffe gingen bislang verloren. Dem stehen zwei vernichtete Kastuns gegenüber – und sie wurden im Gefecht mit deinem kleinen Kugelschiff zerstört.«

»Ich weiß dein Angebot zu schätzen, Grek-1«, antwortete Rhodan, »aber es ist nicht mehr nötig. Unsere Wissenschaftler haben herausgefunden, wie die gegnerischen Schutzschirme zu überwinden sind. In diesem Moment werden dir die Daten übermittelt.«

Die Bildübertragung erlosch.

»Danke hätte er wenigstens sagen können«, ließ sich Tess Qumisha vernehmen.

Der CyberMaahk verzog den Rachen zu einer zähneblitzenden Grimasse. »Wieso erwartest du Dank für eine Datensammlung, deren Wirksamkeit noch nicht erprobt ist?«

»Weil ...« Die Hyperphysikerin winkte abrupt ab. »Ich habe nicht mehr den Nerv für solche Spitzfindigkeiten.«

»Verstehe«, murmelte Grek-665 1/2 und klopfte wie so oft auf den LemSim. Natürlich war ihm die terranische Mentalität noch immer ein Buch mit sieben Siegeln, von denen er vielleicht eines oder zwei aufgebrochen hatte. Vor allem musste er lernen, dass Menschen höchst unterschiedlich auf dieselbe Situation reagierten.

»Wie viel Zeit brauchen die Methans, um eine einfache Feuertaktung umzusetzen?« Die Frage der Kommandantin schien ewig im Raum zu stehen. Viele Augen starrten wie gebannt auf die Ortungen.

Sekunden später der erste heftige Energieausbruch.

Kurz darauf der zweite, und diesmal eindeutig zu erkennen: der Abschuss eines Kastun-Kriegsschiffs.

Von da an war die Übermacht der Maahks erdrückend. Ihre schwarzen Walzenraumer zogen sich nicht mehr in den Hyperraum zurück, sobald sie den Kastuns zu nahe kamen, sie feuerten mit allem, was sie aufzubieten hatten. Im zeitlichen Intervall von 0,0168 Sekunden hämmerten ihre Waffen in die Schirmfelder der Invasoren, und der Effekt war stets identisch: ein Aufschwingen der Feldstärke in heftigsten Schwankungen, die innerhalb von Sekundenfrist zum Zusammenbruch führte. Den Rest besorgten die Konverter- und Gegenpol-Kanonen der Maahks.

Mehrere Lichtminuten im Raum um den namenlosen Planeten flammten viele Explosionen auf, dehnten sich aus und erloschen ebenso rasch wieder.

Grek-1 und seine Kampfflotte brauchten nicht länger als 15 Minuten, um die Kastuns zu vernichten. Nicht eines der gegnerischen Schiffe versuchte zu fliehen.

Die Schlacht war geschlagen, und erstmals hatten die Invasoren eine Niederlage erlitten. Dieses wenig mehr als zwei Stunden dauernde Gefecht würde in die Geschichte Andromedas eingehen.

Doch eine gewonnene Schlacht bedeutete nicht zwangsläufig auch das Ende des Krieges. Sie war ein erster Schritt, eine neu aufgeflammte Hoffnung, kaum mehr.

Hunderte Wracks trieben im System der Doppelsonne. Die bizarren Schwerkraftverhältnisse machten eine Vorhersage nahezu unmöglich, wann sie in einen der beiden Sterne stürzen würden. Auch der nahe Planet würde Abstürze verkraften müssen. Im Gegensatz zu den Kepekin-Welten zeigten die Relieftaster der JOURNEE hochtechnisierte Einrichtungen der Maahks auf dem Grund des atmosphärischen Ozeans.

Es wimmelte von Beibooten der Maahks, die zu Dutzenden an den eigenen Wracks andockten, um Überlebende oder vielleicht auch kostbares Material zu bergen.

Zugleich galt das Interesse den wenigen Kastun-Kriegsschiffen, die nicht als lodernde Sonnen verglüht waren.

Das erste Schlachtschiff ging an einem Kastun-Wrack längsseits. Traktorstrahlen und Energieklammern hielten beide Raumer in einer konstanten Distanz von 50 Metern. Beiboote schwärmten aus, verteilten sich rings um das Wrack und nahmen augenscheinlich Messungen vor.

Kurz darauf wurden von den Maahks zwei Atmosphärentunnel mittschiffs auf das Kastun-Wrack projiziert. Gut 300 Meter der Bugsektion waren von verheerenden Explosionen aufgerissen und verwüstet worden, dort flackerte ein düsteres Glimmen inmitten des undurchdringlichen Chaos'. Das Heck das Schiffes fehlte komplett, war vor den senkrecht gestellten Flossen abgesprengt worden und samt den Waffensystemen verschwunden.

Die Maahks versuchten, über die Schleusen des intakten Mittelschiffs einzudringen. Das machte es leichter, als mühsam einen Weg durch ausgeglühte Decks bahnen zu müssen, zwischen zerfetzten Wänden und geborstenen Trägern hindurch und immer gegenwärtig, von zusammenbrechenden Elementen erschlagen zu werden. Die nach dem Ausfall aller Aggregate herrschende Schwerelosigkeit machte unter Spannung stehende Bauteile nur noch unberechenbarer.

Grek-1 hatte den Terranern angeboten, seine Truppen auf das Wrack zu begleiten, Rhodans Warnung vor möglichen Gefahren jedoch ignoriert. »Wir haben die Gelegenheit, mehr über die Invasoren herauszufinden. Also nutzen wir diese Chance, was immer geschieht.«

Das Flaggschiff der Maahks stand etwa 10000 Kilometer entfernt, während die JOURNEE ihre Geschwindigkeit zwar verringerte, aber keineswegs den relativen Stillstand suchte. Eine Bildübertragung baute sich auf.

Zwei Trupps von jeweils 30 schwer bewaffneten Maahks bewegten sich durch die Atmosphärentunnel. Die Schleusen, die sie zu öffnen versuchten, maßen etwa zehn Meter im Quadrat. Minuten vergingen, bis die Soldaten Haftladungen anbrachten und zündeten. Grelle Explosionen zuckten in beide Tunnel, wurden aber von Schirmfeldern an der weiteren Ausbreitung gehindert.

Im Widerschein starker Scheinwerfer drangen die Maahks in das fremde Schiff ein. Noch gab es wenig zu sehen, eine Art Vorraum, daran anschließend ein Korridor, der nach kurzer Strecke in eine Halle mündete. Die Wände waren von derselben mattgrauen Farbe wie die Außenhülle der Schiffe.

Störungen durchzogen plötzlich das Bild, der Ton wurde zum unverständlichen Prasseln. In der Wiedergabe war vage zu erkennen, dass die Maahks mit Messgeräten hantierten.

»Da ist einiges faul!«, stieß Perry Rhodan hervor. »Sie sollen das Wrack verlassen – schnell!« Doch im selben Moment brach die Übertragung ab.

Sekunden später zeigten die Ortungen und die Außenbeobachtung, dass sich das Wrack aufzublähen begann. Risse erschienen in der Hülle, bizarr verästelt wie die Schollen einer Magmakruste, dann stachen Feuerlanzen daraus hervor, und das Kriegsschiff barst in einer gewaltigen Eruption.

Die Beiboote der Maahks wurden von einer ungeheuer starken Druckwelle erfasst, ihre Schutzschirme waren schon im ersten Auflodern verweht. Der längsseits liegende Walzenraumer schaffte es nicht mehr, die Schirmfelder aufzubauen, schon in den ersten Sekundenbruchteilen durchschlugen glühende Wrackteile den Rumpf. In Gedankenschnelle wurde die schwarze Walze aufgerissen, brodelte sonnenhelle Glut in den ausgezackten Lecks. Sie besiegelte das Ende des Schlachtschiffs.

Zwei weitere Kastun-Wracks wurden von unvorstellbaren Gewalten auseinander gerissen. Hunderte Maahks starben in diesen wenigen Augenblicken einen schnellen Tod. Es konnte kaum Zweifel daran geben, dass ihr Eindringen in die Wracks die Sprengungen ausgelöst hatte. Entweder hatten Überlebende der Kastun-Besatzungen diese letzte Vernichtungswelle ausgelöst, oder Selbstzerstörungssysteme waren aktiv geblieben und reagierten auf das Eindringen Unbefugter.

Nur noch wenige Wracks der Invasorenflotte trieben durch den Raum. Vielleicht waren sie ebenso tödliche Fallen.

Verbissen schaute Perry Rhodan auf die Bildwiedergabe. »Wir müssen in Kürze mit Entsatz für die Invasoren rechnen. Und diesmal kommen sie nicht mit wenigen hundert Schiffen, sondern mit einer weit größeren Übermacht. Es würde mich wundern, wenn die Kastuns keinen Notruf abgesetzt hätten.«

Ein verhaltenes Ächzen schreckte ihn auf. Benjameen da Jacinta war soeben in seinem Sessel in sich zusammengesackt.

Du spürst den Schrei, ein lautloses, mentales Aufbäumen in dem Sekundenbruchteil, in dem das Wrack im atomaren Feuer verglüht. Er schmerzt dir auf der Seele, treibt dir den Schweiß aus allen Poren und hinterlässt eine schreckliche Leere.

Du zitterst und versuchst vergeblich, deine Reaktion unter Kontrolle zu bekommen. Schwärze wogt vor deinen Augen, während dein Schädel in einer unheimlichen Schwingung zu dröhnen beginnt.

So etwas hast du nie vorher erlebt. Angst steigt in dir auf, eine unheimliche Furcht vor dem Fremden, das dich eben gestreift hat, das dich mitreißen wollte, hinaus in die Unendlichkeit, aus der es kein Zurück mehr geben kann.

Du spürst, wie deine Sinne zu schwinden beginnen, wie alles um dich herum in einem rasenden Wirbel zu versinken droht. Dein Atem geht hastiger, du keuchst, versuchst die beginnende Ohnmacht zu verdrängen. Du krallst die Finger in die Sessellehnen, um den rasenden Wirbel zu stoppen, der dich erfasst. Deine Gedanken, Gefühle, alles wird von diesem unheimlichen Sog mitgerissen, gegen den du dich nicht wehren kannst.

Tess! Dein mentaler Aufschrei verweht. *Hilf mir, Tess!* Sie hört dich nicht, ist dir nah, aber doch zugleich unendlich fern.

Tess Qumisha – ich liebe dich! Lang ist es her, dass du ihr das gesagt hast.

Und ich liebe dich, Benjameen da Jacinta!

Das letzte Band zerreißt, das dich mit dieser Welt verbindet.

Schwärze hüllt dich ein, eine undurchdringliche, zähe, lichtlose Schwärze.

Du träumst!

Das ist dein Zerotraum, Benjameen, verschließe dich nicht. Sonst wirst du verwehen wie das, was dich so unversehens aus deiner Umgebung herausgerissen hat.

Träume deinen eigenen Traum, Benjameen! Du weißt, dass du es kannst, dass du stärker bist als alles, was von außen auf dich einströmt.

Da ist ein Licht in der Schwärze, es wächst, nimmt Form an, unregelmäßig, ausgezackt, mit glühenden Rändern. Du stürzt darauf zu … Ein Raumschiff, ein Wrack, das eines Kastun-Kriegsschiffs. Du erkennst die schweren Schäden, die erst der oszillierende Schutzschirm gerissen hat, und danach die Waffeneinwirkung. Dieses Schiff hat seine Funktion verloren, es wird untergehen. Aber der Kampf ist noch nicht zu Ende.

Da ist eine Berührung. Obwohl du sie erwartet hast, verkrampfst du dich jäh. Es gibt Überlebende an Bord – du hast den Kontakt, verliere ihn nicht wieder!

Schmerzen. Düsternis um dich herum. Jenseits der gelben Nebelschwaden erkennst du drei fahle Monde am Himmel dieser Welt. Schlamm spritzt unter deinen Füßen auf, als du dich wieder in Bewegung setzt. Von fern hörst du die Schreie deiner Gegner, der Nebel verzerrt sie, verwischt Entfernungen und Schatten. Fest umklammerst du die Kampfaxt, reißt sie zum Schlag empor. Dein klagender Schrei hallt dumpf zurück, und dann brechen sie aus dem Sumpf hervor, massige, gehörnte Gestalten … Sie greifen an, ihre Schwerter und Keulen dreschen auf dich herab, wirbeln die Waffe aus deinen Händen, aber du packst erneut zu und versuchst, sie abzuwehren …

Deine Hände verkrampfen sich um schweren Stahl, du bist eingeklemmt, kannst dich nicht befreien. Du wirst sterben, das spürst du, du taumelst längst auf dem schmalen Grat zwischen Leben und Tod. Das Bild der Sumpfwelt, geboren aus der Sehnsucht deiner Erinnerung, weicht der kalten Realität. Du weißt nicht, was geschehen ist, aber die schwarzen Walzenschiffe haben den Sieg davongetragen.

Sie werden kommen, die Wesen aus den Walzen, um herauszufinden, wer ihr Gegner ist, um zu lernen, wie sie ihn besiegen können. Sie sind verblendet in ihrem Wahn, wirklich bestehen zu können.

Wenn sie kommen, sprengen wir das Schiff. Viele von uns haben überlebt. Sobald es sein muss, gehen wir für den Gelben Meister in den Tod, denn erst dann werden wir ihn in seiner wahren Größe erkennen.

Aber wir versuchen durchzuhalten. Die Entsatztruppen des Gelben Meisters sind angekündigt – in einer Stunde werden wir die Schmach tilgen.

Du stemmst dich wieder gegen den Stahl, doch deine Kräfte versagen. Die Verstrebungen haben deine Beine zerschmettert, du wirst sterben, bevor die Truppen eintreffen, wirst den endgültigen Triumph nicht mehr erleben …

Vergeblich hatte Benjameen versucht, sich gegen den fremden Geist zu behaupten und im Fiebertraum des Verwundeten als reale Gestalt zu erscheinen. Doch etwas hatte ihn abgelenkt und ihm die Kraft genommen, seine paranormale Fähigkeit besser einzusetzen. Er hatte nur Bruchstücke erkannt, hätte nicht einmal zu sagen vermocht, wie der andere aussah.

Noch war alles um ihn herum in einem rasenden Wirbel gefangen. Er fühlte Übelkeit in sich aufsteigen, sein Atem ging hastiger.

»Er kollabiert! Wo bleibt Mimo?«

Stimmen hüllten ihn ein, überschlugen sich in seinen Ohren, und Schemen schwebten vor ihm, wuchsen ihm entgegen, starrten ihn aus riesigen Augen an.

»Benjameen – mein Gott, was ist los mit ihm?«

»Er findet nicht zurück.«

»Doch … er will etwas sagen …«

Ganz nah kam ihm eines der Schemen. Er riss die Augen auf, versuchte mehr zu erkennen, aber da griff etwas nach seinem Gesicht, umklammerte sein Kinn, zog ihn herum. »Ich brauch dich noch, Ben. Verdammt, mach keinen Unsinn – komm zurück! Komm zurück, Benjameen!«

Etwas Weiches, Feuchtes presste sich auf seine Lippen,

raubte ihm den Atem und weckte doch zugleich die Erinnerung.

Komm zurück, Benjameen!, hallte es in ihm nach. Der Klang der Stimme erregte ihn, erinnerte ihn zugleich an schöne Stunden.

Tess! Der Name tauchte plötzlich und ohne sein Zutun auf.

Im nächsten Moment ein Druck am Hals, das Gefühl von Nässe; sein Puls raste, das Blut hämmerte in den Schläfen, wallte siedendheiß auf …

»Tess, ich liebe dich.« Der Klang der eigenen Stimme erschien ihm fremd. Zurückgesunken lag er in einem Sessel, über sich Gesichter, die er endlich wieder erkannte: Perry Rhodan, Coa Sebastian, der Maahk … und Tess kniete neben ihm und hielt seine Hände fest in den ihren.

»Sein Kreislauf stabilisiert sich zusehends«, sagte Mimo Serleach, der Bordarzt, in dem Moment.

»Ich hatte Angst um dich«, flüsterte Tess. »Wo warst du in deinem Traum?«

Stockend begann Benjameen da Jacinta zu erzählen.

»Die Maahks haben noch knapp eine Stunde Zeit, um ihren namenlosen Planeten zu evakuieren. Danach wird es in diesem Sonnensystem von Kastun-Kriegsschiffen wimmeln.«

»Woher willst du das wissen?«, stieß Grek-1 schroff hervor.

»Ist es nicht logisch?«, antwortete Perry Rhodan mit einer Gegenfrage. »Ich weiß es, und das muss genügen.«

»Du hast Mutanten an Bord? Es waren immer Mutanten, die den Terranern entscheidende Vorteile verschafften.« Der Kommandant der Maahk-Flotte von Kepekin vollführte eine zustimmende Geste. »Ich vertraue dir, Perry Rhodan, und ich glaube ebenfalls, dass die Entsatztruppen die Zahl unserer Schiffe um ein Vielfaches übertreffen werden. Wir können dieses System nicht verteidigen.«

»Was willst du unternehmen, Grek-1?«

»In diesem Moment erhalten zweitausend Schiffe den Befehl, auf dem Planeten zu landen. Die übrigen sichern in einem weiten Orbit für den Fall, dass Kastuns vor dem Ende der Frist angreifen. Diesmal sind wir gleichwertige Gegner.«

»Die JOURNEE wird ebenfalls auf dem Planeten landen, Grek-1. Unsere Modulbucht ist geeignet, sperrige Aggregate aufzunehmen.«

»Das ist allein Angelegenheit der Maahks«, wehrte der Kommandant ab. »Was ist ein hundert Meter durchmessender Kugelraumer schon gegen zweitausend Meter lange Walzen? Und dein Schiff kann die Grenzen des Systems überwachen. Ich weiß, dass du in der Lage bist, Raumschiffe im Hyperraum aufzuspüren.«

»Davon habe ich nie gesprochen«, sagte Rhodan überrascht.

Grek-1 ging nicht darauf ein, woher er seine Kenntnis bezog. »Mir ist nur die Distanz unbekannt, die das Ortungsgerät abdeckt.«

Das war unverfroren. »Dreihundertundachtzig Lichtjahre«, antwortete der Terraner dennoch. »Das ist keine große Reichweite.«

»Aber eine Vorwarnzeit von bis zu vier Minuten deiner Zeit.« Der Maahk hatte den umgerechneten Wert sehr schnell parat. »Das genügt der Flotte für einen Alarmstart und die nötige Beschleunigung bis zum Überlichtflug.«

»Gut«, stimmte Rhodan zu. »Damit hat jeder seinen Part zu erfüllen. Was geschieht danach? Fliegen wir Kepekin an?«

»Vorerst«, bestätigte Grek-1 knapp. Er unterbrach die Verbindung.

Nicht einmal mehr eine Stunde … Es gab keinen Grund, Benjameens Aussagen anzuzweifeln, denn seine Parafähigkeit hatte oft wertvolle Dienste geleistet. Obwohl er noch immer sichtlich unter dem Eindruck des Erlebten stand, kam er rasch wieder auf die Beine. Der Para-Traum schwang in ihm nach und bereitete ihm Unbehagen.

»Ich fühle mich leer, wie ausgebrannt«, brachte er stockend hervor. »Vielleicht ist das alles nur Zufall, aber …«

»Aber?«, wiederholte Perry Rhodan nach einer Weile, als Benjameen beharrlich schwieg und sich mit beiden Händen die Schläfen massierte. Er glaubte, erfassen zu können, was der Arkonide empfand, eine verhängnisvolle Mischung aus dem Gefühl, versagt zu haben, und dem Zwang, mehr herausfinden zu müssen.

»Da war noch eine andere Schwingung.« Benjameen hielt inne und starrte seine Hände an, als müsse er sich erst wieder an sie gewöhnen. »Tief in dem Verletzten, die Ahnung eines starken und mächtigen Geistes. Das Schlimme daran ist, ich bin mir nicht sicher.«

Rhodan schwieg. Er half dem Zeroträumer nicht, wenn er Vermutungen aussprach, die sich später als unhaltbar erwiesen.

»Der Gelbe Meister«, murmelte Benjameen gedankenverloren und lauschte zugleich dem verwehenden Klang seiner Stimme, als könne er auf diese Weise mehr von dem einfangen, was sich hinter dem Namen verbarg. Er gab sich einen Ruck, schaute den Terraner durchdringend an: »Ich versuche es noch einmal«, sagte er in einem Tonfall, der keinen Widerspruch duldete. »Das bin ich schon mir selbst schuldig.«

»Kannst du das Risiko abschätzen, das du eingehst?«

Benjameen da Jacinta zuckte mit den Achseln. Sein Blick wanderte weiter, blieb für Sekunden an Mimo Serleach hängen, der ihn zwar schweigend, aber umso aufmerksamer musterte, und kehrte zu Rhodan zurück. Tess hatte die Zentrale nach einer Anforderung aus der Wissenschaftlichen Abteilung schon wieder verlassen.

Der Bordarzt nickte knapp.

»Ich versuche, sofort zurückzukehren, falls ich auf Widerstand stoße«, versprach der Zeroträumer.

Endlich wirkte er wieder entspannt. Er hatte die Lider geschlossen und atmete flach und gleichmäßig. Nur noch ein wenig in sich zusammengesunken, kauerte seine 1,82 Meter große, beinahe schon athletische Gestalt im Kontursessel.

Benjameen wusste in etwa, was ihn erwartete. Deshalb versuchte er, sein Handeln im Paratraum vorherzubestimmen, seinen Geist so zu programmieren, dass er in dem traumhaft-unwirklichen Umfeld, in dem er gleich agieren würde, die richtigen Informationen sammelte.

Nicht nur Perry Rhodan beobachtete ihn genau. Auch der Bordarzt war näher herangetreten.

Ein Flattern der Augenlider … ein stoßweises Aufatmen …

»Ansteigende energetische Emissionen!«, erklang es von der Ortung. »Ausgangspunkt ist das Wrack, es ... explodiert!«

Von dem Kastun existierten nur noch 600 Meter der vorderen Schiffshälfte; das Wrack stürzte in einer langgezogenen Parabel den Sonnen entgegen. In der Vergrößerung der Bildkugel war zu sehen, wie sich der Rumpf aufblähte, die Außenhülle förmlich absprengte wie eine zu eng gewordene Schuppenhaut, und dann von aufbrodelnden Glutwolken eingehüllt wurde.

Ein qualvolles Wimmern kam von Benjameen. Rhodan sah gerade noch, wie der Arkonide die Augen weit aufriss und sein Blick sich in weiter Ferne verlor.

Serleach untersuchte den Mutanten bereits mit einem Bioscanner. Seine Miene wirkte verkniffen, aber endlich nickte er. Sekundenbruchteile später kehrte Leben in Benjameens Augen zurück. Er blinzelte, schüttelte benommen den Kopf. Obwohl die Fragen in der Luft hingen, bedrängte ihn niemand.

»Er lag im Sterben«, begann Benjameen gleich darauf. »Trotzdem hat er mich diesmal gespürt. Ich war für ihn wie ein Eindringling an Bord.«

»Er hat die Selbstvernichtung ausgelöst?« Rhodan benutzte ebenfalls den Begriff »er«, weil Benjameen wohl kaum etwas anderes als ein Besatzungsmitglied des Kastun-Wracks meinte.

»Ich konnte es nicht verhindern.«

»Niemand macht dir deshalb einen Vorwurf. Wie fühlst du dich?«

»Nicht so gut«, antwortete da Jacinta.

Mehr als die Hälfte der genannten Zeitspanne war mittlerweile verstrichen. Auf dem namenlosen Planeten lief die Evakuierung auf Hochtouren.

Weit lauschten die Orter der JOURNEE in den Raum hinaus. Nur einmal erfassten sie einen Pulk anfliegender Schiffe im Hyperraum, doch verschwanden diese ebenso schnell wieder von den Schirmen, wie sie erschienen waren. Was blieb, war eine stetig wachsende Anspannung.

Kurz vor Ablauf der selbst gesetzten Frist starteten die ersten Schweren Schlachtschiffe der Maahks. Kaum dass sie die Atmosphäre verlassen hatten, beschleunigten sie mit Höchstwerten. Innerhalb weniger Minuten gingen alle 2000 Schiffe auf Fluchtkurs.

Genau zu diesem Zeitpunkt erfasste der Hyperraumspürer der JOURNEE eine zahlenmäßig weit überlegene Flotte. Die letzten, bis an die äußeren Schleusentore beladenen Maahk-Walzen verschwanden im Überlichtflug, als innerhalb weniger Sekunden 10 000 Kastun-Schlachtschiffe materialisierten.

Zwischenspiel

Die Nachricht war niederschmetternd. Es fiel schwer, sie mit der gebotenen Sachlichkeit zur Kenntnis zu nehmen und das Vertrauen in die eigene Stärke zu bewahren. Dass es nicht gelungen war, den Gegner nach dessen ersten überraschenden Siegen zurückzuschlagen, bewies keineswegs die Schwäche der Maahk-Völker. Vielmehr war es die unüberwindbar scheinende Stärke der Invasoren, die täglich neue Probleme schuf. Und sie potenzierten sich.

Der Oberste Kriegsherr der Maahks hatte längst erkannt, dass sich eine Niederlage anbahnte, die nicht auf wenige Sonnensysteme beschränkt bleiben, sondern sich wie ein Flächenbrand ausweiten würde.

Jeder Zusammenstoß mit Kastun-Kriegsschiffen bedeutete neue Verluste. Raumschiffe … Stützpunkte … Planeten …

Und nun die Nachricht, die neue, ungeahnte Probleme aufwarf … nach den verlorenen Schlachten von Jyyros und Papis jetzt auch I'Fannio. Die eigenen Flotten waren vernichtend geschlagen worden. Aber selbst angesichts der Überlegenheit der Angreifer hätten die Verluste nicht so vernichtend ausfallen dürfen.

I'Fannio …

Stumm durchschritt der Kriegsherr das raumfüllende Hologramm. Nur wenige Sektoren von Hathorjan wiesen bislang keine Markierungen blutiger Niederlagen auf. Die planetaren Nebel von Yan'Ho hatten bis vor kurzem dazu gehört.

I'Fannio, einer der wichtigen Stützpunkte, deren Existenz vor den Völkern der Sterneninsel geheim gehalten worden war. Er lag in einem Gebiet ehemals dichter Population, in dem die Zerstörung der Sonnentransmitter nach dem Sieg über die Meister der Insel unzählige Novae und Supernovae hatte aufflammen lassen. Alte Sterne waren es gewesen, Sonnen, deren Planeten kein Leben mehr getragen hatten. Die raumfahrenden Völker mieden die Strahlenhölle und die tobenden Hyperstürme, in deren Einflussbereich sich oft unerklärbare Phänome manifestierten.

Hunderte Schiffe waren verlorengegangen, bis endlich eine Passage zwischen den planetaren Nebeln entdeckt worden war. Seither war I'Fannio ausgebaut und befestigt worden und zu einem von vielen Symbolen maahkscher Unbeugsamkeit geworden. Die Geschichte sollte sich nie wiederholen.

Die Automatik registrierte seinen Blick und vergrößerte die Nebel. Der Maahk stieß einen unwilligen Laut aus.

Er fragte sich, wie es den Invasoren möglich gewesen sein konnte, den Stützpunkt aufzuspüren. Mehr noch als bei Jyyros und Papis war diese Schlacht nicht allein *verloren* worden, sondern hatte eine derart vernichtende Niederlage beschert, dass der Gedanke an Verrat nahe lag.

Wenn es einen Verräter gab, dann in den Reihen der hochgestellten Maahks.

Mit einem knappen Befehl löschte er das Hologramm.

Welches Motiv trieb einen Verräter dazu, das zu tun? Aber selbst ein Verräter konnte sich der Logik nicht entziehen, die sein Handeln bestimmte.

Entdeckte man die Logik hinter dem mutmaßlichen Verrat, fand man auch den Schuldigen – falls es wirklich einen Verräter gab …

BUCH 3

Schwere Verluste

Kapitel 15

Bordzeit Spürkreuzer JOURNEE, 26. März 1312 NGZ

»Ich weiß, dass die Terraner großen Wert darauf legen, solche Worte zu hören. Deshalb spreche ich meinen Dank aus, Perry Rhodan. Ich gestehe ein, dass mein Misstrauen falsch war, doch Zeiten wie diese erfordern besondere Vorsicht.«

Sie saßen sich in dem Gebäude gegenüber, das Rhodan seit der ersten Landung auf Kepekin-II kannte. Hier lag der Verwaltungssitz des Systems. Entsprechend großzügig ausgelegt waren die Räumlichkeiten, wenn auch ohne den Prunk, den andere Völker als repräsentativ umschrieben hätten. Rhodan nahm die Liga Freier Terraner von dieser zur Schau gestellten Verschwendungssucht nicht aus, doch in höchstem Maß zur Vollendung getrieben hatte Arkon den diplomatischen Prunk. Die Maahks sahen das weitaus nüchterner. Was nicht dem Zweck diente, war unnötig. »Zweckmäßig« beschrieb die Einrichtung demzufolge am treffendsten.

»Auf Verbündete sollte man sich verlassen können«, antwortete Rhodan. »Geheimnisse sind fehl am Platz, gerade in – wie sagtest du? – Zeiten wie diesen.«

Ob Grek-1 den im Tonfall mitschwingenden Vorwurf verstand, war seiner Reaktion nicht zu entnehmen. Tess Qumisha, die den Terraner begleitet hatte, lächelte indigniert. Ihr Blick ging in die Runde.

Seit wenigen Minuten saßen sie sich gegenüber: drei Terraner und drei Maahks.

Da war Grek-1, der Kommandant des Kepekin-Systems, der größte der Methanatmer. Zu seiner Linken, hoch aufgerichtet und pure Aufmerksamkeit versprühend, Grek-14, vorgestellt als Koordinator der Fabrikanlagen. Ganz rechts, also Tess Qumisha unmittelbar gegenüber, Grek-3.

Immer wieder musterte sie diesen Maahk und stellte fest, dass es Perry ähnlich erging. Grek-3 war alt, seine Schuppenhaut matt bräunlich verfärbt, doch ihm haftete eine Ausstrahlung an, die sich nur schwer beschreiben ließ. Vielleicht war es schlicht und einfach eine besondere Art von Erfahrung, die ihn auszeichnete. Ob Coa Sebastian, die an Rhodans anderer Seite Platz genommen hatte, ähnlich empfand, konnte sie nicht erkennen.

»Ich verstehe, was du andeutest, Perry Rhodan«, sagte Grek-1, und seine Tentakelarme umschlangen sich. »Du wirfst mir vor, dich über Verschiedenes im Unklaren gelassen zu haben.«

»So ist es«, antwortete Rhodan knapp. Mit einer flüchtigen Geste forderte er die Kommandantin auf, ihre Meinung zu sagen.

»Wir glauben nicht, dass wir unsere Loyalität dem Volk der Maahks gegenüber erst beweisen müssen«, bemerkte Coa Sebastian.

»Beweise?« Tess schüttelte bedauernd den Kopf. »Sind zweitausendeinhundert vor der Vernichtung gerettete Schlachtschiffe nicht Beweis genug?«

Der Blick, den sich Grek-1 und Grek-3 zuwarfen, war schwer zu deuten. Aber ihr Schweigen sagte mehr als Worte.

Rhodan erhob sich abrupt. »Es tut mir Leid«, sagte er, die Hände auf die schwebende Tischplatte aufgestützt, deren holografische Oberfläche immer neue Details der Fabrikanlagen offenbarte. »Unter diesen Umständen werden wir unsere Zeit nicht länger verschwenden.«

»Warte, Terraner!« Die Stimme von Grek-3 klang rau. »Reicht es nicht, dass Grek-1 unseren Dank ausgesprochen hat?«

»Ich verlange keine Floskeln, sondern Kooperation.«

»Der namenlose Planet, von dem wir evakuiert wurden, war die Forscherwelt Ban56-N«, gab Grek-3 überraschend bekannt. »Die Elite unserer Wissenschaftler hatte sich dort versammelt, war von anderen Welten geflohen, um in Sicherheit arbeiten zu können. Ein Erfolg der Kastuns hätte unser Volk sehr weit zurückgeworfen. Wir konnten alle Wissenschaftler aufnehmen und nach Kepekin bringen. Von hier aus werden sie an einen wirklich sicheren Ort weitergeleitet.«

»Was ist mit der Erforschung der Temporalen Barriere?«, fragte Tess.

»Bislang sind keine Ergebnisse zu erkennen«, antwortete Grek-3. »Aber ich biete dir an, Perry Rhodan, dich und dein Schiff zu unserer sicheren Zuflucht mitzunehmen. Ich habe euer Wissen und eure Loyalität erkannt.«

»Wenn ich richtig verstehe, hast du die Genehmigung von Grek-1 …«, begann Rhodan, wurde aber vom Kommandanten von Kepekin unterbrochen.

»Du missverstehst die Befugnisse. Grek-3 wurde zusammen mit den Wissenschaftlern von Ban56-N gerettet. Er untersteht nicht meinem Befehl.«

»Ich bin Grek-3 des maahkschen Oberkommandos«, sagte Tess Qumishas Gegenüber.

… und somit eine sehr hoch gestellte Person in der Hierarchie der Maahks, erkannte Perry Rhodan überrascht. Das brachte seine Pläne ein deutliches Stück voran.

Es war nicht zu übersehen, dass die Maahks Kepekin-II verlassen wollten. Die Vorbereitungen liefen auf Hochtouren, auch wenn der Exodus nur die ohnehin schon von Ban56-N evakuierten Wissenschaftler und ihre Gerätschaften sowie den militärischen Sektor des Geheimplaneten betraf. Die Fabriken würden weiterhin Nachschub produzieren.

Grek-1 sah damit eine mögliche Gefährdung des Planeten schwinden. Immerhin ergab sich inzwischen ein logisch nachvollziehbares Vorgehen der Invasionsflotten. In einer ersten Phase hatten die Kastuns wahllos und ohne Unterschied Raumschiffe angegriffen und Zivilplaneten vieler Völker verwüstet. Sie hatten flammende Fanale gesetzt und Panik und Furcht gesät.

Phase Zwei war vor wenigen Tagen eingeläutet worden: der gezielte und präzise Angriff auf die militärische Schlagkraft der Hathorjan-Völker.

Sie hatten ihr Ziel erreicht. Mittlerweile hatte ganz Andromeda Angst davor, militärische Flotten zu unterstützen und zu versorgen. Der Name Papis verbreitete sich mit Überlichtgeschwindigkeit. Papis, einer der wenigen maahkschen Agrarplaneten und seiner exponierten Lage wegen Versorgungsbasis und Stützpunkt einer schlagkräftigen Flotte, existierte seit zwei Tagen nicht mehr. Das System hatte jetzt eine neue kleine Sonne, die jedoch schon in wenigen Jahrhunderten ausgebrannt sein würde.

Mehr als ein Tag Standardzeit war mit »Routinearbeiten« vergangen. Die Techniker der JOURNEE hatten vor allem die Schutzschirmaggregate einer eingehenden Wartung unterzogen, wie sie im Weltraum nicht möglich war.

Auch das Wissenschaftler-Team arbeitete nahezu rund um die Uhr. Allein die während der Schlacht um Ban56-N gewonnenen Aufzeichnungen und Messdaten waren Legion, und ihre vollständige Auswertung würde sich noch über Tage hinziehen.

Grek-665 1/2 hatte einer Anordnung von Grek-3 Folge geleistet und die JOURNEE zur »Instruktion« verlassen. Während seiner Abwesenheit wurde der Zwergelefant Norman mehrmals vor Kabine 30 gesehen, wie er mit dem Rüssel das Schott abtastete und ein heiseres Trompeten versuchte. Niemand vermochte zu sagen, ob ausgerechnet Norman den Maahk vermisste; jedenfalls hatte Benjameen da Jacinta nur ein Kopfschütteln für das Verhalten seines Schützlings übrig.

Der CyberMaahk erschien erst nach Stunden wieder an Bord. Mit beiden Händen strich er sein Hemd über dem Raumanzug glatt. »Grek-3 hat mich nicht aufgefordert, es auszuziehen«, verkündete er sichtlich stolz. »Er kennt die Musik von Lasky Baty.«

»Und was sagt er dazu?«, erkundigte sich Bruno Thomkin wie beiläufig.

»Er hält die Klangfolgen für … degeneriert.« Grek-665 1/2 stieß Laute aus, die einem menschlichen Seufzen schon sehr nah kamen. »Aber ich lernte die Musik auch erst schätzen, nachdem mir der LemurEmotio-Simulator eingepflanzt worden war.«

»Dann solltest du Grek-3 den Vorschlag machen, sich ebenfalls ein solches Gerät …«

»Das kann ich nicht«, platzte der Maahk heraus. »Das ist unmöglich.«

»Ich denke, es gibt Wichtigeres zu besprechen«, wandte Perry Rhodan ein.

»Später«, sagte Grek-665 1/2, eine Spur zu schnell und zu schroff.

Thomkin platzte schallend heraus – und schlug sich ebenso abrupt die Hand vor den Mund. »Unser Freund lernt schnell«, stieß er hastig hervor.

»Erzähle uns nicht, dass du mit Grek-3 nur über diesen Baty geredet hast«, wandte sich Rhodan an den Maahk.

»Kurierschiffe wurden zu anderen wichtigen Welten geschickt. Sie übermitteln die Informationen über die Schutzschirme der Kastuns. Die Weitergabe über Funk erschien Grek-3 nicht zuverlässig und sicher genug.«

»Das war mir klar.«

»In den kommenden beiden Stunden terranischer Zeitrechnung erfolgt der Aufbruch von Kepekin. Das Ziel ist ein absolut sicherer Ort in 51 106 Lichtjahren Entfernung. Ich wurde über gewisse Dinge in Kenntnis gesetzt, über die ich dich rechtzeitig informieren soll.«

»Warum nicht sofort?«

»Das ist die Entscheidung von Grek-3, ich kann daran nicht rütteln.«

Es war der 28. März Bordzeit, als die Schlachtschiffe der Maahks Kepekin-II verließen und nach Erreichen der erforderlichen Geschwindigkeit in den Hyperraum eindrangen. Die JOURNEE folgte der Flotte in geringer Distanz; der Hyperraumspürer suchte vergeblich nach eventuellen Verfolgern.

40 000 Lichtjahre betrug die erste Etappe, bei einem Überlichtfaktor von 50 Millionen eine Flugzeit von immerhin sieben Standardstunden. Der Kursvektor zielte auf das Tefa-System, was die Terraner zu einigen Spekulationen verleitete, zumal Grek-665 1/2 über das wahre Ziel beharrlich schwieg.

Ein kurzer Orientierungsaustritt inmitten hoher Sternendichte. Hell und unüberschaubar zeichnete sich die Zentrumsregion auf den Schirmen ab. Andromeda, in den terranischen Sternkatalogen ebenso unter der Bezeichnung M 31 geführt, war zum einen die größte Galaxis der Lokalen Gruppe und besaß zum anderen einen Doppelkern. Irgendwann im Laufe ihrer Geschichte war sie mit einer anderen, weit kleineren Galaxis kollidiert und hatte deren Sterne in sich aufgenommen. Auch die Milchstraße und Andromeda drifteten aufeinander zu, doch der Zusammenstoß würde erst in ferner Zukunft erfolgen.

Rund 400 Milliarden Sonnen und ein Durchmesser von annähernd 150000 Lichtjahren charakterisierten die von ihren eigenen Völkern Hathorjan genannte Galaxis, wobei sich allein die Zentrumsballung über einen Bereich von 20000 Lichtjahren erstreckte.

Wenig mehr als 11000 Lichtjahre waren es noch bis zum Ziel der Maahks, das somit deutlich hinter Tefrod lag. Die erhöhte Sternendichte zwang der Flotte für die zweite Etappe einen spürbar geringeren Überlichtfaktor auf. Neun Stunden und 44 Minuten würde die reine Flugzeit betragen.

Die neuen Kursdaten und der Abgleich mit den Karten ließen erkennen, dass der Flug in einem kaum besiedelten Sektor im dichten Zentrumsbereich enden würde. Der Eyschara-Nebel galt als Gefahrenzone für die Raumfahrt.

Und natürlich war die Umschreibung »Nebel« eine ausgesprochene Verharmlosung. Stückweise gaben die Ortungen der JOURNEE während der Annäherung das Geheimnis preis. Eine rotierende Materiewolke, ein wahrer Mahlstrom aus Gasen, Staub und Energie, wurde von einem Schwarzen Loch im Zentrum in Bewegung gehalten. Am Rand des wirbelnden Chaos, aber schon stark gefährdet, zeichneten sich zwei Dutzend Sonnen ab.

Sie hatten den Hyperraum dicht außerhalb der wirbelnden Materiewolke verlassen und stießen im Normalflug in den Staub vor. Es war ein faszinierender und überaus bedrohlicher Anblick zugleich, ein gigantisches Farbenmeer, von den Sonnen angeregte energetische Erscheinungen, die wie Elmsfeuer aufleuchteten, gedankenschnell weite Distanzen übersprangen und ebenso unerwartet wieder erloschen.

Manch surrealistischer Maler der Neuzeit, der mit Lichtkompositionen ähnliche Effekte schuf, würde angesichts dieses Naturschauspiels in Verdacht geraten, Anleihen in Andromeda genommen zu haben. Die Realität übertraf indes die besten Holobilder an Einfallsreichtum bei weitem.

Zunehmend heftigere Gewitter tobten in den Schutzschirmen; Störungen beeinträchtigten die Ortungen und zauberten nach fast zwei Stunden Flugzeit erste Geisterbilder auf die Schirme, die das Vorhandensein einer enormen Masse vorgaukelten.

»Allmählich erwarte ich eine Antwort.« Die Kommandantin blickte Grek-665 ½ auffordernd an. »Die Sicherheit des Schiffes hängt davon ab.«

»Die JOURNEE ist nicht gefährdet«, widersprach der Maahk. »Ich weiß es.«

»Das genügt mir nicht«, sagte Coa Sebastian. »Wenn du zur Besatzung gehören willst, erwarte ich einfach, dass du auch entsprechend handelst.« Sie wischte ihre Verärgerung mit einer knappen Kopfbewegung beiseite. Masse- und Energietaster lieferten zunehmend falsche Werte, ohne dass es dafür eine Erklärung gab. Wenn sie der Anzeige vor sich glauben durfte, fiel die JOURNEE einem der monströsesten Gebilde entgegen, die sie je gesehen hatte.

»Cita?«, sagte sie.

Die Plophoserin sah sie nur kurz an. »Das Prüfprogramm findet keine Fehler. Die Überlagerungen in der Wiedergabe sind durch Gravitationseinfluss entstehende Schattenbilder.«

»Das will ich nicht hören. Mich interessiert ausschließlich, auf was wir uns zubewegen.«

»Die Maahks werden nicht so verrückt sein, in dieser Wolke ihre Flotte zu verbergen. Die Werte … nein, unmöglich …«

»Was ist unmöglich?«

»Nach meiner Hochrechnung müssten vor uns mehr als fünfhunderttausend Schwere Schlachtschiffe das Schwarze Loch umkreisen. Über so eine Flotte verfügen die Methanatmer nicht … oder?«

»Grek?« Die Aufforderung war unmissverständlich. Dennoch schwieg der Maahk auch weiterhin über das Ziel des Fluges.

»Ich habe in Hypnoschulungen viel über die Menschen gelernt«, sagte er stattdessen, »aber längst nicht alles. Wie ist es, wenn Sauerstoffatmer staunen?«

»Wir sollten ihm den Hals umdrehen«, murmelte Thomkin, gerade so laut, dass alle ihn verstehen konnten. Und damit trat er wieder einmal in eins der vielen Fettnäpfchen, die seinen Weg säumten.

»Bruno Thomkin«, wies die Kommandantin ihn zurecht, »diese Bemerkung will ich ausnahmsweise überhört haben.«

»Ich fühle mich nicht angegriffen«, stellte Grek-665 1/2 fest. »Es ist nicht die Frage, ob oder ob nicht … ausschlaggebend ist die Absicht.« Der Maahk hob die Schultern. Mit zwei Augen taxierte er den 1,94 Meter großen, dürren Lunageborenen. »Ich versuche soeben, mir vorzustellen, wie er mir den Hals umdrehen will«, stellte er sachlich fest. »Dazu fehlt ihm die Kraft.«

Thomkin grinste schon wieder. Selbst wenn er eigentlich den Mund halten sollte, gelang ihm dies nicht immer. Oder nur selten. Dabei meinte er es nie böse, nicht einmal mit seinen bissigen Kommentaren. Als Techniker hatte er sich hochgearbeitet, war lange Jahre in den Luna-Werften tätig gewesen und in der Endphase bei der Entwicklung der ENTDECKER-Klasse eingesetzt worden. Im Zuge der Erprobung der ersten 1800-Meter-Kugelraumer war er 1307 NGZ in die Dienste der LFT-Flotte eingetreten und auf einigen Umwegen auf Perry Rhodans Flaggschiff LEIF ERIKSSON und gleich darauf auf die JOURNEE übergewechselt.

Eigentlich hatte Thomkin zu allem eine bissige Bemerkung parat, doch jetzt wurden seine Augen größer und drohten schier aus den Höhlen zu quellen, während sein Unterkiefer aufklappte. Er starrte auf die Bildwiedergabe und brachte keinen Laut hervor, wirkte sekundenlang wie versteinert.

Auf allen Missionsstationen, ebenso im Hauptholo, war eine Kombination aus Ortungsbild und realer, wenngleich noch verschwommener Beobachtung eingeblendet.

Man hätte in der Zentrale des Spürkreuzers eine Feder fallen hören können. Sogar Rhodan, der in seinem langen Leben oft mit gigantischen Bauwerken konfrontiert worden war, schluckte schwer.

Die wirbelnde, immer noch von Entladungen durchpulste Materie lichtete sich, ein Schatten nahm Gestalt an, bizarr, atemberaubend und gewaltig. Die Flotte von Kepekin, 2100 Schwere Schlachtschiffe, driftete auseinander und strebte noch unbekannten Landepositionen entgegen.

»Mehr als einhundert Kilometer Durchmesser … eine künstliche Station.«

Ein Weltraumbahnhof!, durchzuckte es Perry Rhodan. Schlagartig brach die Erinnerung über ihn herein, als wäre es erst gestern gewesen, dass die Menschheit den Schritt zur Nachbargalaxis gewagt hatte …

Der Sonnensechseck-Transmitter im Zentrum der Milchstraße, der Sprung hinaus in den intergalaktischen Leerraum, die kriegerische Begegnung mit den ersten Maahks, dann Andromeda selbst, die Meister der Insel. Jahre später die Zerstörung der Sonnentransmitter, der lange Weg zurück in die Heimat, nicht zu bewältigen ohne die Hilfe der Weltraumbahnhöfe, die von den Maahks zwischen beiden Sternennebeln errichtet worden waren.

Was der Terraner schier zum Greifen nahe vor sich sah, erinnerte ihn an diese Stationen im Leerraum.

Einen Augenblick lang fürchtete er, die Vergangenheit könnte jetzt und hier wieder lebendig werden. Vielleicht hatte sie sogar längst neue Gestalt angenommen. *Der Gelbe Meister!*, wollte ihm eine quälende Stimme einreden. *Die Meister der Insel. Erkennst du den Zusammenhang noch immer nicht?* Er presste die Lippen aufeinander und verscheuchte alle lästigen Einflüsterungen. Mit dem Daumen rieb er die Narbe am rechten Nasenflügel.

Vor der JOURNEE schälte sich etwas aus dem Nebel, das eindeutig einem Weltraumbahnhof der Maahks nachempfunden war. Nur war es größer, gewaltiger und vielschichtiger – doch unverkennbar eine Reminiszenz an die ruhmreiche Vergangenheit der Maahks.

Immer neue Details erschienen in Einblendungen, dazu Sektorenvergrößerungen. Der Syntron projizierte als Bezugspunkt ein feinmaschiges Gitternetz; mit jeder Sekunde der weiteren Annäherung erfassten die Ortungen neue Details, ließen sich Gravitationsverschiebungen innerhalb des Gebildes ausloten.

»Der Kern ist ein Eisen-Nickel-Asteroid«, stellte die Kommandantin fest. »Längster Durchmesser ursprünglich mehr als einhundert Kilometer und vermutlich von sehr unregelmäßiger Form, abgeflacht … äh … in etwa … kartoffelförmig. Eine Grobschätzung ergibt für den jetzigen Zustand etwas mehr als siebzehntausend Quadratkilometer Oberfläche, davon sind zwei- bis dreitausend Quadratkilometer noch naturbelassen.«

Coa Sebastian hatte Recht, wenn sie von einem jetzigen Zustand sprach. Den Maahks diente der Asteroid als Basis und Rohstofflieferant zugleich. Es war anzunehmen, dass sie ihn im Schwerefeld einer der nahen Sonnen eingefangen und in die Akkretionsscheibe transportiert hatten, was wegen der teils chaotischen Verhältnisse und der nicht zu unterschätzenden Gefahren der mehrere Lichtstunden durchmessenden Materiewolke wohl mit extremen Schwierigkeiten verbunden gewesen war. Damit hatten sich die Methanatmer jedoch eines großen Teils des Rohstoffproblems auf elegante Weise entledigt. Der Asteroid war gleichermaßen von außen abgetragen und von innen her ausgehöhlt worden. Bis auf einen schmalen Bereich ähnelte seine Oberfläche nun weitgehend einem geschliffenen Diamanten. Auf den Facetten, deren Seitenlänge jeweils mehrere Kilometer betrug, reihten sich ausgedehnte Fabriken aneinander. Viele Gebäudekomplexe waren schon äußerlich zuzuordnen; sie dienten der Erz-Förderung und der Verarbeitung und molekularen Strukturverdichtung des gewonnenen Stahls. Sogar der spärlich anfallende Abraum wurde weiterverarbeitet.

Rhodan spürte, dass der Maahk ihn beobachtete. Grek-665 1/2 schien auf jede Reaktion zu lauern. Worauf wartete er? Auf einen Begeisterungssturm? Der Terraner glaubte nicht, dass die Station innerhalb von Jahrzehnten errichtet worden war. Für ein derartiges Projekt wurden in der Regel Hunderte von Jahren veranschlagt. Noch dazu hatten die Bauarbeiten vor den anderen Völkern Andromedas verborgen bleiben müssen.

Rhodan verstieg sich nicht zu der Unterstellung, dass hier eine neue Bedrohung heranwuchs und die Methanatmer eines Tages in politischen Revanchismus verfallen könnten. Terra hatte einfach zu wenig auf seine kosmischen Nachbarn geschaut, aber das auch nur, weil der Liga Freier Terraner die eigenen Probleme schier über den Kopf gewachsen waren. Perry sehnte sich nach einer Epoche umfassenden Friedens und ruhiger Forschung. Die Geheimnisse des Kosmos' waren mannigfaltig – und eines Tages würde vielleicht alles Leben Seite an Seite einen gemeinsamen Weg gehen, der seit Jahrmillionen vorherbestimmt war.

Langsam ließ er die Finger über Schaltflächen gleiten, zoomte Detailvergrößerungen und Daten.

Die JOURNEE näherte sich mit Schleichfahrt der nur noch 40000 Kilometer entfernten Station. Im Gefolge der Schiffe von Kepekin hatte Zim November den Kreuzer durch das Gros der versammelten maahkschen Flotte manövriert. Zehntausende Walzenraumer hingen im relativen Stillstand inmitten einer weitgehend staubfreien Zone.

»Stoppen und auf Befehle warten!«, sagte Grek-665 ½ in einem Tonfall, der keinen Widerspruch duldete.

Zim setzte schon zu einer heftigen Erwiderung an, doch Perry bedeutete ihm mit einer knappen Geste, die Anweisung zu befolgen. Rhodan wandte sich an den Maahk: »Du bist uns eine Erklärung schuldig, Grek!«

»Wir werden erwartet.«

»Schön.« Perry Rhodan nickte knapp. »Ich hätte es gern etwas genauer. *Wer* erwartet uns?«

»Ein hochgestellter Maahk.«

Der Terraner verschränkte die Arme, lehnte sich ein wenig zurück und musterte Grek-665 ½ durchdringend. »Meine Geduld ist nicht unerschöpflich, Grek. Ich lasse mich nicht länger hinhalten, nicht angesichts dieser Station und der Raumschiffe ringsum. Habe ich mich deutlich ausgedrückt, oder sagt dir der LemSim etwas anderes?«

»Insgesamt siebzigtausend Schlachtschiffe haben sich in die Wolke zurückgezogen«, sagte der Maahk überraschend. »Etwa zwanzigtausend sind gelandet, die übrigen fünfzigtausend werden vorerst in unmittelbarer Nähe der Station eine Parkbahn einhalten. Dessen ungeachtet ist die Station das größte Geheimnis unseres Volkes. Wir befinden uns in der zentralen Flottenbasis. Es hat Jahrhunderte in Anspruch genommen, das alles im Eyschara-Nebel aufzubauen und die Materiedichte in diesem Bereich zu reduzieren. Und es wird weitere Jahrhunderte dauern, bis alles fertiggestellt sein wird.«

»Ich sehe die Weltraumbahnhöfe der Maahks vor mir, die einst Hathorjan und die Milchstraße miteinander verbanden. Midway-Station und Lookout-Station zum Beispiel.«

»Drei Plattformen, um eine zentrale Nabe herum gruppiert«, bestätigte Grek-665 1/2. »Du siehst, dass dieses Konzept wieder verwendet wurde.« Er deutete auf den Ausschnitt, den Rhodan auf den Schirm geholt hatte.

Die Nabe schien aus der schmalen Stirnseite des Asteroiden herauszuwachsen und war vermutlich tief im Erz verankert. Sie allein durchmaß sechseinhalb Kilometer, ein Zylinder mit sichtbaren 35 Kilometern Länge. Monströse Aggregatbänder umliefen das obere Ende. Dabei schien es sich um modernste Schutzschirmprojektoren zu handeln, um weitreichende Antennensysteme und Metagrav-Projektoren. Mehrere Kilometer unterhalb wanden sich Geschützstellungen um den Turm.

Grek-665 1/2 deutete Rhodans Stirnrunzeln richtig.

»Die Nabe ist voll flugfähig. Das gilt auch für die drei Plattformen. Auch sie verfügen über modernste Metagrav-Technik. Sie dienen jedoch nicht wie die Weltraumbahnhöfe von einst nur der Versorgung, sondern sind eine vollwertige Flottenbasis. Jede Scheibe durchmisst fünfunddreißig Kilometer bei einer Höhe von acht Kilometern. Es gibt drei als Großhangars ausgebildete Hauptebenen, darüber hinaus Werftanlagen mit allem, was planetare Werften bieten können.«

»Also fünf Landeflächen pro Scheibe.« Rhodan rechnete überschlägig. »Die Infrastruktur berücksichtigt, heißt das für mich, ungefähr dreitausend Schwere Schlachtschiffe pro Plattform.«

»Dreitausendfünfhundert«, korrigierte der Maahk. »Die Landedecks Zwei und Vier verfügen zu Gunsten einer besseren Auslastung sowohl über horizontale als auch vertikale Starttuben.«

In halber Höhe des Zentralturms waren die Plattformen angeflanscht.

»Das Gebilde erinnert an eine riesige altmodische Schiffsschraube«, bemerkte Benjameen da Jacinta. »Vor allem in Verbindung mit dem Asteroiden.«

Er hatte Recht. Aber da waren noch weitere Scheiben. Zwei schienen schräg aus dem Asteroiden zu wachsen. Im Winkel von gut 30 Grad spreizten sie sich ab, mit der Schmalseite im Untergrund verankert. Eine weitere lag flach auf, ragte aber mit knapp der Hälfte ihrer Fläche über den Asteroiden hinaus.

Und nun rückte mit zunehmender Drift eine weitere, vorher kaum sichtbare, noch im Bau befindliche Station mit Nabe und drei seitlichen Scheiben ins Blickfeld, die auf der gegenüberliegenden Seite des kosmischen Felsbrockens verankert war. Zwei Scheiben berührten den Asteroiden, die dritte zeigte in Flugrichtung. Obwohl auf beiden über große Flächen hinweg das Innenskelett offen lag, waren, wie auf allen anderen, schon Walzenraumer gelandet.

»Generationen von Maahks haben das verwirklicht«, sagte Grek-665 1/2 stolz. »Kein anderes Volk hat Ähnliches zu bieten.« In einer unbeholfen wirkenden Bewegung wischte er mit beiden Daumen der rechten Hand über die berührungssensible Konsole. Er wusste genau, was er tat, und nutzte Rhodans Bevorrechtigung, um einen normal lichtschnellen Funkkanal zu öffnen. Gleich darauf wurde ein Zahlenkode von der JOURNEE abgestrahlt.

»Zahlen«, sagte der Maahk, und in Rhodans Ohren klang es ärgerlich. »Auch der Name der Station ist nichts als eine logische Abfolge. Die andere Bezeichnung gefällt mir besser: Hideaway-Station.«

»Ein treffender Name«, pflichtete Perry ihm bei. »Und er führt die Tradition fort.«

»Ein Leitstrahl baut sich auf!«, meldete die Funkstation.

»Wir nehmen die Einladung an«, entschied Rhodan. »Optische Zielverfolgung auf mein Pult.«

Der Leitstrahl kam vom Zentralturm der »Schiffsschraube«. Zim November flog die JOURNEE mit Fingerspitzengefühl. Inzwischen waren der Asteroid und die Stationsscheiben mit bloßem Auge zu erkennen, ein bizarres Kunstwerk, ein sich langsam verändernder Widerstreit diffuser Helligkeit und harter Schatten vor einem Hintergrund ineinander verlaufender Pastellfarben. Irgendwo in großer Distanz glaubte Rhodan, das Schwarze Loch ahnen zu können, dessen Schwerkraftfänge nach dem Asteroiden griffen. Doch das war Einbildung. Wäre die Gefährdung real gewesen, hätten die Maahks ihre Flottenbasis niemals in die Wolke verlegt. Nicht einmal die Ortungen zeigten Details.

Die Flugbahn des Spürkreuzers führte schräg zwischen den Schmalseiten zweier Scheiben hindurch. Für die Crew schien die Nabe waagerecht zu liegen; folglich standen die Scheiben senkrecht vor dem Schiff. Es war ein phantastischer Anblick, die Landedecks zu beiden Seiten bis auf das letzte Feld mit gelandeten schwarzen Walzenraumern gefüllt zu sehen. Einzelne Schiffe schleusten ein, andere starteten, ein stetes Kommen und Gehen herrschte.

»Ich möchte die Maahks nicht zum Gegner haben«, sagte die Kommandantin betont.

Als der Peilstrahl unvermittelt wechselte, füllte der Zentralturm die Bilderfassung schon völlig aus. Die JOURNEE glitt in wenigen Hundert Metern Höhe über eine Scheibe hinaus und sank tiefer, eigentlich wieder dem Asteroiden entgegen, dessen Farbe aus dieser neuen Perspektive an geschmolzenes Blei erinnerte.

Ungefähr in halber Höhe der Außenwand öffnete sich ein Schott. Traktorstrahlen griffen nach dem Kreuzer und setzten ihn im Zentrum eines Hangars ab, in dem gut und gern sechs große Walzenraumer Platz gefunden hätten.

»Das war's dann wohl fürs Erste.« Zim November rieb sich die Augen und gähnte verhalten. »Eigentlich ein verdammt langweiliger Flug.«

Zäh floss die Zeit dahin. Der Hangar wurde nicht mit Atmosphäre geflutet, was Perry Rhodan als unmissverständliche Aufforderung verstand, an Bord der JOURNEE zu bleiben.

Inzwischen war der 29. März angebrochen. Gut eine Stunde nach der Ankunft des Spürkreuzers erschien ein Symbol auf den Schirmen: die stilisierte Zentrumsnabe mit drei angeflanschten Plattformen. Dazu eine schlecht modulierte mechanische Stimme, die auf Interkosmo verlangte, der Terranische Resident und der Cyborg sollten sich bereithalten.

»Welcher Cyborg?«, fragte Cita Aringa irritiert.

»Unser Grek ist gemeint«, erwiderte Rhodan.

»Ich bin kein Cyborg«, erwiderte der Maahk heftig und klopfte auf die Stelle seines Raumanzugs, unter der sein LemurEmotio-Simulator lag. »Ich bin ...« Er verstummte so abrupt, wie er begonnen hatte.

»Du giltst bei deinen Artgenossen als Exot«, behauptete Rhodan. Natürlich wussten die meisten Maahks wenig mit jemandem anzufangen, der sich freiwillig Emotionen aussetzte und zu erkennen suchte, was sich dahinter verbarg. Der Musik nicht allein als Abfolge von Tönen empfand, die Kommunikation nur in besonderen Fällen erlaubte, sondern als etwas, dem nachzuspüren sich lohnte.

Grek-665 1/2 wirkte wie versteinert, als er den Terraner aufforderte: »Sag mir, was ich bin! Es fällt mir mit jedem Tag schwerer, die Kontrolle über alles zu behalten. Zu viele neue Eindrücke stürzen auf mich ein, die sich auf die gewohnte Weise nicht einordnen lassen. Dabei habe ich mich lange darauf vorbereitet. Lebe ich wirklich? Als Mensch oder als Maahk? Was ist das, Leben in euerm Sinn? Beginnt es wirklich mit dem Zerbrechen der Eischale ...?«

»Dafür gibt es viele Definitionen«, antwortete Rhodan ausweichend. »Leben heißt vor allem, sich selbst bewusst zu sein.«

Der Maahk stutzte, hob die Arme in jäher Erkenntnis, doch nur, um die Hände letztlich schwer auf den LemSim fallen zu lassen. »Dann lebe ich doppelt«, erkannte er, »oder zweimal halb. Aber das ist logisch unmöglich. Also bin ich doch zum Cyborg geworden. Nur dann habe ich eine Erklärung für verschiedene Bewusstseinsebenen.«

»Wir bekommen Besuch!«, meldete die Kommandantin.

Das Hangarschott hatte sich in Bewegung gesetzt. Es öffnete sich gerade so weit, dass ein tropfenförmiges Fahrzeug einschweben konnte, eine Mischung aus atmosphäregebundenem Gleiter und Raumschiff-Beiboot, schwarz wie die Walzen der Maahks, doch im verdickten Bereich von eigenartig schillernden Reflexen überzogen. Rhodan hatte den Eindruck, als würden sich die Schlieren unaufhörlich verändern.

»Das Empfangskomitee«, stellte er fest. »Wird aber auch allmählich Zeit.«

Als er kurz darauf zusammen mit Grek-665 ½ den ausgefahrenen Antigravschacht verließ, schwebte der Tropfen nur wenige Meter entfernt von ihnen. Ein Stück der vorderen Seitenwand verflüchtigte sich und gab den Blick auf ein spartanisches Inneres frei. Fünf schwere Sessel, eindeutig für die wuchtigen Körper von Maahks konstruiert, standen im Halbkreis nebeneinander. Es gab weder einen Piloten noch sichtbare Bedienelemente. Antrieb und Versorgungsaggregate waren im konischen Ende des Tropfens sowie im Bereich unter der Passagierkabine untergebracht.

»Keiner da, kein Trinkgeld«, sagte Perry Rhodan leichthin, als er von einem schwachen Zugfeld erfasst und hinein gehoben wurde.

»Ich verstehe nicht«, sagte Grek-665 ½.

»Schon gut«, wehrte der Terraner ab, »das war nur eine spontane Bemerkung.«

Er spürte, wie der Sessel vergeblich versuchte, sich seiner Körperform anzupassen. Die Maahks von Hideaway-Station waren wohl nicht darauf vorbereitet, Besucher zu empfangen.

Dass der Tropfen sich schon in Bewegung gesetzt hatte, registrierte Rhodan erst, als die Schiffshülle annähernd transparent wurde und in der nächsten Sekunde gänzlich verschwand. Sie hatten die Plattform verlassen und fielen zwischen deren Außenwand und dem Turm dem Asteroiden entgegen, vorbei an geöffneten Hangarreihen mit kleinen Schiffen, Leichten Kreuzern mit 200 Meter Länge und 40 Meter Durchmesser bis hin zu Leichten Schlachtkreuzern mit den doppelten Ausmaßen.

In anderen Bereichen klebten Maahks und Reparaturmaschinen wie Ameisen an der Hülle des Rings. Nur ein unregelmäßiges Aufblitzen verriet ihre Standorte.

Die Projektordüsen der Korrekturtriebwerke am Rand der Scheibe wirkten wie Krater. Der Tropfen sprang darüber hinweg und glitt quer über die kreisförmige Oberfläche. Die Landefelder waren belegt; nur ein Schlachtschiff schwebte der Station entgegen, während ein anderes mit kurzen Triebwerksschüben abhob. Natürlich benötigte Hideaway-Station zur Aufrechterhaltung aller Funktionen ein Heer von Wissenschaftlern, Technikern und Arbeitern. Sie alle mussten versorgt werden. Wobei Rhodan überzeugt war, dass in den Plattformen ganze Decks der Produktion von Nahrungsmitteln dienten. Maahks stellten keine Ansprüche, was eine abwechslungsreiche Verpflegung anbetraf, für sie war nur wichtig, dass ihre Körper die benötigten Mineralien und Spurenelemente erhielten. Alles andere bedeutete Luxus, den sich allein gefühlsbetonte Völker leisteten.

Der Tropfen hatte sich dem Asteroiden bis auf wenige Hundert Meter genähert. Die Industrieanlagen, die er überflog, erinnerten an Kepekin, nur dienten sie nicht der Produktion von Raumschiffen, sondern der Fertigstellung der im Bau befindlichen Plattformen.

Dazwischen lagen kilometerbreite Streifen unbebauter Fläche. Wie monströse Raupen fraßen sich Maschinen tiefer ins Erz. Die Schnittflächen schimmerten in kräftigen Blautönen, die darüber liegende Kruste erweckte den Anschein verbackener Staubschichten.

Einflugschächte führten an vielen Stellen tiefer ins Innere des Asteroiden. Einem davon näherte sich der Tropfen.

Lauflichter erweckten den Eindruck, inmitten der immer enger zusammen stehenden Wände in einen ausgedehnten Hangar einzufliegen. Ein Labyrinth aus Höhlen und Stollen öffnete sich und ließ erkennen, dass der Asteroid längst zur Festung ausgebaut worden war. Hier herrschte dieselbe rege Betriebsamkeit, wie man sie auf Flottenbasen gewohnt war.

Rhodan beschränkte sich aufs Beobachten. Unter höchster

Geheimhaltung hatten die Maahks im Herzen ihrer Galaxis ein militärisches Potenzial aufgebaut, das sich im Kampf gegen die Invasoren vielleicht als entscheidender Faktor herausstellen konnte.

Grek-665 1/2 hatte während des inzwischen gut 15 Minuten währenden Flugs ebenfalls noch kein Wort von sich gegeben, nur hin und wieder seiner offensichtlichen Verwirrung mit einem heftigen Schlag auf den LemSim Luft gemacht. Erst jetzt faltete er seinen Helm zurück und sog mit einem deutlichen Schnaufen den Wasserstoff ein.

»Das ist gewaltig«, brachte der Maahk-Wissenschaftler endlich hervor. »Noch vor wenigen Monaten hätte ich diese unglaubliche Größe und Weitläufigkeit als Notwendigkeit akzeptiert. Heute frage ich mich, was steckt dahinter? Wirklich nur Sachzwänge, oder schon der Gedanke, die politischen Grenzen in Hathorjan zu sprengen? Werden das die Menschen befürchten, sobald sie von Hideaway-Station erfahren?«

»Die Mehrheit vielleicht«, antwortete Rhodan. »Sie mögen noch so viel kosmisches Bewusstsein entwickelt haben, aber die letzten Jahre und Jahrzehnte sind nicht spurlos an ihnen vorüber gegangen. Es gibt eine latente Furcht vor dem Andersartigen, vor neuen Gefahren und einem Existenzkampf, den niemand will.«

»Verstehe«, sagte Grek-665 1/2. Er hatte den Terraner gemustert, aber zugleich die sich schnell verändernde Umgebung nicht unbeachtet gelassen. »Vergangenheit und Zukunft vermischen sich, in den Gedanken der Menschen ebenso wie auf äußerst reale Weise in Hideaway-Station. Ich bin beeindruckt – von beidem. Und ich glaube, meine Forschungen könnten dazu beitragen, dass unsere Völker eines Tages Geschwister werden und nicht nur respektierte Nachbarn bleiben.«

Rhodan ruckte herum. »Sagt dir das der LemSim?«

»Das sagt etwas in mir, das vor dem Implantat nicht vorhanden war. Manchmal fühle ich mich, als würden sich meine Eingeweide verdrehen. Ich frage mich, ob der LemSim krank macht. Kannst du mir eine Antwort darauf geben, Rhodan?«

Der Terraner schüttelte den Kopf. »Eigentlich nicht, Grek.«

Er seufzte leise. »Und schon gar keine erschöpfende. Hoffnung und Zweifel, Liebe, Hass, Unsicherheit – das alles wühlt dich innerlich auf, und selbst wir Menschen verstehen nicht immer, warum das so ist. Es gibt keine logische Erklärung dafür.«

Der Tropfengleiter hatte sein Ziel erreicht und wurde in einem energetischen Gerüst verankert, in dem wie in schillernden Waben einige Dutzend ähnliche Maschinen hingen. Nachdem sich ein Ausstieg gebildet hatte, ohne Zweifel eine Art von Formenergie, entstand außerhalb eine flirrende Energieplattform, gerade groß genug, beide Passagiere aufzunehmen.

Perry Rhodan folgte dem Maahk. Ein fahles Glimmen am Rand der Plattform stieg ringsum in die Höhe und schloss sich über ihren Köpfen. Die Anzeigen im Helmdisplay zeigten dem Terraner, dass es sich um ein Prallfeld unbekannter Konsistenz handelte. Als er den Arm ausstreckte, glaubte er, in einen rasch anwachsenden Widerstand zu greifen, der auf den letzten Zentimetern undurchdringlich wurde.

»Transportfelder dieser Art wurden eigens für Hideaway-Station entwickelt«, erläuterte Grek-665 1/2. »Leitprojektoren in den Korridoren sorgen für eine durchgängige Konsistenz. Wir erreichen mit diesem System jeden zugänglichen Ort im Asteroiden.«

Ein Lamellenschott öffnete sich, dahinter dunkelblau schimmerndes Erz, von einigen wenigen Gesteinsadern durchzogen. Dann Dunkelheit, ohne den Eindruck einer Bewegung.

»Wer oder was erwartet uns?«, fragte Perry Rhodan.

»Ich bin nicht befugt, darüber zu sprechen«, antwortete der CyberMaahk. »Das wird ›er‹ dir selbst sagen.«

Als sich das Prallfeld auflöste, war der Übergang abrupt. Sie befanden sich inmitten eines kuppelförmigen Raums. Rhodan schätzte den Durchmesser auf gut 150 Meter, die Höhe auf 30. Eine Projektion zeigte im Zenit eine geradezu unheimliche Schwärze, umgeben von einem Staubmantel, der sich in der Akkretionsscheibe ballte. Selbst Rhodan gewann den Eindruck, von der unheimlichen Gewalt des Schwarzen Lochs angezogen zu werden.

»Schwerkraftaggregate unterstützen die Projektion«, sagte eine markante Stimme in nahezu akzentfreiem Interkosmo. »Die Illusion ist vollkommen. Zumindest für jeden, der die Zentrale erstmals betritt.«

Offenbar hatte eine zweite Transportkapsel den Maahk gebracht, der rasch näher kam. Seine Bewegungen verrieten Stärke und Entschlusskraft ebenso wie einen unbeugsamen Willen. Rhodan spürte instinktiv, dass dieses Wesen mehr war als nur ein Kommandant. Eine schwer zu definierende Ausstrahlung eilte ihm voraus, die Abgeklärtheit hohen Alters, aber auch ein jung gebliebener Geist. Nicht viele Intelligenzen hinterließen auf Anhieb einen solchen Eindruck. Perry fragte sich unwillkürlich, ob sein Gegenüber womöglich einen Zellaktivator trug.

Der Maahk war größer als der Durchschnitt, mindestens zwei Meter 40. Seine Schultern wölbten sich nach außen, und der wulstförmige Schädel verlief übergangslos in den Körper. Nichts schien dem Blick der vier großen Augen zu entgehen, der aber weder zwingend noch verletzend wirkte. Vielmehr zeigte er ein unverhohlenes Interesse.

Der Maahk legte den rechten Arm quer über die Brust und spreizte die Finger zum Gruß. Dann streckte er den Arm aus und hielt Perry Rhodan die Hand entgegen. Der Terraner griff ebenso impulsiv zu.

»Ich bedauere, dass einer von uns gezwungen ist, einen Schutzanzug zu tragen«, sagte der Maahk. »Solche Unterschiede sollten uns aber nicht trennen.«

Sein Händedruck war überaus kräftig. Beide Daumen schlossen sich um Rhodans Handballen, und die vier Mittelfinger griffen zu wie bei der Begrüßung eines Menschen.

Rhodan erwiderte die Begrüßung ebenso herzhaft. Der Funke war schon vorher übergesprungen; die Berührung, durch das dünne Gewebe des Raumanzugs keineswegs beeinträchtigt, besiegelte eine noch unausgesprochene Übereinkunft.

»Ich bin Grek-0«, sagte der Maahk in dem Moment, »der Oberste Kriegsherr der Maahk-Völker in Hathorjan.«

Rhodan schnappte unwillkürlich nach Luft.

»Über deine Rolle und die deines Schiffes in der Auseinandersetzung mit den Invasoren wurde ich unterrichtet. Wir verdanken dir sehr viel, nicht nur, dass die vielleicht einzige verwundbare Stelle der Invasoren gefunden wurde, sondern auch den Fortbestand maahkscher Forschungen. Die Elite unserer Wissenschaftler auf Ban56-N wäre getötet worden oder in Gefangenschaft geraten.«

Grek-0. Das erklärte den besonderen Eindruck, den dieser Maahk hinterließ. »Meines Wissens gab es sehr lange keinen Grek-0«, sagte Rhodan. »Seit dem Ende des Krieges gegen die Meister der Insel.«

»Zweieinhalbtausend Jahre terranischer Zeitrechnung. Mir ist deine historische Rolle bei der Befreiung Hathorjans in allen Phasen bekannt. Deine Qualitäten als Stratege und erfolgreicher Flottenführer weiß ich in den richtigen Zusammenhang zu stellen.«

Das war ein erstaunliches Geständnis. Perry Rhodan hätte nie erwartet, eine solche Feststellung zu hören. Wie hatte Grek-1 auf Kepekin gesagt? *»Die Verdienste der Vergangenheit sind heute wertlos …«* Selbst logische Standpunkte waren also nicht immer identisch.

Grek-0 wandte sich an Rhodans Begleiter: »Ich kenne deinen Werdegang, Grek-665 1/2. Deinen Selbstversuch konnte ich anfangs nicht verstehen, und noch immer erheben sich namhafte Stimmen gegen die *Vermenschlichung.* Wir müssen den Anfängen entschlossen Einhalt gebieten, fordern nicht wenige Wissenschaftler. Sie sagen den Untergang der Maahk-Kultur voraus, wenn individuelle Schwächen gefördert werden.«

Grek-665 1/2 schwieg sekundenlang. Ihm war keine Regung anzusehen. Falls Grek-0 befahl, das Gefühls-Implantat zu entfernen, hatte er nur zwei Möglichkeiten: sich zu beugen oder den Einflussbereich der Maahks zu verlassen. Dennoch sagte er, vielleicht sogar mit einer Spur von Trotz in der Stimme: »Ich bin überzeugt davon, dass meine Entscheidung richtig ist. Die Epochen, in denen Völker isoliert lebten, gehören der Vergangenheit an. Es ist unlogisch, sie zurückholen zu wollen. Wer nicht versteht, den Herausforderungen der Zukunft zu begegnen, wird in Bedeutungslosigkeit versinken.«

»Das ist ein mutiger Satz«, sagte Grek-0. Der Oberste Kriegsherr der Maahks vollführte eine zustimmende Geste. »Ich werde dich nicht daran hindern, Grek-665 1/2, das zu tun, was du deines Erachtens tun musst. Aber es gibt Dringenderes zu besprechen.«

Kapitel 16

Eine Stunde später wusste Perry Rhodan, dass er die Zeit gut genutzt hatte. Auch der CyberMaahk zeigte sich überrascht über die Offenheit des Obersten Kriegsherrn.

Übereinstimmend hatten sie festgestellt, dass das Volk der Maahks als einziges in Andromeda den Invasoren noch ernsthaft Widerstand leisten konnte. Die militärische Geheimhaltung, aus der leidvollen Geschichte der Wasserstoffatmer geboren, brachte den entscheidenden Vorteil. Im Gegensatz dazu schienen die offenen Strukturen der Tefroder Schuld zu sein, dass sie zum bevorzugten Ziel der Kastun-Kriegsschiffe geworden waren. Die Aufklärung der Maahks redete von weit verstreuten Flottenverbänden und unterbrochenen Kommunikationsnetzen.

Der Terraner und Grek-0 waren sich einig, dass sie nicht länger wie Gejagte handeln durften. Es galt, endlich systematisch nach den Hintergründen und Drahtziehern der Invasion zu suchen.

Nach der Rückkehr auf die JOURNEE informierte Perry Rhodan sofort die Mannschaft. Fast jeder hatte ein positives Ergebnis erwartet, weil es schlicht keine Alternative gab. In spätestens zwei Tagen sollten die Flotten zur Treibjagd auf die Kastuns aufbrechen. Endlich standen die Mittel dazu zur Verfügung.

»Natürlich werden wir in den vordersten Reihen dabei sein«, schloss Rhodan, ohne dass sich Widerspruch regte. »Ich bezweifle noch immer, dass es einfach sein wird, den Sieg davonzutragen. Die Kastuns sind nur die Fußtruppen, wir müssen die eigentlichen Invasoren im Hintergrund ausfindig machen.«

»Was sagt Grek-0 dazu?«

»Er sieht seine vordringliche Aufgabe darin, die militärische Überlegenheit des Gegners zu brechen. Und ich kann ihm nicht einmal widersprechen. Falls sich die Befürchtungen bewahrheiten, werden wir an zwei Fronten kämpfen müssen.«

Er runzelte die Stirn. »Solange die JOURNEE auf Hideaway-Station steht, haben wir Ruhe. Niemand kann ahnen, was uns danach bevorsteht. Die Zentrale wird deshalb bis auf weiteres nur mit Minimum-Besatzung arbeiten. Ich ziehe mich ebenfalls in meine Kabine zurück.«

Trotz seiner Ankündigung vergingen noch eineinhalb Stunden, bis er endlich die Zentrale verließ. Er hatte die Sternenkarten studiert und mithilfe von Simulationen versucht, eine Strategie der Angreifer zu erkennen. Trotz der schon vorhandenen Aufzeichnungen und der noch umfassenderen Daten, die Grek-0 an die JOURNEE überspielen ließ, zeichnete sich kein verwertbares Schema ab. Die Kastun-Schlachtschiffe hatten ganz Andromeda heimgesucht, es gab nur wenige Gebiete, aus denen keine Überfälle bekannt geworden waren. Andererseits musste Perry Rhodan davon ausgehen, dass die Maahks längst nicht von allen Zwischenfällen wussten.

Raumschiffe ... Zivilplaneten ... Militärbasen ... Das war die Chronik des bevorstehenden Untergangs, ein Spiegelbild des Schreckens in einem Zeitraum von wenigen Wochen. Zog er die bisherige Steigerungsrate als Maß für die weitere Entwicklung heran, würde Andromeda in spätestens vier Wochen den Invasoren gehören.

Selbst in seiner Kabine ließ Rhodan das Zentrumsgebiet an die Decke projizieren. Der Eyschara-Nebel lag näher am galaktischen Kern als das Tefa-System, aber beide waren nur 8189 Lichtjahre voneinander entfernt.

Kiriaade, dachte Perry Rhodan, in die Betrachtung des Hologramms versunken, *wenn du wirklich in der Nähe von Tefrod bist, sollten wir endlich für längere Zeit Kontakt aufnehmen können.*

Er schloss die Augen, versuchte sich zu konzentrieren – und wusste doch zugleich, dass es ihm unmöglich sein würde, Kiriaade zu erreichen.

Er hatte Grek-0 nicht auf die Erscheinung angesprochen, die

ihn nach Andromeda gerufen hatte, sondern seine Anwesenheit als Zufall ausgegeben. Obwohl – oder vielleicht, gerade weil – er zu fühlen glaubte, dass zwischen Kiriaade und ihm eine besondere Beziehung bestand, ein fast schon inniges Verhältnis.

Irgendwann schlief er dann doch ein …

… und erwachte, weil er eine sanfte Berührung zu spüren glaubte. Ein ferner Ruf verwehte in seinen Gedanken.

Einbildung oder ein neuer Versuch der geheimnisvollen Erscheinung, zu ihm vorzudringen? Er wusste nur, dass Kiriaade ihm die Antworten geben konnte, die er brauchte. Er musste sie erreichen, und es gab vielleicht einen Weg …

Der Servo meldete ihm auf seine entsprechende Frage, dass Benjameen da Jacinta seine Kabine verlassen hatte. Es dauerte nicht lange, den Arkoniden im Freizeit- und Erholungsbereich aufzuspüren. Entweder in der Zentrale, in den Wissenschaftlichen Labors oder im Fitnessbereich, sehr viele andere Möglichkeiten hatten sich nicht angeboten.

Rhodan benutzte den nächstliegenden Antigravschacht. Er musste nicht lange suchen. Schallendes Lachen und ein wahrhaft ohrenbetäubendes Trompeten hallten ihm entgegen. Es war eindeutig das eines Elefanten.

Norman? Der Terraner hielt flüchtig inne, lauschte, schüttelte den Kopf. Das Lachen klang steril, irgendwie künstlich. Die Lautstärke ließ ohnehin auf Grek-665 1/2 schließen. Aber dass Norman plötzlich ein derart elefantöses Trompeten zustande bekam, konnte Rhodan einfach nicht glauben. Nicht einmal unter der Annahme, dass Benjameen und der Maahk ihren Schützling gemeinsam trainierten. Das war schlichtweg verrückt. Allerdings hatte er schon ganz andere Verrücktheiten erlebt.

Er ließ das Schott aufgleiten, hinter dem der Lärm erklang – und hielt überrascht inne. Üppiger, dampfender Dschungel versperrte ihm den Weg. Die Sicht reichte gerade zwei Meter weit.

Kopfschüttelnd ging Rhodan weiter, mitten hindurch zwischen Ästen und Lianen, die ihm keinen Widerstand entgegensetzen, aber hinter ihm wieder dieses scheinbar unberührte

Dickicht bildeten. Der weiche Dschungelboden bebte, als marschierte eine Kompanie von Maahks vorbei.

Augenblicke später trat Perry Rhodan auf eine Lichtung hinaus – und hielt den Atem an. Drei ausgewachsene Elefantenbullen standen vor ihm, die Schädel mit den mächtigen Stoßzähnen erhoben und die Rüssel über den Kopf gestreckt. Sie wirkten wie die Exotennummer in der Vorstellung eines Weltraum-Zirkus'.

Norman, der nur 50 Zentimeter kleine indische Klonelefant, stand vor seinen riesenhaften Ebenbildern und trötete kläglich mit seinem zusammengeflickten Rüssel, der aber schon keine Narben mehr erkennen ließ.

Neben Norman kauerte Benjameen da Jacinta in der Hocke, kraulte sein »Schoßtier« im Nacken und redete aufmunternd auf ihn ein. Grek-665 ½ stand bei den beiden und betrachtete die Elefantenbullen.

»Diese mächtigen Kreaturen haben sich wirklich den Menschen untergeordnet und für sie schwere Arbeiten verrichtet?«, fragte er. »Ich glaube nicht, dass sie Antigravplattformen ersetzen können und effektiver arbeiten ...«

Perry Rhodan hustete. Benjameen fuhr abrupt herum, sogar Norman wandte den Kopf und pendelte mit dem Rüssel. Nur Grek-665 ½ wandte ihm weiterhin den Rücken zu. »Ich habe dich schon gesehen, Terraner«, sagte er. »Ich bin hier, um mehr über die Menschen und ihre Heimatwelt zu erfahren.«

»Wir versuchen, so nebenbei ...«

»... aus Norman einen richtigen Elefanten zu machen.« Perry Rhodan nickte knapp, aber dann gab er einen kurzen Befehl, und die Dschungelszenerie samt der doppelt mannshohen Elefantenbullen löste sich auf. »Ich brauche deine Hilfe, Benjameen.«

»Natürlich.«

»Versuche, Kiriaade zu finden!«

Der Arkonide stützte das Kinn auf die rechte Handfläche. Er schien zu überlegen, ignorierte, dass Norman mit ihm spielen wollte. »Wir wissen nicht einmal, ob sie wirklich existiert«, wandte er ein.

»Genau das müssen wir endlich herausfinden.«

Ungeduldig zupfte Norman an Benjameens Hosenbein. »Grek«, bat der Arkonide, »geh mit ihm. Ich muss eine Zeit lang ungestört sein.«

Benjameen da Jacinta hatte sich in einen Zerotraum versetzt. Im Zustand paranormaler Aktivität löste er sein Bewusstsein vom Körper und überwand in Nullzeit große Entfernungen. In diesem Zustand war ihm innerhalb gewisser Beschränkungen sogar eine telepathische Verständigung möglich. Zumeist lief die Kommunikation jedoch traumhaft-surreal ab, und die Übermittlung präziser Informationen warf Probleme auf.

Ungezählte Minuten vergingen. Schweiß perlte auf Benjameens Stirn, die Augäpfel begannen sich unter den geschlossenen Lidern ruckartig zu bewegen.

Er träumte, doch es war kein angenehmer Traum. Seine Arme zuckten, die Hände öffneten und schlossen sich, als versuche er, etwas Unsichtbares zu greifen und festzuhalten. Schließlich schreckte er mit einem gurgelnden Schrei in die Höhe.

Vorübergehend wirkte Benjameen verwirrt, fuhr sich mit beiden Händen über das Gesicht, wobei die Finger deutliche Rötungen auf der Haut hinterließen.

»Ich ... es geht nicht ...«, stieß er kurzatmig hervor. »Entweder hindert mich die Materiewolke, oder da ist etwas anderes, das ich nicht einordnen kann.«

In diesem Moment heulte der Alarm auf.

»Die Strahlungsverhältnisse in dieser Wolke sind, gelinde gesagt, bescheiden.« Mit einer knappen Handbewegung löschte Tess Qumisha alle Daten auf dem Schirm und begann von neuem, Details aufzubauen. »Ich kann versuchen, was ich will, die Störeinflüsse des Schwarzen Lochs lassen sich nicht vollständig ausfiltern.«

Sariocc, ebenfalls in die Auswertung neu hereingekommener Messungen vertieft, hob den Blick und schaute seine Kollegin sinnierend an.

»Sag wenigstens etwas«, seufzte Tess. »Genau dieser Blick von dir missfällt mir.«

Ein Lächeln stahl sich auf Bi Nathams Züge. »Arbeitet nicht jeder Mensch daran, sein Karma zu verbessern, um eines Tages die Erlösung aus dem Kreislauf der Wiedergeburten zu erlangen?«

»Und was hast das mit dem Black Hole zu tun?«

Sarioccs Lächeln wurde eine Spur nachsichtiger. »Sieh das Problem von der anderen Seite«, sagte er. »Versuche nicht, die Spuren des kosmischen Ereignisses zu tilgen, sondern lösche, was von den Maahks verursacht wird. Je klarer dein Blick das Wesentliche erkennt, desto größer sind deine Erfolge.«

»Darauf hätte ich selbst kommen können«, antwortete Tess burschikos. Natham hörte schon gar nicht mehr zu, konzentrierte sich wieder auf seine Arbeit.

Hideaway-Station war ein gigantisches Projekt der Maahks. Welch unbändiger Wille – und vor allem, welche Kraft – standen hinter dem Vorhaben, das den Gewalten der Akkretionsscheibe trotzte? Andererseits gab es kaum ein besseres Versteck.

In den letzten Stunden hatte Tess viele Einzelheiten herausgefunden. Inzwischen wusste sie, wie der Schutzschirm aufgebaut war, der um Hideaway-Station den tobenden Mahlstrom fernhielt. Hunderte künstlicher Satelliten, walzenförmig und jeweils 150 Meter lang, bildeten Koordinaten auf der Oberfläche einer Kugelschale nach. Wegen der Raumschiffpulks hatte sie noch längst nicht alle Stationen messtechnisch erfassen können, doch ihre Berechnungen waren eindeutig. Der Prallschirm absorbierte ungefähr drei Viertel der Staubmassen, reagierte nur auf Materie im atomaren und molekularen Bereich und war für Raumschiffe schlicht nicht existent.

Tess hatte zudem einen schwächeren inneren Schirm aufgespürt, der von der Station selbst aufgebaut wurde. Die Projektionsfelder ließen sich in den energetischen Turbulenzen nur schwer nachweisen.

Sie eliminierte in der Anzeige eine Strahlungsquelle nach der anderen. Das war selbst mit Syntron-Unterstützung eine langwierige Aufgabe, zumal die 50000 im Raum treibenden Schlachtschiffe annähernd identische Signaturen aufwiesen.

Irgendwann stutzte die Hyperphysikerin. Da war eine schwache Anzeige, einer von nicht mehr sehr vielen Nebeneinflüssen, eine vergleichsweise winzige Amplitude, die sich rhythmisch ausdehnte und zusammenzog. Die Messung lag im ultrahochfrequenten Bereich des Hyperspektrums und wurde erst deutlicher, als Tess die Nachführung justierte. Es handelte sich um keine gängige Frequenz, schon gar keine, die vom Suchlauf der Standard-Ortungen erfasst wurde.

Tess' Interesse war geweckt. Und zugleich ihr Misstrauen, als sie den Ausgang der Strahlung im Randbereich einer der Hideaway-Plattformen ermittelte.

Minuten später wusste sie, dass es mit den Mitteln terranischer Technik nicht möglich war, eine gepulste Strahlung in diesem Frequenzbereich zu erzeugen. Vermutlich waren auch die Maahks nicht dazu in der Lage. Vielleicht – und der Gedanke erschreckte sie – handelt es sich um eine noch schwer zu verstehende Art von Angriff.

»Bi Natham, sieh dir das an!«

Sariocc runzelte nur die Stirn, als er die Daten betrachtete. »Dieser Frequenzbereich kann nicht künstlich erzeugt werden«, stellte er fest. »Über die Entstehung gibt es verschiedene Prognosen, aber bislang noch nichts Greifbares.«

»Die Pulsation ist auf die Millisekunde regelmäßig.«

»Solche Phänomene registrieren wir in jeder Galaxis zu Hunderttausenden.«

»Ausgangspunkt ist die Plattform.« Tess gab sich nicht mit dem versteckten Hinweis auf natürliche Strahlungsquellen zufrieden.

»Selbst die schwache Ausgangsleistung dürfte genügen, die Wolke zu durchdringen.«

»Also sind wir uns einig.« Mit einer Hand fuhr sich Tess durchs Haar, mit der anderen begann sie heftig zu gestikulieren. »Informiere Perry und gib Alarm, Bi! Ich fürchte, da läuft etwas völlig daneben.«

»Und du?«

»Einer muss den Obermaahk informieren.«

Es war schlicht eine Anmaßung, den Obersten Kriegsherrn der Methanatmer sprechen zu wollen, noch dazu ohne jede Begründung. Grek-0 hatte sich zur Ruhe begeben.

»… ich weiß, dass du aus dem terranischen Schiff anrufst. Aber auch für dich gilt …«

»Es ist dringend!«, stieß Tess hervor.

»Falls du um eine diplomatische Unterredung ersuchst …«

»Steck dir deine diplomatische Unterredung ganz diplomatisch sonstwo hin!« Tess explodierte schier. Wäre Benjameen im Labor gewesen, hätte selbst er zugeben müssen, dass er sie so noch nicht gesehen hatte. Tess Qumisha fluchte und wünschte dem Maahk die Zentrumspest an den Hals, aber erst, als sie seinem Gelege rissige Eierschalen unterstellte, schien sie den Ton getroffen zu haben, den ihr Gegenüber verstand. Nur noch 30 Sekunden vergingen, bis auf dem Holoschirm ein anderes Gesicht erschien. Tess spürte instinktiv, dass es sich wirklich um Grek-0 handelte und nicht um einen Untergebenen.

»Ich höre, Terranerin«, sagte er nur.

Knapp und präzise informierte Tess den Maahk über die pulsierende Strahlung und ihren Verdacht, es könnte sich um ein Peilsignal handeln.

Grek-0 fragte nicht nach. Er zweifelte auch die Schlussfolgerung nicht an. Innerhalb von Sekunden entstand vor ihm ein mehrere Meter durchmessender holografischer Detailplan von Hideaway-Station. Die Peilung der JOURNEE wurde in das Bild projiziert.

»Das Signal stammt aus einem Werftbereich«, stellte Grek-0 fest. »Ich werde umgehend handeln.«

Den letzten Satz hörte Perry Rhodan noch mit, der soeben die Wissenschaftliche Abteilung betrat.

»Was ist geschehen, Tess? Bi Nathams Auskunft lässt auf einen bevorstehenden Weltuntergang schließen.«

Sie schaute ihn entgeistert an, kniff die Augen zusammen und schüttelte den Kopf. »Er übertreibt, Perry. Aber bei den Maahks ist auch nicht alles Howalgonium, was glänzt.«

Die Warnung der Terranerin klang plausibel. Zugleich wusste Grek-0, dass es zu lange dauern würde, die Information zu überprüfen. Zwei Gründe sprachen dagegen, einen solchen Zeitverlust in Kauf zu nehmen: Zum einen hatte die Frau von besonderen Messinstrumenten der JOURNEE gesprochen, zum anderen hätten die eigenen Sicherheitsstellen längst reagiert, wäre ihnen die pulsierende Strahlung aufgefallen.

Falls die Frau die Wahrheit gesagt hatte …

Sie hat, entschied Grek-0. Die Terraner waren Verbündete im Kampf gegen die Invasoren. Ihre Loyalität stand außer Frage. Ebenso die technische Ausrüstung des Kugelraumschiffs und die Befähigung der Besatzung. Grek-1 von Kepekin und Grek-3 hatten übereinstimmend ausgesagt, dass den Terranern die Wende zu verdanken war. Sie hatten die Schwäche der Kastun-Schutzschirme herausgefunden. Allem Anschein nach war diese Terranerin auch daran beteiligt gewesen.

Für Grek-0 stand am Ende seiner Überlegungen nur ein einziger logischer Schluss: Die Untergebene von Perry Rhodan hatte ihre Warnung gerechtfertigt ausgesprochen, mit hoher Wahrscheinlichkeit ging von der Reparaturwerft ein Peilsignal aus.

Noch war Hideaway-Station geheim. Die Entdeckung wurde unvermeidlich, je länger das Signal Bestand hatte. Vor allem gab es nur einen potentiellen Empfänger in Hathorjan, dem diese Peilung nutzen konnte und der stark genug war, einen Angriff zu starten.

Das Signal musste sofort unterbrochen werden!

Effektiv und kompromisslos. Jede weitere Sekunde konnte den Unterschied zwischen Entdeckung und Fortbestand der Flottenbasis bedeuten.

Es gab keinen schnelleren und effektiveren Weg als die Vernichtung der gesamten Sektion.

Mehrere Tausend hochqualifizierte Fachkräfte arbeiteten in der Werft. Hinzu kamen die Besatzungen dreier eingedockter Schlachtschiffe. Grek-0 sah das nicht als Hinderungsgrund, um zu tun, was nach allen Argumenten getan werden musste. Bei einer Entdeckung von Hideaway-Station durch die Kastuns waren diese Maahks und die noch nicht wieder flugfähigen Schiffe ohnehin dem Untergang geweiht.

Alle diese Überlegungen waren das Ergebnis weniger Augenblicke. Grek-0 war es gewohnt, seine Entscheidungen schnell zu treffen.

Er leitete die Sprengung der Werft ein.

Kapitel 17

Regungslos starrte Tess Qumisha auf die Bildübertragung. Noch weigerte sich ihr Verstand zu begreifen, was sie mit eigenen Augen sah. Sie war totenbleich, rieb sich mit beiden Händen über ihre blutunterlaufenen Augen und verwischte das dunkle Make-up mit den Tränen, die sie nicht zurückhalten konnte.

»Ich ... Das wollte ich nicht ... Das ... das ist bestialisch.« Halb erstickt stieß sie die Rechtfertigung hervor. »Wieso ...« Tess rang nach Luft, »wieso hat er das getan?«

Sie registrierte kaum, dass Perry Rhodan ihre Schultern umfasste. »Du hast dir nichts vorzuwerfen«, sagte der Unsterbliche. »Was hier geschieht, wäre ohnehin geschehen. Vielleicht ein paar Tage später, aber dann noch umfassender.«

Die JOURNEE stand nach wie vor im Hangar; ihre eigenen Optiken erfassten nur nackten Stahl. Aber alle Systeme waren längst auf die Bildübertragungen der Maahks justiert.

Die äußere der beiden schräg auf dem Asteroiden verankerten Plattformen war soeben zu fast einem Fünftel vernichtet worden, mit einer Schnelligkeit, die das Unfassbare des Geschehens erst im Nachhinein deutlich werden ließ.

Perry Rhodan glaubte, fast gleichzeitig Dutzende Explosionen gesehen zu haben. Die Schmalseite der Scheibe hatte sich aufgewölbt. Ein, zwei Sekunden lang war er versucht gewesen, an eine Täuschung zu glauben, doch sonnenhelle Glutbälle hatten die erschreckende Realität erkennen lassen und die Plattform aufgebrochen. Gleichzeitig war die obere Landefläche von einem gewaltigen Beben erschüttert worden; eine heftige Stoßfront hatte den Stahl zerrissen und der nachdrängenden atomaren Glut ein Ventil geschaffen.

Kilometerhohe Flammensäulen schlugen aus den Anlagen

hervor, von weiteren Explosionen wurden Stahlplatten mit den Ausmaßen kleiner Raumschiffe wie Geschosse davonkatapultiert. Zehn Kilometer tief reichte die Zone der Verwüstung in die Plattform hinein, und sonnenheiße Temperaturen machten schon den Versuch von Rettungsarbeiten zur Farce. Dieses Inferno war kein Unfall, es hatte den Werftbereich vernichtet, in dem Tess die Peilsignale angemessen hatte. Grek-0 hatte so schnell und kompromisslos gehandelt hatte, wie es von einem Maahk in seiner Position erwartet wurde.

Die von den Bränden freigesetzte Störstrahlung überlagerte alle Feinmessungen. Mehrmals versuchte Tess, Gewissheit über das Erlöschen des Peilsignals zu erlangen. »In einem speziell darauf justierten Empfänger leuchtet es hell wie tausend Sonnen«, sagte sie. »Für uns bleibt es eine Randerscheinung, die mannigfachen Störeinflüssen unterliegt.«

»Wir brauchen dennoch Gewissheit«, drängte Perry Rhodan.

Fast eine Stunde lang unterzog Tess Qumisha die Emissionen der Plattform detaillierten Analysen. Danach stand fest, dass der unbekannte Sender seine Tätigkeit eingestellt hatte.

»Die Signale sind verstummt«, meldete sie Perry Rhodan, der wieder seinen Platz in der Zentrale eingenommen hatte. »Du kannst Grek-0 mitteilen, dass seine unmenschliche Methode Erfolg hatte.«

»Er versteht solche Vorwürfe nicht«, antwortete Rhodan.

Die Hyperphysikerin schnappte nach Luft. »Trotzdem akzeptiere ich diese Sprengung nicht. Und das werde ich wohl sagen dürfen, selbst wenn dieser … dieser Maahk es hundertmal nicht kapiert.«

»Er kennt inzwischen unseren Standpunkt.«

Tess riss die Augen auf.

»Grek-0 hat mehrfach nachgefragt, ob der Peilstrahl noch steht. Er akzeptiert unsere Verärgerung, vertritt seine Entscheidung aber weiterhin. Einige Tausend Leben gegen das Leben aller – das ist seine Logik.«

»… die wir nicht akzeptieren müssen.«

Rhodans Worte erschütterten Tess bis ins Innerste. »Was willst du tun? Für die Maahks zählt ausschließlich der Erfolg einer Bemühung. Ihre Ethik unterscheidet sich grundlegend von der unsrigen. Aber ohne sie gibt es gegen die Kastuns keine Chance.«

Tess spürte Perry Rhodans Qual. Er musste ebenso wie sie selbst über seinen Schatten springen. Es fiel schwer, in dieser Zeit eine Alternative zu finden.

»Ich hatte keine andere Wahl«, sagte zur selben Zeit Grek-0. »Um das Peilsignal auszuschalten, hätte ich auch die ganze Plattform geopfert.«

»Wissen wir, ob es sich wirklich um ein Peilsignal handelte?«, wandte Grek-3 ein.

»Du hast den Angriff auf BanN-56 miterlebt. Das sollte alle Zweifel beseitigen.«

Sie befanden sich in der annähernd 200 Quadratmeter messenden Ausweichzentrale außerhalb des Asteroiden, in der Turm-Nabe des Weltraum-Bahnhofs. Redundanz-Systeme erlaubten den zeitgleichen Zugriff auf alle Informationen der Hauptzentrale und ermöglichten ein jederzeitiges Eingreifen ebenso wie die Übernahme von Funktionen. Ein kleines Raumschiff mit immerhin 100 Metern Länge und 20 Meter Durchmesser wartete in einem angrenzenden Hangar. Obwohl weit von der Peripherie des Turms entfernt, konnte es den freien Raum innerhalb von weniger als 30 Sekunden erreichen. Man musste schon den Plan der Nabe einsehen, um den 200 Meter durchmessenden, verstärkten röhrenförmigen Bereich zu erkennen, der als Flugschneise diente. Alle Strukturen innerhalb dieser Röhre waren entbehrlich und würden im Fall eines Falles von Selbstzerstörungsanlagen desintegriert werden.

Grek-0 verschwendete kaum einen Gedanken an diese Konstellation.

»Es gibt nachvollziehbare Gründe, die zur Entdeckung von Ban56-N durch die Invasoren geführt haben können«, sagte Grek-3. Hinter dem Obersten Kriegsherrn war er der zur Zeit ranghöchste Maahk in Hideaway-Station. Der Grek-1 der Flottenbasis befand sich auf einem Erkundungsflug durch Hathorjan, und Grek-2 war der Sprengung zum Opfer gefallen. Jedenfalls hatte er kurze Zeit zuvor den Werftbereich aufgesucht, und seither gab es kein Lebenszeichen von ihm.

Ein Übergreifen der Sonnengluten auf andere Sektoren wurde zwar von den internen Schutzschirmsystemen verhindert, aber Lösch- und Rettungstrupps drangen gerade erst in die äußeren Sektionen vor. Die Bilder, die sie übermittelten, zeugten von einem anhaltenden Inferno.

Grek-0 musterte sein Gegenüber. »Ich will keine Vielzahl von Gründen hören, sondern den einen, der unsere Niederlagen verbindet. Danach werden wir ebenso gezielt handeln wie vor kurzem.«

»Du sprichst von Verrat? Kein Maahk würde sich gegen sein eigenes Volk stellen.«

Grek-0 wirkte ungeduldig. »Vielleicht ist das ein Trugschluss. Die Fakten sind eindeutig und sprechen dafür, dass der Verräter einen hohen Rang bekleidet.«

Er wiederholte die Aufzeichnung, die ihm von den Terranern überspielt worden war. Schweigend betrachtete Grek-3 die Amplituden, die sich auf einer weitgehend unbekannten Frequenz rhythmisch aufschwangen und wieder erloschen.

»Auf Anhieb würde ich das einem kosmischen Phänomen zuschreiben, dem fünfdimensionalen Strahlungsausbruch einer Sonne.«

»Nicht, wenn der Ausgangspunkt im Hangarbereich liegt«, widersprach Grek-0. »Inzwischen haben die Terraner bestätigt, dass diese ultrahochfrequenten Hyperimpulse mit der Sprengung versiegt sind. Bislang sieht es so aus, als wären sie ohne Folgen geblieben. Allein die Annahme, es habe nur einen Sender gegeben, erscheint mir unlogisch. Ich sehe vielmehr Grund zu der Vermutung, dass die vernichtenden Schlachten von Jyyros, Papis und I'Fannio in einem ursächlichen Zusammenhang miteinander stehen.«

»Wir werden nie erfahren, ob auch auf jenen Welten Peilsender aktiv waren.«

»Die Theorie eines hochgestellten Verräters erklärt alle verlorenen Schlachten.«

Grek-3 vollführte eine ablehnende Bewegung. »Das erscheint naheliegend und logisch«, antwortete er. »Dennoch glaube ich nicht daran. Ich war vor Ort, ich habe die Angriffe der Kastun-Kriegsschiffe miterlebt ...«

»... und du hast überlebt«, unterbrach Grek-0. »BanN-56 hätte ohne die Entdeckung der Terraner nicht evakuiert werden können. Der Verlust unserer besten Wissenschaftler wäre für uns nur sehr schwer zu verkraften.

Ich frage mich, wer davon wissen konnte. Aber es ist wohl nur eine Frage der Zeit, das herauszufinden. Ich werde Anweisung erteilen, jeden zu erfassen, der mit den vernichteten Welten und mit Hideaway-Station in Verbindung stand.«

»Eine Auswertung wird unmöglich sein, weil Flottenkontingente über ganz Hathorjan verstreut operieren. Verstärkter Funkverkehr bedeutet zugleich erhöhte Entdeckungsgefahr.«

»Wir benötigen die Daten von außerhalb nicht«, widersprach Grek-0. »Ich bin überzeugt davon, dass sich der Verräter in der Materiewolke aufhält.«

»Nach der Vernichtung des Peilsenders wird er Hideaway-Station umgehend verlassen haben«, vermutete Grek-3.

»Das ist nicht auszuschließen.« Der Kriegsherr wandte sich den Holoschirmen zu. »Jedes Raumschiff, das in der momentanen Phase ohne meine ausdrückliche Genehmigung in die Wolke ausfliegt, wird vernichtet.«

»Die Frage ist, ob wir den Verräter rechtzeitig aufspüren – falls er wirklich ...«

»Er ist hier«, versicherte Grek-0.

»Du hast einen konkreten Verdacht?«

»Nein«, antwortete der Oberste Kriegsherr ohne das geringste Zögern. »Ein Verdacht würde sich auf viele unbewiesene Annahmen stützen und die Wahrheit nur verzerrt wiedergeben. Ein Suchraster hingegen filtert beweisbare Tatsachen, deren Häufung die Wahrscheinlichkeit erhöht.«

»Ich spreche dennoch meinen Verdacht aus«, sagte Grek-3. »Wer sich dazu bekennt, anders sein zu wollen, und das auch noch dokumentiert, indem er eines dieser degenerierten Kleidungsstücke trägt, ist für mich suspekt. Vergleiche die Geschichte, Grek-0, zwischen unserem Volk und den Sauerstoffatmern. Wer von Gefühlen den Verstand beeinträchtigen lässt, neigt statistisch häufig zu Fehleinschätzungen und krassem Fehlverhalten.«

»Grek-665 1/2 ist harmlos«, widersprach der Oberste Kriegsherr. »Er ist einer der Forscher, die zu allen Zeiten Neuland suchten. Ob er wirklich finden wird, was er sich erhofft, und die Ergebnisse seinen Erwartungen entsprechen werden, weiß heute niemand zu sagen. Und Gefühle allein, Grek-3, sind kein Motiv für einen Verrat.« Sein Blick wurde durchdringend und bekam etwas Zwingendes. »Dahinter verbirgt sich mehr, als wir momentan erkennen können.«

Sie wirkten wie Geschöpfe aus einer längst vergangenen Zeit. Düstere, massige Schemen, langsam in ihren Bewegungen, als müssten sie sich jeden Schritt mühsam erkämpfen, drangen sie in die Gluthölle vor.

Die Bilder zeigten eines von mehreren Katastrophenschutzkommandos in den Randbereichen der Werftsektion.

Nahezu eine Stunde war seit den vernichtenden Explosionen vergangen, in deren Folge das Inferno tobte. Aus einigen Tausend Kilometern Entfernung zeigte sich ein wabernder Einschnitt in der Plattform, ein rot-oranges Glühen ohne Details. Erst in der Nähe wurden die um sich greifenden atomaren Gluten offenbar.

Die eindringenden Kommandos hatten vermutlich die Aufgabe, Beweismaterial zu sichern, sofern überhaupt verwertbare Spuren existierten. Zerstäubte Löschflüssigkeiten schufen den Maahks erste Schneisen in die Glut und offenbarten ein Chaos aus zerfetzten und ausgeglühten Aggregaten und skelettierten Versorgungsgerüsten. Die im Kern der Explosionen freigesetzten Temperaturen hatten meterdicke Decken flüssig abtropfen lassen. Eine bizarre, in Agonie erstarrte Welt eröffnete sich den Beobachtern auf den Schirmen, eine surreale Phantasie hätte die Szenen kaum beklemmender darstellen können.

Der eigentliche Werftbereich war wie der Blick in das Innere eines gigantischen Ungeheuers. Aus einem Kilometer Höhe war die Deckenkonstruktion herabgebrochen, ein scheinbar filigranes, nachglühendes und an vielen Stellen dunkel verkrustetes Spinnennetz, in dem Lastenschweber, Antigravkräne und andere Maschinen wie gefangene Insekten festklebten. Robotgesteuerte Löschfahrzeuge glitten im Schritttempo durch die Hallen und hinterließen bizarre Schaumskulpturen. Eine schwarz verbackene Masse entstand vor dem Hintergrund glühender Höllenfeuer, eine Sinfonie abtropfender Vorhänge, gewaltiger Stalaktiten und kaum weniger imposanter aufwachsender Stalagmiten, in sich die letzte Glut erstickend.

Unheimlich wirkte das Wrack eines Schlachtschiffs, eingedrückt und zerquetscht, die Deckstrukturen durch den Rumpf hindurchgestoßen und in der Folge von Explosionen der eigenen Energiespeicher verwüstet.

Perry Rhodan fühlte sich an die Bilder von Schiffswracks erinnert, die Jahrhunderte lang auf dem Grund eines planetaren Ozeans gelegen und auf denen sich Korallen und Muschelkolonien angesiedelt hatten. Auch solche Schiffe gaben keine Toten mehr frei.

Noch sprachen die Funksprüche von einem Unglücksfall, glaubten die Maahks von Hideaway-Station, dass die Katastrophe auf einem der im Dock liegenden Schlachtschiffe ihren Ausgang genommen hatte.

»Wir bekommen Besuch!«, stellte Cita Aringa fest.

Einer der tropfenförmigen Raumgleiter schwebte in den Hangar ein, in dem die JOURNEE nach wie vor als einziges Schiff stand. Die kleine Maschine fiel aus der Decke herab, in der sich für wenige Augenblicke ein Lamellenschott geöffnet hatte.

»Ankömmling identifiziert sich als Grek-3. Er bittet, an Bord kommen zu dürfen.«

»Erlaubnis erteilt«, sagte Rhodan.

Der Tropfen schwebte ein und dockte neben der SPIRIT an. Kurz darauf betrat der Maahk die Zentrale. Noch unter dem Schott streifte sein Blick alle Anwesenden und blieb am längsten auf Grek-665 1/2 hängen.

Er machte eine Geste der Begrüßung. »Es gibt erneut Grund, den Terranern dieses Schiffes zu danken«, sagte er langsam. Der Translator gab die Worte so gefühllos wieder, wie sie ausgesprochen wurden. »Das Volk der Maahks steht tief in eurer Schuld.«

»Mir wäre wohler, hätte es diese umfassende Zerstörung nicht gegeben«, antwortete Perry Rhodan.

»Ich pflichte dir bei, Terraner. Aber ein großes Problem

muss im großen Maßstab gelöst werden. Alles andere wäre ineffizient und gefährlich. Ich gehe davon aus, dass die Peilsignale dauerhaft erloschen sind.«

»Grek-0 wurde davon unterrichtet«, wandte der Cyber-Maahk ein. Dass Perry Rhodan überrascht reagierte, ließ er sich nicht anmerken. Zweifellos war es der LemSim, der Grek-665 ½ dazu drängte, sich als Besatzungsmitglied der JOURNEE zu fühlen und dementsprechend aufzutreten.

»Wir sollten feststellen, wohin die Peilsignale gesandt wurden«, sagte Grek-3. »Gibt es Anhaltspunkte?«

»Grek-0 plant einen Angriff?«, fragte Rhodan.

»Das hängt von den Gegebenheiten ab.«

»Also sucht er nach dem Verräter?«, wandte Grek-665 ½ ein. »Oder wurde der Sender auf andere Weise eingeschleust?«

»Wir wissen es nicht. Auch die Beweggründe bleiben im Dunkeln, falls ein Maahk verantwortlich ist. Deshalb bin ich gekommen. Ich erwarte deine neuerliche Unterstützung, Perry Rhodan.«

Grek-665 ½ hatte schweigend zugehört; nun räusperte er sich vernehmlich. Seine Reaktion wirkte so menschlich, dass er alle Blicke auf sich zog. »Der Kriegsherr weiß nichts von deinem Hiersein?«, stieß er hervor. »Du handelst eigenmächtig?«

»Ich glaube, dass die Terraner schneller die Wahrheit herausfinden können als die Spurensucher in der Werft. Gut vierzig Prozent der Reparaturkapazität von Hideaway-Station wurden vernichtet; in den Ruinen einen Sender zu finden, von dem niemand weiß, wie er beschaffen war, halte ich für kurzfristig undurchführbar.«

»Unsere Physiker kommen ebenso wenig weiter«, gab Rhodan unumwunden zu. »Es hat den Anschein, als ließe sich die Ausbreitung der Peilsignale nicht verfolgen.«

Das war eine Aussage, die Grek-3 nicht akzeptieren wollte. »Deine Untergebenen haben schon bewiesen, dass sie in kurzer Zeit scheinbar Unmögliches vollbringen«, sagte er. »Ich glaube, dass sie annähernd bestimmen können, wo das Peilsignal empfangen werden sollte.«

»Angenommen, wir haben die Koordinaten …«

»Dann werden mehr als siebzigtausend Schlachtschiffe zuschlagen. Die gegnerischen Schutzschirme sind für uns kein unüberwindbares Hindernis mehr.«

Die Bildübertragung aus der zerstörten Werft brach übergangslos ab. Sekundenbruchteile später wusste jeder, was das bedeutete.

Für Hideaway-Station war soeben die höchste Alarmstufe ausgelöst worden.

»Die JOURNEE muss starten!«, drängte Grek-3. »Nur im freien Raum haben wir eine Chance, den Angriff zu überstehen.«

Niemand fragte nach. Der Alarm konnte nur eines bedeuten. Die Invasoren hatten Hideaway-Station aufgespürt.

»Wer öffnet das Hangarschott?«, wollte die Kommandantin wissen. »Wir schießen uns ungern den Weg frei.«

Grek-3 nannte eine kurze Zahlenkolonne. Es war der Öffnungskode.

Ein Netz von Überwachungssonden rotierte in den äußeren Staubschichten des Eyschara-Nebels um das Black Hole im Zentrum. Ihre Sensoren griffen weit in den Weltraum hinaus und registrierten jede Veränderung. Aber nur wirklich relevante Daten wurden an Hideaway-Station weitergemeldet. Einzelne Schiffe, die nahe dem Nebel den Hyperraum für einen Orientierungsstopp verließen, fielen durch das Raster. Erst sobald ihr Kursvektor erkennen ließ, dass sie in die Materieschleier einfliegen wollten, wurden entsprechende Meldungen per Richtfunk und Rafferimpuls abgesetzt. Dann lief eine Maschinerie an, die bei größerer Annäherung an den Weltraumbahnhof der Maahks unter Umständen die Vernichtung des unbekannten Raumschiffs nach sich zog. Die Geheimhaltung hatte äußerste Priorität.

Im Laufe des letzten Jahrhunderts hatten die Verteidigungsmaßnahmen aber nur in drei Fällen zur Vernichtung anfliegender Raumschiffe geführt. Trotz seiner Lage nahe dem galaktischen Zentrum war der Eyschara-Nebel für die raumfahrenden Völker uninteressant geblieben – nicht zuletzt, weil die maahkschen Geheimdienste permanent für Fehlinformationen sorgten. Der Nebel galt als tückisches Gebiet, in dem Energie- und Gravitationsstürme ihre Opfer nie wieder freigaben. Aus den Fängen des Black Hole von Eyschara, hieß es, gab es kein Entrinnen.

Die Meldung einer einzelnen Sonde hätte den Obersten Kriegsherrn der Maahks nie direkt erreicht. Dass zugleich Rafferimpulse von verschiedenen Positionen in Hideaway-Station empfangen wurden, war jedoch ein bislang einmaliges Ereignis.

Noch während sich Grek-0 die Standorte der betroffenen Überwachungssysteme anzeigen ließ, trafen weitere Meldung ein. Im Umkreis des Nebels materialisierten in diesen Augenblicken Tausende großer Raumschiffe.

Grek-0 zögerte nicht einen Atemzug lang, er löste die höchste Alarmstufe für den Weltraumbahnhof und die Flotte aus.

Die fremde Macht benötigte keine zehn Minuten, um ihren Aufmarsch zu beenden. Grek-0 kam nicht umhin, den gegnerischen Befehlshaber für diese logistische Meisterleistung zu bewundern. Er selbst hätte die Umklammerung des Eyschara-Nebels nicht perfekter inszenieren können.

Keine Frage, um was für Flottenverbände es sich handelte.

Sechs Stoßkeile hatten sich formiert, insgesamt knapp 100 000 Einheiten. Energie- und Massewerte, soweit sie übermittelt wurden, zeigten ausschließlich große Kriegsschiffe, jedes einzelne einem Schweren Schlachtschiff der Maahks ebenbürtig, wenn nicht gar überlegen. Allein die von den Terranern gelieferte Taktik, die gegnerischen Schutzschirme durch zeitlich exakten Beschuss in Schwingung zu versetzen, ließ hoffen, der Übermacht standhalten zu können.

Grek-0 gab sich dennoch keinen Illusionen über die zu erwartende Höhe der eigenen Verluste hin. Solange die Schiffe der Verteidiger auf engem Raum beieinander standen, würden die gegnerischen überschweren Intervallkanonen reiche Ernte halten.

Grek-0 befahl, alle auf den Plattformen und in den Hangardecks stehenden Schiffe zu starten. Das galt ebenso für die Einheiten, deren vollständige Einsatzfähigkeit noch von Wartungsarbeiten abhing, oder die schlicht auf die Aufstockung ihrer Munitionsvorräte warteten.

Auf den riesigen Bildschirmgalerien der Hauptzentrale sah der Oberste Kriegsherr, wie die ersten Schiffe von den Oberflächen der Plattformen abhoben. Unmittelbar darauf öffneten sich die Schächte der Hangardecks.

70 000 Schlachtschiffe, auf engem Raum versammelt ... Grek-0 war sich der schlechten strategischen Position bewusst. Was bislang als unbestreitbarer Vorteil gegolten hatte – die Materiedichte des Eyschara-Nebels –, erwies sich nun für ihn als größtes Problem. Kein Schiff konnte den Überlichtflug nutzen, um dem Würgegriff der Kastuns zu entgehen. Die staubfreie Zone von Hideaway ermöglichte keine ausreichende Beschleunigung. Und die Station selbst hatte den gegnerischen Intervallkanonen nur ihre Schutzschirme und die schweren Waffensysteme entgegenzusetzen.

Die Situation, erkannte Grek-0, war niederschmetternd. Sobald er den Schiffen die Flucht befahl, bedeutete dies den sicheren Untergang der Station und der Flotte. Wenn die Invasoren ihre zahlenmäßige Überlegenheit ausspielten, würden sich die wenigsten der 70 000 Schlachtschiffe dem gegnerischen Feuer entziehen können.

Nach taktischen Gesichtspunkten galt es, entweder die Nachteile zu kompensieren, denen die eigenen Schiffe unterlagen – was mit den vorhandenen Mitteln nicht möglich war –, oder die Invasoren ihres Vorteils zu berauben. Für beide Seiten galten jedoch nur dann identische Einschränkungen, sobald die Kastuns in die Wolke eindrangen.

Wie lange würde der Gegner warten?

Grek-0 bereitete sich auf die Entscheidungsschlacht vor. Als er an Bord seines Flaggschiffs ging, wusste er, dass Hideaway-Station schon zu diesem Zeitpunkt verloren war. Er würde als der Kriegsherr in die Geschichte eingehen, der die militärische Stärke der Maahks verspielt hatte.

Wenigstens ein Teil der Flotte musste in Sicherheit gebracht werden. Aber das hing vor allem davon ab, wie die Angreifer ihren Aufmarsch fortsetzten.

Was auch geschah, seine KARVATA-42, eines der ersten Superschlachtschiffe der Z-Klasse, würde in vorderster Front kämpfen.

Kapitel 18

Bordzeit Spürkreuzer JOURNEE, 30. März 1312 NGZ

70 000 Schiffe formierten sich im Raum um Hideaway-Station. Sie beschränkten sich nicht mehr auf die vergleichsweise staubfreie Zone rund um den Weltraumbahnhof, sondern drangen bereits in die Wolke vor.

Die Ortungen der JOURNEE verfolgten die abfliegenden Walzenraumer, bis die Anzeigen zu verschwimmen begannen, undeutlich wurden und sich letztlich in den Materie- und Energieschleiern der Akkretionsscheibe verloren. Irgendwo da draußen, in einer Umgebung, die selbst schon gefährlich war, warteten die Maahks auf einen noch tückischeren Gegner.

»Sie kommen«, sagte Grek-3 mit Nachdruck. »Nicht in dieser Stunde und nicht in der nächsten, sondern wenn wir alle es am wenigsten erwarten.«

Der terranische Spürkreuzer stand nur wenige 100 Kilometer querab der Plattform. Funkkontakt zu Grek-0 kam im Augenblick nicht zustande. Aber auch Perry Rhodan ließ Simulationen der bevorstehenden Schlacht erstellen. Ohne zu wissen, welche Überlegungen der Oberste Kriegsherr der Maahks anstellte, gelangte er zu durchaus ähnlichen Ergebnissen.

Solange die Kastun-Kriegsschiffe außerhalb des Eyschara-Nebels standen, bedeutete jeder Ausbruchsversuch, sich zur Zielscheibe der Gegner zu machen.

Gut fünf Lichtstunden durchmaß der Nebel, der damit in seinen Ausmaßen knapp dem heimischen Solsystem entsprach. Im Vergleich dazu hatte die mittlere Entfernung des Planeten Pluto zur Sonne rund 327 Lichtminuten betragen.

Es fiel leicht, sich auszurechnen, wie lange ein Raumschiff benötigte, um die Materiewolke zu durchfliegen. Schon in den

Außenbereichen verbot sich jede höhere Geschwindigkeit als 20 Prozent Licht, zum Zentrum hin wurden die wirbelnden Schleier dichter und tückischer. Dann genügten unter Umständen schon 10000 Sekundenkilometer, um einen Schutzschirm bis an die Grenzen der Belastbarkeit zu beanspruchen, von den Gravitationskräften des Black Hole ganz zu schweigen.

Hideaway-Station lag im Außenbereich des Nebels, gerade einmal 30 Lichtminuten vom Rand entfernt. In diesem Sektor hatten die Sonden auch die größte Massierung gegnerischer Kräfte gemeldet, schätzungsweise 80000 Einheiten.

Diese Daten waren inzwischen 20 Minuten alt. Neue Werte blieben aus. Vermutlich existierten die Beobachtungssonden nicht mehr. Die Invasoren hatten sie aufgespürt und vernichtet.

»Ich weiß nicht, was für Schiffe da auf uns warten«, warnte Cita Aringa, »aber einige Meldungen decken sich nicht mit den Bestandsdaten, sondern zeigen ein Mehrfaches an Masse und Energiewerten.«

»Haben wir eigene Ortungen?«

»Nur auf kurze Distanz. Aber so weit sind die Kastuns noch nicht vorgedrungen.«

Das Schweigen der Plophoserin hatte etwas Endgültiges. Perry Rhodan veränderte die Wiedergabe in der Holokugel. Die schematische Darstellung des Nebels wich einem Teilausschnitt mit 60 Lichtminuten Höhe und Hideaway-Station im optischen Mittelpunkt. Zugleich waren die gegnerischen Hauptkontingente mit den zuletzt bekannten Positionen erfasst. Unübersehbare Markierungen dokumentierten die erwarteten Stoßrichtungen der Angreifer.

Das Hauptkontingent der Kastuns flog demnach auf kürzestem Weg die Station an, während sich in einer Umschließungsbewegung mehrere kleine Verbände von den Seiten näherten. Mit entsprechendem zeitlichem Vorsprung waren diese Schiffe in der Lage, jeden Fluchtversuch der Maahks zu vereiteln.

»Ich bin überzeugt davon, dass einige Tausend bis Zehntausend Kastuns schon vor geraumer Zeit auf Abfangkursen in die Wolke eingeflogen sind. Wenn sie geschickt genug waren, konnten sie vielleicht sogar die Überwachungssonden manipulieren.«

»Ausgeschlossen«, protestierte Grek-3. »Ohne die häufig wechselnden Kodes ...«

»Wo ist das Problem?«, unterbrach ihn der Terraner. »Kodes können beschafft werden. Das dürfte nicht schwerer sein, als einen Peilsender in Hideaway-Station zu installieren.«

Grek-3 zögerte. »Aus deiner Sicht magst du Recht haben, aber nur wenigen Maahks sind die Kodes bekannt«, sagte er dann. »Dein Schiff ist klein und wendig. Es sollte tiefer in die Wolke eindringen; nur so können wir rechtzeitig herausfinden, ob die Kastuns alle Stoßrichtungen nutzen.«

»Nur ein Maahk kann den Peilsender nach Hideaway-Station gebracht haben«, sagte Grek-665 1/2.

Grek-3 wandte sich nicht von der Bildkugel ab. Lediglich mit seinen rückwärts gerichteten Augen musterte er den CyberMaahk. »Diese Folgerung erscheint inzwischen gesichert«, bestätigte er.

»Wer ist der Verräter?«

Grek-3 vollführte eine abwehrende Bewegung. »Wir haben keine Möglichkeit, ihn aufzuspüren. Allein an Bord unserer Raumschiffe befinden sich mehr als vierundachtzig Millionen Maahks. Nenne mir eine praktikable Vorgehensweise.«

Alles geschah sehr schnell. Grek-665 1/2 hatte nur wenige Schritte gebraucht, um neben Benjameen da Jacinta zu gelangen. Mit einer fließenden Bewegung beider Tentakelarme griff er zu, umklammerte den Arkoniden mit dem linken Arm und riss mit der rechten Hand dessen Kombistrahler an sich. Der Abstrahlpol aktivierte sich selbsttätig.

»Keine Bewegung, Grek-3! Lass die Finger von deiner Waffe!«

»Ich verstehe nicht ...«

»Die Arme zur Seite!« Grek-665 1/2 schrie fast. Die Erregung war ihm anzumerken. In dem Moment war er weniger Maahk als Mensch, aber nicht gerade zu seinem Vorteil.

»Grek«, versuchte Perry Rhodan die Eskalation einzugrenzen. »Ich hoffe, du hast gute Argumente für dein Handeln. Andernfalls muss ich dich auffordern ...«

Der Maahk lachte schrill. »Wer immer den Sender eingeschleust hat, wird versuchen, vor den Angreifern die Nähe der Station zu verlassen.«

»Du bist verwirrt, Grek-665«, begann Grek-3. »Ich bin kein Verräter.«

»Sechshundertfünfundsechzigeinhalb«, keuchte der Cyber-Maahk. »Und diese Hälfte ist entscheidend. Sie gibt mir Gefühle, auf die Verlass ist.«

»Lass die Waffe sinken, Grek-665, dann werde ich den Zwischenfall vergessen. Ich will nicht, dass unsere Freunde zu Schaden kommen.«

»Bleibt stehen! Alle!« Grek-665 ½ hatte den Strahler inzwischen auf schärfste Fokussierung geschaltet. Erst allmählich wurde ihm bewusst, dass die Zentrale der JOURNEE schwer in Mitleidenschaft gezogen würde, falls Grek-3 seinen Individual-Schutzschirm aktivierte und er gezwungen war, das Feuer zu eröffnen. Aber es gab kein Zurück mehr. Er hatte sich von seinen aufwallenden Gefühlen leiten lassen und durfte sie nicht sofort wieder infrage stellen. »Ich brauche eine Funkverbindung zu Grek-0!«

»An Bord der KARVATA-42«, sagte Grek-3 ruhig. Mittlerweile schien er sich mit der auf ihn gerichteten Waffe abgefunden zu haben. Jedenfalls verharrte er äußerlich unbewegt vor der Holokugel.

Kurze Zeit verstrich, dann erschien im Funkempfang das Abbild eines jungen Maahks. Er stellte sich als Strategischer Planungsoffizier Grek-18 vor.

»Ich vertrete den Obersten Kriegsherrn in allen Belangen der Verteidigung. Du kannst mit mir reden, Grek …«

»Grek-665 ½.«

Der Planungsoffizier reagierte nicht auf die Namensnennung. Wortlos hörte er an, was der Wissenschaftler zu sagen hatte. Erst dann stellte er fest: »Du hast richtig gehandelt, Grek-665 ½. Ich erwarte, dass Grek-3 auf das Flaggschiff überstellt wird.«

»Damit bin ich einverstanden«, sagte Grek-3 Augenblicke später, als die Funkverbindung erloschen war. »Aber ich warne dich, Perry Rhodan. Ein Maahk, der seine Natur leugnet und nach Gefühlen sucht, die er nie verstehen kann, ist gefährlich.

Du wirst es erleben. Oder glaubst du ebenfalls, dass ich ein Verräter bin?«

»Ich weiß es nicht«, gestand der Terraner. »Ich weiß es wirklich nicht.«

Die KARVATA-42, das Flaggschiff des Obersten Kriegsherrn, war eine imposante Neukonstruktion. Mit 2500 Metern Länge und einem Durchmesser von 500 Metern entsprach sie dem Typ des Superschlachtschiffs und verfügte demzufolge wohl auch über eine Standardbesatzung von 3000 Personen.

Das Schiff besaß vollkommene Zylinderform und entpuppte sich schon auf den ersten Augenschein als komplette Neuentwicklung. Die stark zerklüftete Außenhülle wirkte martialisch. Fünf jeweils 400 Meter lange Segmente bildeten den Hauptteil des Schiffes, und die Vermutung lag nahe, dass sie in Modulbauweise zusammengefügt waren. Den Abschluss an Bug und Heck beanspruchten jeweils 250 Meter messende Teilstücke, in denen die Ortungen der JOURNEE metagravähnliche Antriebssysteme ausmachten. Im Kern befanden sich die Hauptprojektoren für den Aufbau des Metagrav-Vortex, während ringsum sechs keilförmig angeordnete Doppelausleger der Feldtriebwerke für den Unterlichtbereich nahtlos in den Rumpf der Hauptsegmente übergingen.

Die Keilformationen waren mit den Spitzen nach innen ausgerichtet. An den Berührungsstellen ihrer Oberseiten begann jeweils ein Teil der Längsgräben, die sich über das gesamte Schiff erstreckten.

Noch markantere Strukturvertiefungen waren W-förmig in die nach außen weisende Breitseite der Keiltriebwerke eingegraben. An den Schnittstellen mit den Stoßnähten der einzelnen Schiffssegmente wölbten sich inmitten kreisförmiger Ausschnitte grobe Waffenkuppeln.

»Konventionelle Standardbewaffnung. Überwiegend multivariable Hochenergiegeschütze, aber auch eine Vielzahl von Konverterkanonen und modifizierte Gegenpol-Kanonen.«

»Schutzschirmstaffel erlischt soeben. Ein Hangar öffnet sich im zweiten Außensegment, lichte Höhe etwa achtzig Meter. Wir können nicht einfliegen.«

»Die Einladung nehmen wir dennoch an«, entschied Perry Rhodan.

Natürlich hatte er mit dem Gedanken gespielt, Grek-665 ½ die Waffe abzunehmen. Er glaubte nicht, dass der Maahk auf ihn schießen würde, war sich dessen aber nicht völlig sicher. Für Grek-665 ½ bedeutete das alles zweifellos eine extreme Ausnahmesituation. Möglicherweise spielte ihm der Lemur-Emotio-Simulator einen Streich.

Die JOURNEE hatte sich dem Flaggschiff bis auf wenige Hundert Meter genähert, driftete noch ein Segment weit über den zerklüfteten Rumpf und verharrte im relativen Stillstand über dem offenen Hangarschott.

Grek-18 meldete sich mit der Aufforderung, den Gefangenen in den offenen Hangar der JOURNEE zu überstellen. Augenblicke später schwebten zwei Raumgleiter heran.

»Ich entschuldige mich für die Unannehmlichkeiten, die euch entstanden sind«, sagte Grek-3. »Noch mehr aber dafür, dass ich die Veränderungen falsch einschätzte, die Grek-665 heraufbeschworen hat. Nicht alle Experimente sind erfolgreich. Fragt ihn, ob er den wirklichen Verräter kennt.«

Ein stummer Wink mit der Waffe forderte ihn auf, die Zentrale zu verlassen. Das war zugleich der Moment, in dem die Fernortungen die anfliegenden Kastun-Kriegsschiffe erfassten. Für die Verhältnisse in der Materiewolke näherten sie sich mit irrwitziger Geschwindigkeit. Nicht einmal mehr zehn Minuten blieben den Verteidigern, sich zu formieren.

Auch auf Hideaway-Station schienen die Ortungen die Angreifer erfasst zu haben. Der Funkverkehr schwoll abrupt an, einige 10000 Walzenraumer verließen ihre Wartepositionen. Sie bildeten einen doppelt gestaffelten Abwehrriegel, der die Kastuns schon tief in der Wolke abfangen sollte.

Unter diesen Umständen war Perry Rhodan froh, die JOURNEE schnell wieder von der KARVATA-42 lösen zu können. Inmitten von 70000 Schiffsriesen erschien der Spürkreuzer wie ein Winzling, kaum massereicher als ein Beiboot der Maahks. Aber genau dieser Umstand, hoffte der Terraner, würde ihnen zugute kommen.

Über die Hangarbeobachtung verfolgte er, wie Grek-3 und

sein tropfenförmiges Boot von bewaffneten Maahks in Empfang genommen wurde. Augenblicke später löste sich die JOURNEE wieder aus dem Schatten des Flaggschiffs.

Die Ortungen erfassten zwei weitere Angriffsspitzen der Invasoren hoch über Hideaway-Station.

Kurz darauf zeichneten unzählige Reflexe nahezu entgegengesetzt. Damit schien nur noch der Weg tiefer in die Wolke hinein frei zu sein, dem Schwerkraftsog des Black Hole entgegen.

Grek-665 1/2 kehrte in die Zentrale zurück. »Kein Energieverlust«, sagte er, als er da Jacinta den Strahler zurückgab.

»Hör zu, mein Freund.« Perry Rhodans Tonfall ließ seine Verärgerung deutlich erkennen. »Du bist Gast an Bord, nicht mehr. Das heißt für dich: keine Kompetenzanmaßung, keine Befehlsgewalt. Haben wir uns verstanden?«

»Natürlich«, antwortete der Maahk. »Habe ich etwas falsch gemacht?«

»Alles«, sagte Perry Rhodan. »Aber das spielt jetzt wohl keine Rolle mehr.«

»Dann werde ich das künftig besser machen.«

Die Ortungen der JOURNEE hatten die Angreifer erstmals bei einer Entfernung von knapp fünf Lichtminuten erfasst. Allerdings näherte sich das Gros der Kastuns mit einer Geschwindigkeit, die deutlich über den Werten lag, mit denen die Maahks die Wolke durchquerten.

15 Minuten später tobten die ersten heftigen Gefechte. In weit auseinander gezogener Formation versuchten die Invasoren, den Sperr-Riegel der maahkschen Schlachtschiffe zu durchbrechen.

Nur die Ortungen ließen erkennen, mit welcher Heftigkeit die Flotten aufeinander prallten. Wahre Energiestürme schienen die Staubschleier in lodernde Protuberanzen zu verwandeln, und nach nicht einmal 20 Sekunden zeichneten sich die ersten Echos explodierender Raumschiffe ab.

Mehrere Durchbruchversuche der Kastuns wurden schon im Keim erstickt – für den Preis Hunderter vernichteter Maahk-Walzen. Hingegen fielen nur einige Dutzend Angreifer ihren oszillierenden Schutzschirmen zum Opfer.

Fliegende Geschützplattformen der Maahks, die einen äußeren Verteidigungsring um Hideaway-Station bildeten, griffen in die Kämpfe ein. Einige Hundert Forts, zwischen drei und dreieinhalb Lichtminuten entfernt, in den Materieschleiern ohnehin gut geschützt, ließen ihre zusätzlichen Tarnfelder fallen. Die Feuerkraft ihrer schweren Geschütze vernichtete im ersten Gegenschlag eine Vielzahl Kastun-Kriegsschiffe, bis sie selbst reihenweise den Intervallkanonen zum Opfer fielen.

Die KARVATA-42 hatte inzwischen die staubfreie Zone verlassen und war in die Wolke eingedrungen, begleitet von einem Pulk aus Superschlachtschiffen alter wie neuer Baureihe. Es war offensichtlich, dass diese waffenstarrenden fliegenden Festungen nur die Aufgabe hatten, die KARVATA-42 abzuschirmen.

Die JOURNEE folgte den Maahks mit knapp zwei Lichtsekunden Abstand.

In fünf Stoßkeilen drangen die Kastuns auf die Flottenbasis der Methanatmer vor, die Flanken mit kleineren Verbänden von höchstens jeweils 100 Schiffen gesichert.

Ihr Würgegriff zog sich rasch enger, und damit brach die Woge der Vernichtung auch über die JOURNEE herein. Zim November flog Ausweichmanöver, während zugleich Transformsalven in den gegnerischen Schirmfeldern explodierten. Punktbeschuss bei 0,0168 Sekunden Dauerfeuer. Optisch war nicht mehr als ein fahles Aufleuchten der Schutzschirme zu erkennen, zusammenfallend mit einer Feldstärkeschwankung von mehr als 50 Prozent, im nächsten Moment explodierten die Transformgeschosse im Ziel. Von innen heraus wurden die Kastuns aufgerissen, dann trieben Glutwolken die Wrackteile auseinander.

Ein Aufschrei von den Ortungen. Zugleich erschienen neue Daten in Einblendungen auf allen Schirmen.

Kastuns, weit größer als alle bisher gesichteten Schiffe der Invasoren, durchbrachen die Reihen der Maahk-Walzen. Das wütende Abwehrfeuer, das in der gewohnten Taktung in ihre Schirmfelder schlug, konnte ihnen nichts anhaben.

2200 Meter maßen diese gewaltigen Kriegsschiffe. Perry Rhodan sah zwei der neuen Maahk-Walzen in ihrem Feuer auseinander brechen. Zeitlupenhaft langsam mutete das Ende der Superschlachtschiffe an, als würden sie von Titanenfäusten erst zusammengequetscht und dann Segment für Segment aufgerissen. Mitten durch dieses Trümmerfeld flogen die 2,2-Kilometer-Kastuns, wie um ihre Unverwundbarkeit zu demonstrieren.

Gleichzeitig geriet die JOURNEE wieder unter Beschuss. Die Energien wurden von den Paratronschirmen zwar in den Hyperraum abgeleitet, doch die Belastungsanzeigen kletterten in den kritischen Bereich.

Es waren Zim Novembers instinktive Ausweichmanöver, die dem Spürkreuzer das Schicksal der Maahk-Walzen ersparten. Wieder jagte er den Kreuzer einem Angreifer entgegen und tauchte im toten Winkel von dessen Waffensystemen unter dem Kastun hindurch. Zugleich feuerten die eigenen Waffen. Kein Punktbeschuss diesmal, der war bei der geringen Distanz und dem nur Hundertstel Sekunden währenden Vorbeiflug unmöglich. Immerhin berechnete der Hauptsyntron aus allen Geschwindigkeits-Komponenten das Feuer so exakt, dass der Schutzschirm des Gegners 24 Prozent Schwankung erkennen ließ. Zu wenig für die Transformgeschosse der JOURNEE, um den Schirm wirklich zu durchdringen, doch ein Schlachtschiff der Maahks setzte den Beschuss fort und hatte mehr Erfolg.

Inzwischen stand fest, dass gut 10 000 Schiffe der Angreifer zur Klasse der 2200-Meter-Raumer gehörten. Der Schock saß tief, und selbst Perry Rhodan fragte sich, mit welcher Taktik diesen Giganten beizukommen sein sollte. Ihre Schirmfelder reagierten nicht auf den Intervall-Beschuss, und für neue Messungen, falls sie überhaupt Erfolg versprachen, stand keine Zeit zur Verfügung. Längst hatten die ersten Kastuns den Sperr-Riegel der Maahk-Schlachtschiffe durchstoßen und griffen die innere Verteidigungslinie an. Es schien absehbar, wann Hideaway-Station unter Beschuss geraten würde.

Die Methanatmer verzeichneten schwere Verluste. Mehr als 25 000 Schiffe waren seit Beginn der Schlacht vernichtet worden – die Mehrzahl durch Attacken der 2,2-Kilometer-Kastuns.

Dem standen nicht mehr als 1000 zerstörte Kastuns gegenüber, ein denkbar schlechtes Verhältnis, das niemand in dieser Ausprägung erwartet hätte.

Perry Rhodan fragte sich, ob das, was in diesen Minuten geschah, schon die Entscheidungsschlacht war. Dann würde Andromeda bald den Invasoren gehören.

Und danach die Milchstraße?

Ein Funkspruch von Grek-0 riss ihn aus seinen Überlegungen. Der Oberste Kriegsherr forderte alle Verbände auf, sich vom Feind zu lösen und auf Fluchtkurs zu gehen, und gab damit die Flottenbasis der Vernichtung preis. Die sachliche Logik der Maahks verlangte in dem Moment nichts anderes als die emotionale Entscheidung eines Menschen.

Grek-0 hatte das Andockmanöver des terranischen Kugelraumers zwar bemerkt, jedoch in keiner Weise darauf geachtet. Es gab Wichtigeres als die Terraner – Überlebenswichtiges. Erst als der Asteroid und die Plattformen hinter dem Flaggschiff in den Materieschwaden des Eyschara-Nebels versanken und der Strategische Planungsoffizier um eine Unterredung nachsuchte, entsann er sich. Vor allem hatte er Grek-18 in der Zentrale vermisst.

»Du hast deine Pflicht vernachlässigt.« Der Oberste Kriegsherr ließ den anderen nicht zu Wort kommen. »Ich erwarte eine Erklärung.«

»Die Terraner haben den Verräter festgenommen und uns überstellt.«

Grek-0 versteifte sich. Sein Blick forderte den Planungsoffizier auf, weiter zu reden.

»Es ist Grek-3. Sein Versuch, an Bord des Kugelraumers die Wolke zu verlassen, ist gescheitert.«

Grek-3 also. Damit erwies sich der Verdacht, dass ein Maahk in hoher Position mit den Invasoren zusammenarbeitete, als wahr. Nur hätte Grek-0 ausgerechnet diesen Namen nicht erwartet.

Die Umstände erlaubten keine Zweifel. Natürlich hatte der Spion seine Flucht geplant, bevor der Peilsender aktiviert worden war, und die Wolke zu verlassen, war nur an Bord eines Raumschiffs möglich.

Die Frage, auf welchem Schiff, hatte Grek-0 sich mit Nachdruck gestellt. Der Verräter musste sich wiederholt im Zentrum der Geschehnisse befunden haben, anders waren seine Kenntnisse nicht erklärbar. Zweifellos hatte er sich auch für die Zukunft den Zugang zu allen militärischen Geheimnissen gesichert. Das setzte aber voraus, dass er Zutritt auf das Flaggschiff hatte.

Der Oberste Kriegsherr war zu der Erkenntnis gelangt, dass sich der Spion mit großer Wahrscheinlichkeit regelmäßig an Bord der KARVATA-42 aufhielt.

Für Grek-3 traf das zu.

Der Kriegsherr starrte den Strategischen Planungsoffizier an. Grek-18 gehörte noch nicht lange zu seinem Kommando, hatte sich aber schon in mancher Hinsicht bewährt. Jetzt wartete er auf einen Befehl.

»Ich will Grek-3 in der Zentrale sehen. Du bist mit deinem Kopf dafür verantwortlich, dass er keine Möglichkeit zur Flucht findet.«

»Natürlich, Grek-0.«

Der Kriegsherr unterbrach die Verbindung. Er hatte nur einen flüchtigen Blick für das Sterben außerhalb des Flaggschiffs. Seine Gedanken befassten sich mit dem Verräter, den er eigenhändig exekutieren würde. Um Tage, wenn nicht gar Wochen zu spät.

Das Unheil ließ sich nicht mehr aufhalten. Erneut würde das Volk der Maahks in Bedeutungslosigkeit versinken. Aber diesmal, das spürte er, war die Geschichte gnadenlos.

Eine Ordonnanz meldete das Eingreifen des bislang unbekannten Kastun-Typs, dessen Schutzschirme nicht auf den Intervallbeschuss reagierten. 10000 dieser Schiffe befanden sich im Vormarsch auf Hideaway-Station.

In Grek-0 wuchs eine unbegreifliche Leere. Selbst wenn er den Befehl gab, die Angreifer einzeln zu rammen, war die Schlacht verloren. Dieser Übermacht gab es wenig entgegenzusetzen.

Eine zweite Ordonnanz erschien: »Die angeforderte Auswertung liegt vor, Grek-0.«

Auch das zu spät … Er brauchte die Liste nicht mehr, die

der Bordrechner des Flaggschiffs in Kommunikation mit den Datensystemen der Station erstellt hatte. Die Kriterien waren denkbar einfach: Alle Maahks, die seit dem Zeitpunkt der ersten Sichtung eines Kastun-Kriegsschiffs irgendwann die zwischenzeitlich zerstörte Werft betreten hatten. Alle, die in irgendeiner Form mit den Schlachten um Jyyros, Papis und I'Fannio in Verbindung gebracht werden konnten, und sei es nur durch den Flug zu einer der geheimen Welten. Ebenso alle Männer und Frauen, die an Bord der KARVATA-42 Dienst taten oder getan hatten oder Zugang zum Flaggschiff hatten.

Er brauchte die Liste nicht mehr. Dennoch warf Grek-0 einen Blick auf den Schirm.

Nur ein einziger Name stand dort verzeichnet.

Energetische Fesseln schnürten Grek-3 die Arme an den Leib und hinderten ihn an schnellen Schritten. Zudem wurde er von drei bewaffneten Posten flankiert. Grek-0 registrierte, dass ihre Kombiwaffen auf Lähmung geschaltet waren. Demnach hatte es nicht in der Absicht des Planungsoffiziers gelegen, den Gefangenen bei einem Fluchtversuch erschießen zu lassen.

»Grek-3 wurde von den Terranern des Verrats überführt«, meldete der Offizier zum zweiten Mal. »Vor allem von dem Maahk, der sich jetzt Grek-665 1/2 nennt.«

»Es ist meine Aufgabe, Verräter zu exekutieren.« Der Kriegsherr wandte sich an den Gefangenen. »Falls du dich verteidigen kannst, tue es jetzt.«

»Ich bin kein Verräter!«, erwiderte Grek-3. »Sage mir, welches Motiv ich haben sollte …«

»Ich hatte gehofft, das von dir zu erfahren.« Grek-0 zog seine Waffe und justierte sie auf enge Fokussierung. »Vielleicht bleibt dir noch genügend Zeit, zu begreifen, dass du nicht nur dein Volk, sondern ganz Hathorjan verraten hast.«

»Du richtest den Falschen hin«, sagte Grek-3. »Leider kann ich es nicht beweisen.«

»Hast du mit den Terranern gesprochen?«, wandte sich der Kriegsherr an den Planungsoffizier.

»Ich vertraue ihnen«, antwortete Grek-18.

»Davon bin ich überzeugt.« Grek-0 machte eine vieldeutige Pause. »Die Situation kommt dir gelegen. Du kannst dich von jedem Verdacht befreien, indem du einen Unschuldigen belastest.« Seine Waffe zielte nun unmissverständlich auf den Offizier. »Du hast dich schuldig gemacht. Und du bist der Einzige, der in der Nähe aller Welten war, die wir verloren haben. Ich kann minutiös aufzählen ...«

»Das ist unnötig«, sagte Grek-18. »Ich weiß, dass ich Schuld auf mich geladen habe – aber ich tat es für unser Volk. Mir war stets bewusst, dass früher oder später die Wahrheit entdeckt werden würde. Ich bin zufrieden, dass es erst jetzt geschehen ist. Nichts kann die Invasoren noch aufhalten.«

»Du hast Jyyros verraten und Papis ...«

»I'Fannio und sogar die Wissenschaftler von Ban56-N. Leider hat die Einmischung der Terraner eine frühzeitige Kapitulation verhindert.«

»Du bist wahnsinnig! Weißt du wirklich, was du getan hast?«

»Das Einzige, was unserem Volk eine Zukunft verspricht«, sagte Grek-18 überzeugt. »Nur hat es zu lange gedauert, bis ich endlich nach Hideaway-Station abkommandiert wurde. Meine einzige Möglichkeit, die Position des Flottenstützpunkts an Kommandant Takegath weiterzugeben, war der Sender, den ich von ihm erhielt.«

»Wer ist dieser Kommandant Takegath?«

Grek-18 schwieg.

»Wenn du mehr nicht zu sagen hast ...«

»Warte! Sogar du solltest darüber nachdenken, dass der Widerstand gegen die Invasoren unser Volk in den Untergang führen wird. Sie werden erreichen, was weder den Lemurern noch den Arkoniden und schon gar nicht den Meistern der Insel gelang: die Ausrottung aller Maahks in Hathorjan.«

»Ich habe darüber nachgedacht«, gestand Grek-0. »Aber ich bin zu einem anderen Ergebnis gekommen.«

»Wir verlieren die Freiheit, wenn wir kooperieren. Das ist richtig. Aber die zivile Bevölkerung bleibt am Leben. Nur die Militärs und das Gros unserer Wissenschaftler müssen sterben. Sie bedeuten eine Gefahr für die künftigen Herrscher. Aber sie sterben auch, wenn wir kämpfen. Das gilt ebenso für dich, Grek-0. Als Nächstes hätte ich versucht, dich zu töten und die militärische Führung an die KHOME TAZ zu verraten. Leider habe ich versagt.«

Alles geschah sehr schnell. Grek-18 warf sich auf den ihm am nächsten stehenden Posten und entriss ihm die Waffe. Der erste Schuss des Kriegsherrn verfehlte ihn um höchstens eine Handbreit. Fast gleichzeitig schoss er und entfachte ein Feuerwerk. Natürlich wurde Grek-0 von einem Individualschirm geschützt.

Der zweite Schuss des Kriegsherrn zerfetzte die Schulter des Verräters.

»Ich wollte unserem Volk helfen!«, ächzte der Planungsoffizier. »In meiner Kabine … befinden sich … alle Informationen.«

Grek-0 gab einen dritten Schuss auf den Fallenden ab. Diesmal traf er den Offizier tödlich.

»Funkspruch an alle Einheiten und an die Terraner!«, befahl er. »Jeder soll wissen, dass der Verräter hingerichtet wurde.«

Das Ende einer Hoffnung … Dumpf brütend starrte Perry Rhodan vor sich hin. Die Niederlage der Methanatmer war besiegelt, gut die Hälfte der 70000 Kampfschiffe vernichtet, und der Rest befand sich auf der Flucht. Auf eine Wende zu hoffen, hätte bedeutet, an Wunder zu glauben. Aber es gab längst keine Wunder mehr, nicht einmal ansatzweise.

Die Stimmung in der JOURNEE war eisig geworden. Verbissene, bleiche Gesichter starrten auf die Bildschirme, kaum jemand sprach. Nur hin und wieder ein knapper Zuruf, eine Bemerkung, wenn Schatten in der Ortung erschienen, die Kastun-Kriegsschiffe sein konnten.

Verfolger gab es nicht, die Flotte der Angreifer konzentrierte sich um Hideaway-Station, und trotz der schwierigen Verhältnisse in der Materiewolke verrieten die Energie-Ortungen anhaltend heftige Gefechte. Der Weltraumbahnhof mit seinen Gigantgeschützen und superstarken Schirmfeldern war selbst für die Kastuns kein leichtes Opfer.

Hier, im Eyschara-Nebel, wurde über die Freiheit von Andromeda entschieden.

Der Rückzugsbefehl von Grek-0 ist falsch, hämmerte es unter Rhodans Schädeldecke. *Es muss einen Weg geben, die Invasoren zu besiegen, es muss einfach …*

Er erschrak über sich selbst und die Härte, die er an den Tag legte. Bedeutete ihm Leben schon so wenig, dass er bereit gewesen wäre, Zehntausende von Raumschiffen und ihre Besatzungen zu opfern? Dann musste er sich selbst vorwerfen, dass ein emotionsloser Maahk menschlicher reagierte.

Rhodan gestand sich die eigene Verbitterung ein. Seine Ohnmacht quälte ihn, das Gefühl, helfen zu müssen, dazu aber nicht in der Lage zu sein.

Wiederholt tauchten 2200-Meter-Kastuns aus den Materieschleiern auf, griffen an und verschwanden ebenso schnell, wie sie erschienen waren, mit Kurs auf Hideaway-Station. Gegen diese Schiffe gab es keine wirksame Verteidigung.

Mehrmals war die JOURNEE zum Ziel der Attacken geworden, und es war nur Zim Novembers Reaktionsschnelligkeit zu verdanken, dass der Spürkreuzer noch existierte.

Zweieinhalb Stunden Flugzeit inzwischen, zugleich zweieinhalb Stunden quälende Gedanken, die keinen Platz für Hoffnung mehr ließen.

Endlich nahm die Materiedichte ab. Die Maahks beschleunigten für einen baldigen Überlichtflug.

Sie schafften es nicht. Kurz vor dem Übertritt in den Hyperraum gerieten sie erneut in schwerstes Feuer. Etwa 100 Kastun-Kriegsschiffe fielen in der Randzone des Nebels in den Normalraum zurück und eröffneten sofort das Feuer.

»Der Angriff gilt nicht nur den Maahks!«, stieß Coa Sebastian jäh hervor. »Die meinen uns!«

Die Flugmanöver der Kastuns waren in der Tat leicht zu durchschauen. Sie bildeten eine Umschließung, der die JOURNEE kaum noch entkommen konnte. An der Spitze der Gegner flog ein 1,1 Kilometer großes Schiff, das sich durch seine vielfältigen Aufbauten von allen anderen unterschied.

Falls nicht mehrere Einheiten dieser Bauart existierten, waren die Terraner diesem Schiff schon zweimal begegnet.

Und die Erinnerung daran war denkbar schlecht. Im ersten Fall hatte ein Intervalltreffer zum Absturz des Spürkreuzers auf Cyrdan geführt, im zweiten hatte die JOURNEE zwar unbehelligt entkommen können, aber den Planeten, auf dem sie Zuflucht gefunden hatten, verwüstet vorgefunden.

Als die ersten Maahkschiffe explodierten, feuerte die JOURNEE ihre Transformsalven ab. Die rasch wechselnden Zahlenkolonnen auf den Schirmen verrieten, dass sie den Angreifern nicht entkommen konnten.

Zim November steuerte den Spürkreuzer auf einen irrwitzigen Kurs, instinktiv und ohne jede Berechnung. Und er schaffte es mehrmals, den Feuerschlägen der Angreifer knapp zu entgehen.

Nur dieses eine markante Schiff ließ sich nicht abschütteln. Es kam unaufhaltsam näher.

Das gegnerische Flaggschiff? Rhodans Feuerbefehl kam um Sekundenbruchteile zu spät – ein Volltreffer aus der Impulskanone ließ die Schirme der JOURNEE zusammenbrechen. Die Schiffshülle begann wie eine angeschlagene Glocke zu schwingen. Ein grelles Aufheulen durchschlug die Isolierungen …

… und im nächsten Moment war Totenstille, auf den Schirmen das gewohnte Bild des Hyperraums.

In einem Notmanöver, noch vor dem Erreichen der nötigen Eintauchgeschwindigkeit, hatte Zim November den Metagrav-Vortex aktiviert und das Schiff in den Überlichtflug gezwungen.

Der Emotionaut hatte schwere Triebwerksschäden in Kauf genommen, wenn nicht gar das Ausbrennen einiger Speicherbänke. Nichts davon trat ein. Aber es hätte ohnehin keine Alternative gegeben. Im nächsten Feuerschlag des Kastuns wäre die schutzlose JOURNEE vernichtet worden.

Ungefähr zur gleichen Zeit, knapp drei Stunden nach dem ersten Schusswechsel, war das Schicksal der maahkschen Flottenbasis besiegelt. Nur noch wenige Tausend Schlachtschiffe leisteten den Invasoren Widerstand, die ersten Kastuns schickten sich an, auf den Plattformen von Hideaway-Station niederzugehen.

Es gab keine Abwehrgeschütze mehr, nur tiefreichende Verwüstungen. Die Kastuns hatten gezielt eine Stellung nach der anderen ausgeschaltet. Auch die großen Schirmfeldprojektoren existierten nicht mehr, von einigen autarken Schutzschirmkuppeln auf dem Asteroiden abgesehen.

Wenige Lichtminuten entfernt gab Grek-0 an Bord der KARVATA-42 den schwersten Befehl seines Lebens. Regungslos starrte er auf die Schirme und wartete darauf, sein Lebenswerk vergehen zu sehen. Es war das erste Mal, dass er so etwas wie Zorn empfand.

Dann führte die in Hideaway-Station verbliebene Besatzung seinen Befehl aus. Niemals durfte die Basis den Angreifern in die Hände fallen.

Die Energieortungen zeigten das beginnende Inferno. Dutzende heftigster Explosionen weiteten sich gedankenschnell aus, fraßen sich mit unvorstellbarer Gewalt durch die Plattformen hindurch und vereinten sich in einem Aufwogen zu einer unerträglich hellen Supernova. Das Licht brauchte Minuten, bis es von den Optiken der KARVATA-42 aufgefangen wurde.

Weit griffen die Ausläufer der Explosionen um sich, wurden Trümmer von Raumschiffsgröße davongewirbelt. Das Chaos weitete sich gedankenschnell aus, ein Glutball mit mindestens 100 000 Kilometern Durchmesser.

Unbewegt registrierte der Oberste Kriegsherr der Maahks, dass die Hochrechnungen stimmten. Nahezu 3000 Einheiten der Invasoren wurde der Untergang der Flottenbasis ebenfalls zum Verhängnis.

Zugleich griffen die Kastuns heftiger an als je zuvor.

Grek-0 war bereit für die letzte Schlacht seines Lebens. Mitten in der Zentrale des Flaggschiffs stand er wie zur Statue erstarrt, während ringsum im All der Tod noch einmal reiche Ernte hielt.

»Die Sterne schweigen für die Ewigkeit«, sagte Grek-665 1/2 in Gedanken versunken beim Anblick der Zentrumsballung auf den Schirmen. Er handelte sich einige überraschte Blicke damit ein.

»Ist das eine Redensart der Maahks?«, wollte Zim November wissen.

»*Ich* sage das«, betonte Grek. »Ich glaube, das ist terranische Philosophie.«

»Von Philosophie kann angesichts des Blutvergießens, das wir erlebt haben, wohl niemand sprechen«, wandte die Kommandantin ein. »Wir sind dem Tod gerade noch entronnen, und das haben wir in erster Linie unserem Emotionauten zu verdanken. Aber was wurde aus Grek-0 und Hideaway-Station?«

»Die Sterne schweigen«, wiederholte Grek-665 1/2, und diesmal schien es, als lausche er begierig jedem seiner eigenen Worte. »Ich fühle eine seltsame Leere, die ich nicht einordnen kann. Als würde alles in mir von einem Schwarzen Loch aufgesogen.«

»Was du spürst, Grek, ist Trauer«, sagte Perry Rhodan. »Wir haben nicht nur eine Hoffnung verloren, sondern sehr viel mehr. Vor allem wissen wir nun, dass die mysteriösen Invasoren militärisch nicht zu besiegen sind.«

Knapp 10000 Lichtjahre vom Eyschara-Nebel entfernt hatte die JOURNEE den Hyperraum verlassen. Es gab keine Verfolger, aber auch im weiten Umkreis keinen Schiffsverkehr.

Perry Rhodan spürte die Einsamkeit bedrückender als jemals zuvor.

Das Auftauchen der 2200-Meter-Giganten hatte bewiesen, dass die Invasoren über nahezu unbegrenzte Ressourcen verfügten. Der Kampf um Andromeda hatte gerade erst begonnen – und war dennoch schon zum Scheitern verurteilt.

Rhodan ballte die Fäuste. Es fiel ihm erst auf, als die Nägel schmerzhaft in die Handballen stachen.

Sein Blick schweifte von der schweigenden Sternenfülle zur Datumsanzeige.

Der 30. März Bordzeit hatte alle Hoffnungen zunichte gemacht. Er neigte sich dem Ende entgegen.

Epilog

Es regnete in Strömen, dazu peitschte ein kalter Wind über den Raumhafen. Hinter den schwarzen Wolkenbänken wetterleuchtete es.

Raye Corona störte sich nicht an dem Unwetter, das jeder meteorologischen Kontrolle Hohn sprach. Es war ohnehin nichts mehr normal. Allein während der letzten Woche hatten mehr als 800 große Raumer, vollgestopft mit Flüchtlingen, auf Ka-Tygo Schutz gesucht. Die medizinische Versorgung war nahezu zusammengebrochen, von Hygiene konnte an manchen Orten kaum noch die Rede sein.

Es wurde Zeit, den Weg fortzusetzen.

Raye Corona hatte den Kopf in den Nacken gelegt und ließ den Regen über ihr Gesicht strömen. Mit beiden Händen wischte sie über ihre Wangen und durchschritt den Wasserfall, der sich schäumend und tosend über den Ringwulst der ILKIN hinweg auf die Piste ergoss.

Die Reparaturarbeiten waren abgeschlossen, der Frachter würde in wenigen Stunden Ka-Tygo wieder verlassen. Die letzten Überlebenden von Cyrdan hatten entschieden, noch einmal den Flug ins Ungewisse anzutreten. Neueste Flüsterpropaganda sprach von einem absolut sicheren Zufluchtsort für tefrodische Flüchtlinge. Das war ein Stück Hoffnung, der Halm, an den sich viele mit letzter Kraft klammerten.

Ein sicherer Ort in dieser Zeit …

Die Menschen sterben lieber, als dass sie ihre Hoffnung aufgeben, schoss es der Ärztin durch den Sinn. Aber reagierte sie nicht selbst genauso? *Irgendwo dort draußen, in den Weiten des Sternenmeeres, setzen Perry Rhodan und seine Crew ihr Leben für uns ein,* dachte Raye Corona. Ein jungenhaftes, verheißungsvolles Lächeln in ihrer Erinnerung verdrängte für wenige Augenblicke alles andere. *Vielleicht sehen wir uns wieder, Zim November.* Das war eine Spur von Hoffnung …

Hoffnung in einem erbarmungslosen Krieg.

Glossar

CHEMTENZ

Der dritte von zehn Planeten der gelben Normalsonne Kraltmock liegt am äußersten Rand von Andromeda, an der Seite, die der Milchstraße zugewandt ist. Der Äquatordurchmesser des Planeten beträgt 12 022 Kilometer, seine Schwerkraft 1,02 Gravos. Der als paradiesisch geltende Planet besitzt eine mittlere Temperatur von 31 Grad Celsius und eine Sauerstoffatmosphäre. Die drei großen Kontinente sind von subtropischer Vegetation geprägt. Als Botschaftsplanet beherbergt Chemtenz seit zweieinhalbtausend Jahren die außenpolitische und militärische Vertretung der Menschen in Andromeda. Die Hauptstadt heißt New Dillingen.

INTERVALLGESCHÜTZ

Exakt gesteuerte und enggebündelte Hyperfelder erzeugen beim Auftreffen auf das Ziel eine ungeheure, rein mechanische Wirkung – eine Intervallkanone arbeitet dabei völlig unsichtbar und überlichtschnell zugleich. Sie kann nahezu jedes bekannte Material zertrümmern.

JOURNEE

Bei der JOURNEE handelt es sich um einen so genannten Spürkreuzer, ein Kugelraumschiff mit einem Durchmesser von 100 Metern. Es kann mithilfe seines Metagrav-Triebwerks eine Überlichtgeschwindigkeit erreichen, die 90 Millionen Mal schneller ist als die des Lichts. Als Schutzschirme gibt es fünffach gestaffelte Paratronschirme, fünffach gestaffelte HÜ-Schutzschirme und Prallschirme. Mithilfe des Hyperraumspürers können andere Raumschiffe im Hyperraum geortet und angepeilt werden; dies ermöglicht eine direkte Verfolgung. Bewaffnet ist das Schiff mit 20 MVH-Geschützen und acht leichten Transformkanonen. Es verfügt über acht Kleinst-Space-Jets und zwei Shifts als Beiboote.

Methanwelt

Als Methanwelten werden Planeten bezeichnet, deren Atmosphäre hauptsächlich Kohlenwasserstoffe mit dem Hauptanteil CH_4 enthält. Methan ist ein geruchs- und geschmackloses Gas. Es ist nicht giftig und verbrennt mit schwachleuchtender Flamme zu Wasser und Kohlendioxyd. Typische Bewohner von Methanwelten sind beispielsweise die in der PERRY RHODAN-Serie auftretenden Maahks.

Maahks

Auch wenn die Maahks ständig als »Methanatmer« bezeichnet werden, ein Ausdruck, der von den Arkoniden herstammt, ist dieser Begriff irreführend: Die bis zu 2,20 Meter großen und bis zu 1,50 Meter breiten Wesen atmen in erster Linie Wasserstoff (und ein bisschen Methan) ein und atmen Ammoniak aus; dieses Gas ist unter dem auf Maahk-Welten herrschenden Druck sowie den Temperaturen von 70 bis 100 Grad Celsius noch nicht flüssig geworden.

Die Maahks entwickelten sich vor mehr als 50000 Jahren in Andromeda. Als dort die Lemurer auftauchten, wurden Maahks in die Milchstraße vertrieben, Splittergruppen landeten auch in anderen Galaxien. Dort bauten sie neue Imperien auf. Vor über 10000 Jahren kamen die Maahks in der Milchstraße in kriegerischen Kontakt zu den Arkoniden und wurden von diesen erneut vertrieben. Erneut flohen sie nach Andromeda, wo sie von den Meistern der Insel in die Zwerggalaxis Andro-Alpha verbannt und dort unterdrückt wurden. Seit 2405 sind die Maahks unabhängig; ihr Verhältnis zu den Menschen in der Milchstraße ist eher reserviert.

Norman

Der indische Klonelefant gehört als »festes« Haustier zum Paar Tess Qumisha und Benjameen da Jacinta. Der gerade mal fünfzig Zentimeter große Elefant mit der hellgrauen Haut kann sehr geschickt mit seinem Rüssel umgehen. In all den Jahren hat er noch immer nicht richtig trompeten gelernt – nur in wenigen Situationen gelingt ein richtiger »Trompetenstoß«. Das extrem gutmütige Tier ist vergleichsweise intelligent, etwa wie ein sehr »fähiger« Hund.

Paratronschirm

Die grundsätzliche Technik für Paratronschirme erhielten die Terraner bereits im 25. Jahrhundert alter Zeitrechnung von den Bewohnern der Galaxis M 87. Der Paratronschirm leitet auftreffende Waffenenergie über einen Strukturriss im normalen Einstein-Kontinuum ab in den Hyperraum. Zudem »verdampft« er auf diese Weise jegliche Materie, die sich ihm nähert.

Tefroder

Die in der Galaxis Andromeda siedelnden Tefroder sind die Nachkommen der Lemurer, die rund 50 000 Jahre vor Beginn der Zeitrechnung vor den Halutern in die Nachbargalaxis flohen. In Aussehen und Anatomie gleichen sie den Terranern fast völlig, sie könnten Menschen von der Erde sein. Die Tefroder sind im Schnitt 1,85 Meter groß, hochgewachsen, besitzen eine samtbraune Hautfarbe und dunkelbraune bis tiefschwarze Haare. Ihr Gesichtsschnitt entspricht dem der skandinavischen Völkergruppen auf Terra.

Als direkte Nachkommen der Lemurer sind die Tefroder absolut menschlich, der innere Aufbau der Tefroder ist mit denen der Menschen fast identisch, nur das Gehirn weicht etwas ab. Der Aufbau des Großhirns entspricht dem der Terraner, das Zwischenhirn weist deutliche Unterschiede auf. Es ist bei den Tefrodern ausgeprägter und leistungsfähiger. Weiterhin haben die Tefroder einen erstaunlich ausgeprägten Geruchssinn.

Ihre Heimatwelt ist Tefrod, doch von ihnen besiedelt sind alle wichtigen Welten rings um die im Zentrum Andromedas liegende Zone von 20 000 Lichtjahren Durchmesser. Die Tefroder-Planeten umschließen diesen Sektor wie eine Kugelschale von 500 Lichtjahren Dicke. Mittlerweile haben sich Tefroder jedoch über ganz Andromeda ausgebreitet und rund 25 000 Welten besiedelt, wobei ein übergreifendes Regierungsorgan nicht existiert. Der Titel des Herrschers über das tefrodische Reich lautet aus grauer Vorzeit bis heute Virth von Tefrod. Der Virth ist heutzutage demokratisch gewählt, bleibt aber in seinen Machtbefugnissen deutlich gegen die planetaren Herrscher zurück. Einheitssprache auf allen Tefroder-Welten ist das aus dem Lemurischen hervorgegangene Tefroda.

Twonoser

Twonoser werden so groß wie ein durchschnittlicher Terraner, Beine und Rumpf sind normal humanoid geformt. Aber schon die zwei dünnen Schulterarme weichen von der Norm ab. Die Arme sind etwa 50 Zentimeter lang und wirken zerbrechlich, ebenso wie die kleinen weißen vierfingrigen Hände. Auf dem starken Hals, der kaum noch als solcher zu erkennen ist, sitzt ein 40 Zentimeter langer kegelförmiger Kopf mit nur einem großen Facettenauge. Es sitzt genau in der Mitte des Kopfes und durchmisst zehn bis zwölf Zentimeter. Nach außen gewölbt erlaubt es einen ausgezeichneten Rundblick. Der Mund ist eine etwa zehn Zentimeter breite lippenlose Öffnung unter dem Auge. Breite Schneidezähne und wuchtige Mahlzähne lassen darauf schließen, dass sie sich von fester organischer Nahrung ernähren. Direkt unterhalb des Kopfes sitzen zwei Rüssel, durch die sie atmen. Jeder der Rüssel hat vier kräftige Greiffinger, die wesentlich stärker als die Hände der verkümmerten Arme sind.

Das Gesellschaftssystem der Twonoser ist in drei Kasten aufgebaut, Rotrüssel (C-Kaste), Blaurüssel (B-Kaste) und Weißrüssel (A-Kaste). Die Twonoser werden in ihre Schicht hineingeboren, gleich nach Geburt werden ihnen die Rüssel in der Farbe der entsprechenden Kaste eingefärbt. Eine Prozedur, die in regelmäßigen Abständen wiederholt werden muss. Nur die unterste Schicht behält die natürliche Farbe ihrer Rüssel, die Farbe weiß. Je niedriger die Kaste, umso schlechter sind die Lebensbedingungen. Im Lauf der Zeit ist das Ritual der Einfärbung tabuisiert worden, sodass keiner der unteren Kasten auf die Idee kommt, sich die Rüssel einfach einzufärben.